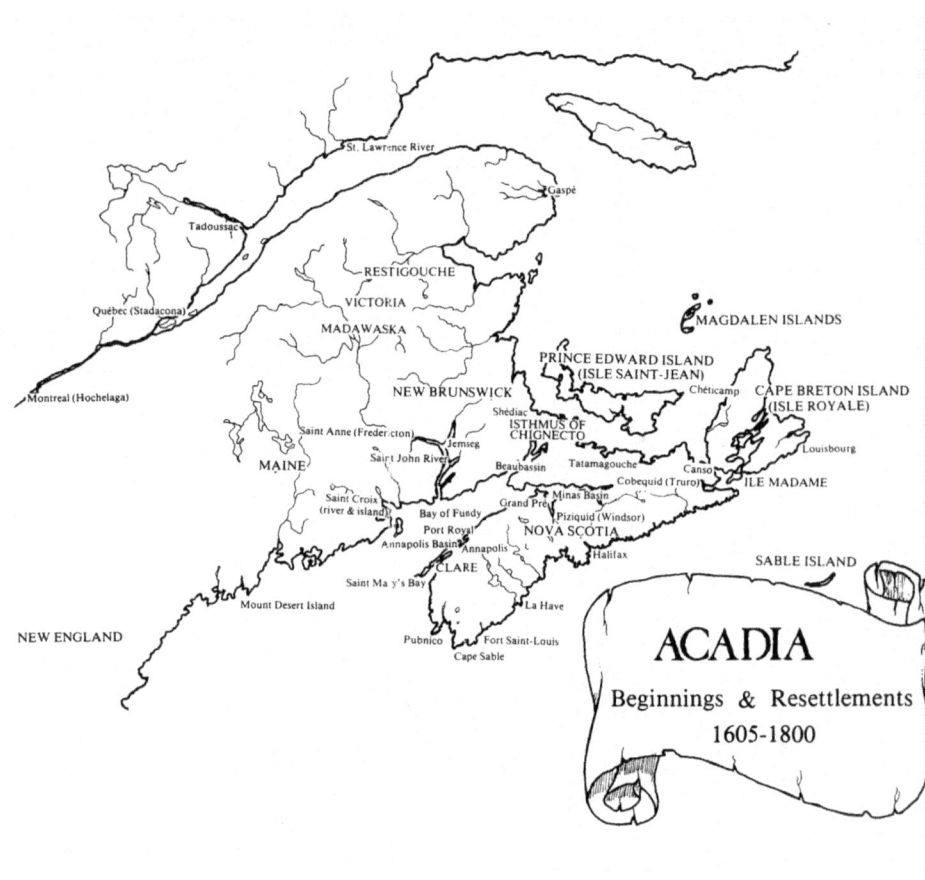

St. Lawrence River

Gaspé

Tadoussac

RESTIGOUCHE

VICTORIA

Québec (Stadacona)

MADAWASKA

MAGDALEN ISLANDS

PRINCE EDWARD ISLAND
(ISLE SAINT-JEAN)

Montreal (Hochelaga)

NEW BRUNSWICK

Chéticamp

CAPE BRETON ISLAND
(ISLE ROYALE)

Shédiac

ISTHMUS OF
CHIGNECTO

Saint Anne (Fredericton)

Jemseg

Louisbourg

MAINE

Saint John River

Beaubassin

Tatamagouche

Canso

ILE MADAME

Minas Basin

Cobequid (Truro)

Saint Croix
(river & island)

Grand Pré

Bay of Fundy

Piziquid (Windsor)

Port Royal

NOVA SCOTIA

Annapolis Basin

Annapolis

SABLE ISLAND

CLARE

Halifax

Saint Ma y's Bay

Mount Desert Island

La Have

ACADIA

NEW ENGLAND

Pubnico

Fort Saint-Louis

Cape Sable

Beginnings & Resettlements
1605-1800

Cassie Deveaux Cohoon

Jeanne Dugas
d'Acadie

Roman historique

La Grande Marée

L'éditeur désire remercier la Direction des arts du Nouveau-Brunswick pour l'aide financière à la publication de ce projet d'édition. Il reconnaît également l'aide du gouvernement du Canada par l'entremise du Fonds du livre canadien (FLC) pour ses activités d'édition.

Direction éditoriale : Jacques P. Ouellet – Tracadie, Nouveau-Brunswick
Graphisme : DPG Communication – Caraquet, Nouveau-Brunswick
Photographe de l'auteure : Yves Bériault – Montréal, Québec
Photo de page couverture : Heidi Moses - Forteresse de Louisbourg
Conception de la page couverture originale : Cathy MacLean Design de Pleasant Bay, N.-É.
Permission obtenu : Mike Hunter (CBUP) et Nimbus Publishing
Révision linguistique et corrections : Catherine Laratte – Moncton, Nouveau-Brunswick
Traduction de la version anglaise : Bernadette Landry – Moncton, Nouveau-Brunswick
Distribution/Diffusion : Prologue Inc. – Boisbriand, Québec

Version anglaise publiée en 2013 par Cape Breton University Press avec le titre : « Jeanne Dugas of Acadia ».

ISBN 978-2-349-72382-6
Dépôt légal : 3ᵉ trimestre 2019 BAC, BAnQ, CÉAAC

ISBN 978-1-897009-71-0 (2013)

DE LA MÊME AUTEURE

———

Jeanne Dugas of Acadia
Nova Scotia
Cape Breton University Press
MMXIII

Severine
Quebec
Shoreline Press
MMVII

Au nom de prétentions qui ne valaient pas grand-chose,
nous avons déraciné ce peuple inoffensif et respectable,
alors que notre incapacité de le gouverner ou de nous réconcilier
avec lui ne nous donnait aucunement le droit de l'exterminer.

———————

Edmund Burke (1728-1797)
Homme d'État britannique,
au sujet de la déportation des Acadiens

PROLOGUE

PROLOGUE

Jeanne se sentait un peu mal à l'aise en tournant doucement sur elle-même pour voir de quoi elle avait l'air dans sa première robe de style français. Mal à l'aise mais fébrile, comme si cette robe reflétait les changements qu'elle ressentait dans son for intérieur.

C'était le 26 juillet 1744, le jour de la fête de sainte Anne. Jeanne Dugas célébrait avec sa famille la fin de ses études au couvent de la congrégation de Notre-Dame, à Louisbourg, sur Île Royale. Du haut de ses treize ans et demi, elle était maintenant une « jeune fille bien ».

Elle portait, sous sa jolie robe de soie de couleur bleue, une chemise de lin blanc. Des boucles en tissus resserraient son corsage et un cerceau cousu au bas de son jupon élargissait le bas de sa jupe. Une dentelle délicate ornait le grand col blanc et les poignets de sa chemise, dépassant des manches bleues de sa robe. Ses cheveux brun foncé remontés en chignon étaient recouverts d'un modeste bonnet blanc orné d'une dentelle semblable à celle de sa robe. Pour compléter sa tenue, elle arborait autour du cou un collier de perles bleues et vertes.

Jeanne n'était pas dotée de la même beauté délicate que sa sœur aînée Angélique, mais elle dégageait un charme particulier. Les traits harmonieux de son visage exprimaient la force, et son regard était direct et sérieux. Elle tourna sur elle-même une autre fois en souriant.

* * * * *

La mère de Jeanne et son beau-père, monsieur de la Tour, avaient été très surpris lorsque Jeanne leur avait demandé si elle pouvait porter une robe de style français pour la cérémonie de fin d'études. C'était ce qu'Angélique aurait normalement souhaité, mais pas Jeanne, cela ne lui ressemblait pas. Elle avait toujours insisté pour porter une robe acadienne traditionnelle : une chemise en lin sous une veste de couleur foncée, un bonnet et parfois un foulard autour du cou. La mère de Jeanne et monsieur de la Tour étaient de toute évidence heureux de son choix.

Pour préparer la célébration du rite de passage de Jeanne en ce jour de la fête de sainte Anne, sa mère l'avait accompagnée dans une boutique à la mode située juste à côté de la taverne *Le Billard*. On y vendait des tissus importés de France de même que des illustrations et des patrons des nouveaux styles de vêtements que portait l'élite parisienne.

Joseph, le frère de Jeanne, était manifestement content de ces préparatifs lui aussi, mais n'osa pas taquiner sa soeur à ce sujet. Dernièrement, il semblait la traiter plus souvent comme une adulte plutôt que comme sa petite sœur. Il lui avait demandé quelle couleur elle avait choisie pour sa robe, puis, quelques jours avant le grand jour, lui avait offert un joli collier de petites perles bleues et vertes.

« Il paraît que c'est ce que portent les dames qui suivent la mode en France », avait-il précisé.

Le visage de Jeanne s'était illuminé de joie en apercevant ce ravissant collier qui s'agençait parfaitement avec sa robe.

Et voici que le grand jour était arrivé. Joseph, son épouse Marguerite et leurs enfants s'étaient joints aux autres chez les de la Tour. Son frère Charles était arrivé de Grand-Pré, et tous attendaient Jeanne dans le parloir. Lorsqu'elle entra, Jeanne sentit un air de surprise autour d'elle, pas un mot, juste une sensation. Il y eut un bref silence, personne ne sachant quoi dire, ou s'il fallait dire quoi que ce soit. Joseph ne put s'empêcher de s'exclamer : « Que tu es belle, Jeanne ! » Elle rougit, même si cela lui faisait de toute évidence très plaisir.

Ils se rendirent d'abord à la chapelle Saint-Louis de la garnison de Louisbourg afin d'assister à une messe en hommage à sainte Anne. Jeanne ne pouvait s'empêcher d'éprouver une certaine fierté en avançant dans la chapelle en compagnie des de la Tour et des Dugas. Elle ressentait aussi un brin de culpabilité en apercevant la foule derrière elle : plusieurs étaient des Acadiens et leur pauvreté sautait aux yeux. Mais cette journée lui appartenait.

Après la messe, ils se dirigèrent rapidement vers la taverne *Le Billard*. La propriétaire de la taverne, Marguerite Dugas la veuve Beauséjour, avait fermé pour la journée afin de servir le dîner à sa parenté et à quelques amis acadiens. Marguerite était la cousine du défunt père de Jeanne, Joseph Dugas. Monsieur de la Tour avait sorti de son cellier un excellent vin français et Jeanne put goûter à son premier verre de cette boisson normalement réservée aux adultes. Après le repas, ils sortirent dans la rue pour participer aux célébrations, qui s'étendirent jusqu'en soirée.

En retournant chez eux, les de la Tour se réjouissaient de constater que les célébrations entourant la fête de sainte Anne et celle de la fin des études de Jeanne s'étaient bien déroulées, que les aléas de la guerre n'avaient pas perturbé leurs activités jusqu'ici. Monsieur de la Tour avait été prudent en levant son verre aux gens de la colonie de l'Île Royale, leur rappelant qu'il y avait des tensions entre la France et l'Angleterre et que le sort des Acadiens dépendait de ce qui adviendrait.

Ce soir-là, avant de s'endormir, Jeanne repassa dans sa tête les événements de la journée. Elle avait pris cette habitude à un très jeune âge, lorsqu'elle s'était rendu compte que les apparences étaient souvent trompeuses. Elle savait que la vie à Louisbourg comportait bien des facettes, que tout en fêtant joyeusement la fête de sainte Anne, ces gens savaient très bien que la guerre avait repris en Europe entre les Français et les Anglais et que leur bonheur ainsi que leur bien-être pouvaient s'évanouir du jour au lendemain en fumée. Encore enveloppée dans la lumière des célébrations qu'elle venait de vivre, Jeanne savait que si Louisbourg tombait, elle et sa famille seraient parmi ceux qui seraient le plus en péril, peu importe ce que son frère Joseph pouvait en dire.

Quelques jours après les célébrations, Joseph fit venir un artiste chez lui, rue de l'Étang, et lui demanda de faire un portrait de Jeanne dans sa jolie robe bleue, en précisant qu'il voulait que la peinture soit petite « pour que nous puissions l'apporter plus facilement avec nous si jamais nous devons quitter Louisbourg », avait-il expliqué à Jeanne.

UNE FAMILLE
ACADIENNE

———

CHAPITRE 1

La mère de Jeanne était parfois agacée lorsque sa fille insistait pour dire qu'elle était Acadienne. Elle lui avait dit : « Jeanne, tu es née ici, à Louisbourg, donc cela veut dire que tu es Française. »

« Non », avait répliqué Jeanne avec entêtement, « si vous êtes tous des Acadiens, alors moi aussi, je suis Acadienne ».

C'était une question qui la vexait vraiment et qui faisait ressortir son entêtement et sa détermination, même lorsqu'elle était toute petite.

« Et bien », dit Joseph, « les Acadiens sont connus pour être têtus ».

« C'est bien ça », avait répondu Jeanne en tapant du pied, se demandant pourquoi tout le monde trouvait cela si drôle.

* * * * *

Les ancêtres de Jeanne Dugas faisaient partie des familles qui avaient fondé l'Acadie dans la première moitié des années 1600. Les Européens – des Portugais, des Basques, des Normands et des Bretons – avaient pratiqué la pêche au large des côtes dès la fin des années 1400. Au début, ils traversaient l'océan au printemps, salaient leurs prises à bord, puis retournaient en

Europe une fois l'automne arrivé, sans avoir mis les pieds à terre. Plus tard, certains construisirent des habitations temporaires où ils demeuraient durant la saison de pêche; l'automne venu, ils retournaient toujours en Europe. Puis, lorsqu'ils établirent des contacts avec le peuple mi'kmaq, ils développèrent un commerce lucratif de peaux de castor, et les pays européens cherchèrent par tous les moyens à exploiter ces richesses.

En 1604, un dénommé Pierre du Gua, Sieur de Mons, fit voile vers le Nouveau Monde. Le roi de France lui avait accordé un droit exclusif sur le commerce du poisson et de la fourrure sur un vaste territoire. Ce droit lui était accordé à la condition qu'il s'y établisse, qu'il y cultive la terre et qu'il convertisse les autochtones au catholicisme. La nouvelle colonie s'appelait « La Cadie ». Un des hommes à bord du navire du Sieur de Mons était Samuel de Champlain, un navigateur et un cartographe.

Ils passèrent leur premier hiver à l'île Sainte-Croix, dans la baie Française, où ils périrent presque tous du scorbut et du froid. L'été suivant, ils choisirent un endroit le long de la rivière Dauphin, où ils construisirent un abri plus confortable. De plus, ils tissèrent des liens d'amitié avec les Mi'kmaq, ce qui était encore plus important car les Mi'kmaq les avaient accueillis et leur avaient montré comment survivre dans La Cadie. Les Français apprirent comment guérir le scorbut en faisant une sorte de thé à partir de l'écorce et des aiguilles de conifères. Ils apprirent quelles plantes ils pouvaient cultiver, comment chasser et comment faire face au froid. Ils formèrent une alliance avec les Mi'kmaq qui allait durer pendant plus de 150 ans.

À peu près en même temps que l'Acadie prenait son essor, les Britanniques établissaient leurs propres colonies le long des côtes plus au sud. Or, la rivalité entre les Français et les Anglais sur le continent européen se transporta au Nouveau Monde. Au cours des cent prochaines années, l'Acadie allait changer de mains dix fois entre la France et l'Angleterre, soit à la suite d'une victoire, soit lors de négociations entre les deux pays. Pour les Britanniques, le contrôle de l'Acadie était un choix stratégique : cela protégeait leurs colonies installées le long des côtes de l'Atlantique Nord, tout en leur garantissant le libre accès aux voies de navigation commerciale. Lorsqu'ils étaient au pouvoir, les Anglais n'y envoyaient pas beaucoup de colons, tout du moins pas les premières années.

Ce sont donc surtout les Français qui se sont établis en Acadie. Durant les années 1640, les nouveaux arrivants commencèrent à construire des aboiteaux pour drainer les marais salés près de Port-Royal afin de les transformer en terres fertiles. Au cours des années 1670, une nouvelle communauté s'établissait à Grand-Pré, dans la région du bassin des Mines, et un autre système d'aboiteaux y fut installé. D'autres communautés firent de même.

Lorsque les Français étaient au pouvoir, ils apportaient leur propre régime administratif. Il y avait un gouverneur, des militaires et bien sûr, le clergé. Lorsque c'était les Britanniques qui avaient le contrôle, l'élite française devait quitter les lieux. Toutefois, les Britanniques, n'ayant pas de colons sur place, dépendaient des Acadiens pour obtenir des fruits, des légumes et de la viande. Règle générale, les deux peuples se rendaient service mutuellement. Un système de députés acadiens fut créé selon lequel un délégué de chaque communauté acadienne devait se rapporter au gouverneur britannique, recevoir ses ordres et faire connaître au gouverneur les besoins des Acadiens. Le succès de ce système dépendait parfois du bon vouloir du gouverneur britannique, mais cela fonctionna plutôt bien pendant un certain temps.

Au début des années 1700, l'Acadie était sous le contrôle de la France depuis la signature du traité de Bréda en 1667. Cette période fut en quelque sorte l'âge d'or des colons français. Ils étaient maintenant prospères et formaient un peuple distinct.

À l'origine, les colons français venaient de différentes

régions de France, parlaient des dialectes différents, portaient des vêtements de styles différents et avaient des allégeances différentes. Avec le temps, ils étaient devenus un peuple uni. Les Acadiens formaient une colonie de fermiers propriétaires de leurs terres, ce qu'ils n'auraient jamais pu faire en France. De plus, ils jouissaient de certaines libertés, qu'ils soient sous l'égide de la France ou de l'Angleterre.

* * * * *

En 1710, les Britanniques reprirent Port-Royal et le traité d'Utrecht, signé en 1713, rendit l'Acadie à l'Angleterre. Les Anglais l'appelèrent « Nouvelle-Écosse ». Les Français conservaient le Cap-Breton et l'Île Saint-Jean. Ces deux îles prirent le nom de la colonie de l'Île Royale.

La France perdit aussi son poste de pêche de Plaisance, à Terre-Neuve. Elle décida de créer un poste de pêche à l'Île Royale où un groupe de colons français de Plaisance et de Saint-Pierre-et-Miquelon vint s'établir. Ils nommèrent l'endroit Louisbourg en l'honneur du roi de France. Les autorités françaises encouragèrent les Acadiens à émigrer à l'Île Royale.

CHAPITRE 2

Les parents de Jeanne, Joseph Dugas et Marguerite Richard, étaient tous deux Acadiens : Joseph était né à Port-Royal en 1690 et Marguerite, à Grand-Pré en 1694. Ils s'étaient rencontrés à Grand-Pré, où ils s'étaient mariés en janvier 1711. Leur premier fils, Charles, naît en décembre de la même année et leur deuxième fils, Joseph, en 1714.

Joseph Dugas était propriétaire terrien en plus d'être charpentier et caboteur, c'est-à-dire navigateur côtier et commerçant. Il faisait partie d'une classe sociale nouvelle en Acadie, car il possédait une terre, mais n'avait pas besoin de l'exploiter pour gagner sa vie. Ayant sa propre goélette, il ne dépendait de personne pour se déplacer. De plus, il pouvait pratiquer son métier de charpentier, un métier honorable, n'importe où. Il était donc moins difficile pour lui de partir s'établir ailleurs que pour les Acadiens qui n'avaient pour métier que celui d'agriculteur.

Joseph Dugas faisait partie des jeunes Acadiens qui s'inquiétaient de la situation politique. Ses craintes se confirmèrent lorsque Port-Royal tomba aux mains des Anglais à l'automne de 1710. La mère-patrie des Acadiens, la France, n'avait pas fait grand-chose pour les soutenir lors de cette bataille, et Joseph Dugas était resté amer mais réaliste face à la situation. Contrairement à la génération de ses parents, il ne croyait pas que les habitants acadiens allaient continuer de prospérer sous les autorités britanniques.

La famille de Joseph était respectable et tissée serrée. Joseph considérait qu'il avait une certaine importance dans sa communauté. Avant de se marier, il avait parlé à Marguerite de ses appréhensions au sujet de la situation politique et l'avait avertie que si elle acceptait d'unir sa vie à la sienne, elle devait être prête à le suivre.

* * * * *

En 1714, Joseph alors âgé de 24 ans, fit des arrangements pour que des membres de sa parenté à Grand-Pré viennent s'occuper de sa terre pendant qu'il partait avec sa famille à bord de sa goélette à deux mats, le *Sainte-Anne*, s'installer à l'Île Royale. Son épouse Marguerite et leurs deux petits garçons, Charles et Joseph fils, partirent avec lui. Ce dernier n'était encore qu'un nourisson allaité par sa mère. Joseph réussit à convaincre son père Abraham de partir aussi. Les autorités françaises offraient aux émigrants acadiens une allocation financière afin de les encourager à déménager à l'Île Royale et Joseph Dugas avait accepté cette offre.

Ils se dirigèrent donc vers Port Toulouse, au sud-est de l'Île Royale, pour s'établir sur une bande de terre située entre le lac Bras d'Or et l'océan Atlantique. Plus tôt, une colonie française nommée Saint-Pierre s'y était installée et avait prospéré au 17e siècle, mais après avoir été ravagée par un incendie, la terre avait été abandonnée. Le sol était assez fertile pour être cultivé, mais pas autant que le sol acadien. Quelques cultivateurs s'y étaient tout de même installés. Joseph connaissait bien l'endroit à cause de ses activités de caboteur. Tout comme le port de pêche de Louisbourg avait pris de l'importance au point de devenir la capitale de la forteresse de Louisbourg, au cours des années qui suivirent, Port Toulouse prit aussi de l'expansion. Cette communauté attirait des cultivateurs et des pêcheurs, des navigateurs et des commerçants, des constructeurs de navires et des bûcherons.

Bien des années plus tard, Marguerite avouerait à sa fille Jeanne que lorsqu'elle avait mis le pied à Port Toulouse par un jour froid et nuageux de juin 1714, elle en avait eu le cœur glacé. Les conditions de vie étaient loin d'y être aussi bonnes que celles auxquelles elle s'était habituée en Acadie, maintenant appelée Nouvelle-Écosse. Les quelques habitations qui s'y trouvaient étaient très primitives : elles n'étaient construites que de billes de bois ronds enfoncées verticalement dans le sol, ce qui ne ressemblait en rien aux maisons solides auxquelles elle et les siens étaient habitués à Grand-Pré. La plupart des habitations n'avaient qu'un étage, à part quelques-unes qui en avaient un et demi. Certaines avaient une cour clôturée pour garder des animaux de ferme et où poussaient quelques légumes et des herbes. Le froid humide venant de la côte toute proche traversait les murs et faisait grelotter les habitants.

La majeure partie de l'Île Royale était rocailleuse et recouverte d'une épaisse forêt. C'était facile de comprendre pourquoi la plupart des Acadiens ne voulaient pas sacrifier leurs fermes fertiles pour venir s'établir sur ces terres sauvages, où il n'y avait pas de marais salés à transformer en terres fertiles comme cela se faisait en Acadie.

Évidemment, ce n'était pas le temps de se montrer capricieux. Les Dugas furent accueillis et hébergés par les quelques personnes qui vivaient déjà à Port Toulouse. On leur construisit vite une cabane où ils aménagèrent les biens qu'ils avaient apportés de Grand-Pré. Trouvant son épouse en larmes à la fin de leur première semaine à Port Toulouse, Joseph Dugas lui promit qu'un jour, il lui fournirait une maison dont elle serait fière.

* * * * *

La côte du sud-est du Cap-Breton avait déjà été un endroit stratégique pour les autorités françaises, qui après 1713, avaient vite cherché à y établir à nouveau une colonie qu'elles avaient appelée Port Toulouse. Cette colonie se trouvait près du territoire britannique maintenant appelé Nouvelle-Écosse, ce qui la rendait stratégique.

Les Mi'kmaq connaissaient bien la région, qu'ils appelaient Potlotek. Pendant des siècles, ils avaient traversé l'isthme étroit menant au lac Bras d'Or, leurs canots sur le dos. C'était pour eux un lieu de rassemblement. L'été, ils s'installaient près de l'océan du côté de Port Toulouse et l'hiver, ils campaient à l'intérieur des terres, dans la région de Bras d'Or.

Les Français avaient convaincu les Mi'kmaq d'adopter la religion catholique et leur avaient désigné un missionnaire qui vivait avec eux à longueur d'année. En 1713, le père Antoine Gaulin, un curé du séminaire des Missions étrangères de Québec, avait établi une mission pour les Mi'kmaq à Malagawatch, dans un de leurs lieux traditionnels de rassemblement. Les Mi'kmaq entretenaient de bonnes relations avec les Français et s'allièrent à eux contre les Britanniques.

* * * * *

Pour un homme énergique et ambitieux comme Joseph Dugas, l'Île Royal représentait une opportunité. Il obtint rapidement des contrats commerciaux dans le nouveau port de pêche de Louisbourg, y transportant du bois de chauffage et du bois d'œuvre de Port Toulouse. Il transportait aussi du bois de chauffage, du bétail et d'autres marchandises entre l'Île Royale et l'Île-Saint-Jean, et même en Nouvelle-Écosse, quoiqu'il ait été officiellement interdit de faire du commerce avec les Britanniques.

En moins de deux ans, il n'avait plus besoin de l'allocation financière de la France pour subvenir aux besoins de sa famille. Dès 1717, il acquit un grand lopin de terre dans la région de Port Toulouse. Quelques années plus tard, il construisit une nouvelle goélette, le *Marie-Josèphe*. Il avait voulu l'appeler le *Marguerite* en hommage à sa femme, mais cette dernière avait refusé.

En 1723, Joseph et Marguerite Dugas étaient bien établis et leur famille grandissait. Ils avaient maintenant six enfants : Charles et Joseph, et quatre petites filles nées à Port-Toulouse, Marie Madeleine, Marguerite, Anne et Angélique. Ils avaient aussi deux ouvriers et une servante, ce qui faisait une maisonnée de onze personnes en tout. Malheureusement, Abraham, le grand-père, était décédé durant leur deuxième hiver à Port Toulouse.

Il y avait maintenant treize familles acadiennes dans le village. Les conditions de vie s'étaient améliorées, même si on était loin d'y retrouver le même niveau de confort que plusieurs de ces familles avaient connu en Acadie.

Joseph Dugas pensait maintenant à déménager avec sa famille à la forteresse de Louisbourg, où les opportunités commerciales étaient meilleures, et où il savait que son épouse Marguerite aurait une meilleure qualité de vie. En 1723, il obtint un contrat pour construire une maison double pour le forgeron Dominique Detcheverry. La maison était située rue Royalle, un secteur intéressant de Louisbourg. M. Detcheverry, ayant de la difficulté à payer sa maison, accepta d'en donner la moitié à Joseph Dugas en guise de paiement. Marguerite était contente de quitter Port Toulouse, car elle y avait trouvé la vie très difficile.

* * * * *

Depuis 1713, le port de Louisbourg avait pris beaucoup d'expansion. La pêche à la morue était très lucrative et le port était un important centre d'échanges commerciaux et de transbordement de marchandises, de même qu'un endroit stratégique pour toute la région. Dès 1720, les autorités françaises avaient entrepris un programme de fortification de 25 ans dans le but de transformer le port de Louisbourg en forteresse. Louisbourg devint vite une ville très achalandée, fourmillante d'activités.

À l'été 1726, Joseph et Marguerite Dugas, ainsi que leurs enfants dont un nouveau-né du nom d'Abraham, embarquaient dans leur goélette, le *Marie-Josèphe*, et mettaient le cap sur la forteresse de Louisbourg. D'autres membres de l'équipage de Joseph suivirent avec la goélette, le *Sainte-Anne*. L'année suivante, Joseph acheta une troisième goélette, le *Hangoit*.

La nouvelle maison des Dugas était plus grande que celle de Port Toulouse. La charpente était en bois massif et les murs en piquets de bois coupé à même la forêt près de la forteresse. Une des pièces de la maison servait d'atelier de menuiserie. Les meubles étaient ordinaires et plutôt usagés. Même si la famille Dugas ne faisait pas partie de l'élite qui fréquentait l'entourage du gouverneur de la garnison, Joseph Dugas était un artisan et un caboteur respecté qui avait les moyens de vivre confortablement.

Les Dugas avaient amené avec eux une servante et l'équipage de leurs goélettes. Peu de temps après leur arrivée, ils achetèrent un esclave noir du nom de Pierre Josselin. Marguerite le traitait comme un membre de la famille et il se montrait gentil envers elle. Il était très bon pour les enfants. Les membres d'équipage des goélettes qui n'étaient pas mariés habitaient eux aussi chez les Dugas lorsqu'ils n'étaient pas en mer.

La famille Dugas continua de prospérer. En 1728, elle acquit l'autre moitié de la maison Detcheverry. Leur huitième enfant, Étienne, né durant l'hiver 1729, mourut à peine quelques mois avant son deuxième anniversaire. Jeanne, neuvième et dernier enfant, naquit dans la maison de la rue Royalle en 1731. Peu de temps après, la vie joyeuse et dynamique de la rue Royalle fut ébranlée.

* * * * *

En 1732, Louisbourg fut frappée par la variole. Il n'y avait rien d'inhabituel là, sauf que l'année suivante, la maladie était devenue une vraie épidémie et qu'en plus, une famine menaçait la communauté. Les Dugas ne furent pas atteints tout de suite. Marguerite espérait qu'ils soient épargnés et elle priait pour qu'aucun membre de sa famille n'attrape la maladie, mais à la fin de 1732, ses filles Marie Madeleine et Marguerite en moururent. L'hiver suivant, ce fut le tour de Anne et de Joseph père, de même que de leur esclave, Josselin, qui n'avait que 25 ans.

Marguerite trouva la mort de son mari et de ses trois petites filles difficile à accepter. Elle avait le cœur brisé. Joseph avait été le pilier de sa vie, lui qui avait été si vivant, si fort et si vaillant. Jeanne, qui avait à peine deux ans lorsqu'elle perdit son père, ne conserva qu'un seul souvenir de cette époque, celui de sa mère serrant contre son cœur sa sœur Angélique et elle, comme si elle craignait de les perdre elles aussi. Des années plus tard, Jeanne allait comprendre le désarroi de sa mère lorsqu'elle allait à son tour perdre des enfants.

Marguerite Richard la veuve Dugas restait avec trois fils, Charles, Joseph et Abraham, et deux filles, Angélique et Jeanne. Elle n'était pas démunie pour autant : elle était propriétaire de la maison de la rue Royalle et de deux goélettes, et elle conservait deux domestiques et quatre matelots. Elle avait aussi les terres de Grand-Pré et de Port Toulouse.

Comme le voulait la coutume de l'époque, les garçons étaient considérés mineurs jusqu'à l'âge de 25 ans. Marguerite fut donc nommée tutrice de ses trois fils et François Cressont dit Beauséjour fut choisi comme subrogé tuteur pour l'aider dans ses tâches. Ce dernier était l'époux de Marguerite Dugas, une cousine du père de Jeanne. Les Cressonet étaient aussi propriétaires de la taverne bien connue *Le Billard*.

Jeanne ne conserva qu'une vague mémoire de leur maison de la rue Royalle, puisque trois ans après le décès de son père, alors qu'elle n'avait que cinq ans, sa mère se remaria. Toute la famille en fut transformée à jamais.

CHAPITRE 3

Les femmes se faisaient rares dans la communauté croissante de la forteresse de Louisbourg. Marguerite Richard la veuve Dugas étant encore en âge de procréer et possédant une maison en plus d'être femme d'affaires, représentait un bon parti. Elle représentait en effet une épouse de choix.

Ainsi, elle épousa Charles de Saint-Étienne de la Tour, l'arrière-petit-fils de Charles de Saint-Étienne de la Tour, un des fondateurs de l'Acadie et son premier gouverneur. C'était un nom célèbre, prestigieux sur le plan patrimonial. Le nouvel époux de Marguerite était caboteur, comme son premier époux Joseph. C'était un ami de la famille Dugas et le parrain du petit Étienne, décédé à un très jeune âge.

L'épidémie de variole avait emporté l'épouse de Charles, Marie-Anne Perré, qui lui avait laissé deux filles. Cette femme venait d'une famille de riches marchands et avait légué à Charles une dot importante. C'est peut-être pour cela qu'il avait pu s'acheter une splendide maison rue de l'Étang, dans le même quartier que la rue Royalle.

La nouvelle famille installée dans la maison de la rue de l'Étang comprenait Charles, ses filles Marie, huit ans, Louise, six ans, ainsi que Marguerite, son fils Abraham, dix ans et ses filles Angélique, douze ans et Jeanne, cinq ans. Les plus vieux fils de Marguerite, Charles et Joseph, ne vivaient plus sous son toit. Charles, qui avait maintenant 23 ans, était parti s'établir à

Grand-Pré sur une terre dont il avait hérité de son père. Joseph, qui avait maintenant 19 ans, avait travaillé comme caboteur avec son père depuis l'âge de 15 ans. Il continua d'habiter la maison paternelle de la rue Royalle. Il avait hérité de la goélette de son père, le *Marie-Josèphe*. Lorsque Charles venait à Louisbourg, il habitait chez son frère, dans la maison des Dugas.

La petite Jeanne était très impressionnée par la nouvelle maison de la rue de l'Étang. La structure de charpente, à colombages remplis de moellons, était plus solide que les maisons de piquets construites habituellement par les Acadiens. Elle était plus grande et les meubles étaient plus beaux que ceux de la maison de la rue Royalle. La première fois que Jeanne était entrée dans la nouvelle maison, elle avait exploré le grand salon, les yeux tout écarquillés. Cette maison était très différente des maisons acadiennes typiques où une grande cuisine constituait la salle commune pour toute la famille. Les meubles du salon étaient à la mode, et sur la jolie tapisserie qui recouvrait les murs, on pouvait voir des bergères françaises vêtues de robes élégantes. Il y avait aussi un clavecin dans la pièce. Les Acadiens adoraient la musique et ils avaient parfois un violon ou une guimbarde, mais c'était la première fois que Jeanne voyait un clavecin. Angélique, elle, était fascinée par les bergères autant que par le clavecin. Elle confia plus tard à sa petite sœur que ce jour-là, elle s'était promise d'apprendre à jouer du clavecin un jour.

Il y avait plusieurs chambres dans la maison. On décida qu'Angélique en partagerait une avec Marie et Louise, alors que Jeanne partagerait sa chambre avec Abraham. Dommage. Jeanne était ainsi séparée de sa sœur et cela voulait dire qu'on la prenait encore pour un bébé. C'est du moins ce qu'elle en avait conclu.

Ainsi, Jeanne ne savait pas trop quelle place elle occupait dans la nouvelle maisonnée. La maison était nouvelle et étrange, et Jeanne, la cadette, n'était plus le centre d'attention comme lorsqu'elle habitait dans la maison de la rue Royalle. Charles et

Joseph n'étant plus avec eux, Monsieur de la Tour était le seul homme de la maison.

Ce dernier semblait occuper la première place dans le cœur de sa maman, qui lui accordait beaucoup d'attention et d'affection, ce qui n'arrangeait rien. Et bien sûr, il y avait deux nouvelles filles dont il fallait que sa mère s'occupe aussi. Elle ne négligeait aucun enfant, mais elle semblait souvent distraite. C'est à peu près à ce moment-là que Jeanne prit l'habitude d'analyser discrètement les gens qui l'entouraient pour tenter de voir à quoi elle pouvait s'attendre d'eux.

Monsieur de la Tour, comme l'appelaient les enfants Dugas, avait l'air plutôt fier. Il était gentil et généreux, mais distant comparativement à leur père, qui lui, avait été un Acadien terre-à-terre, chaleureux et plutôt tapageur. Effectivement, malgré ses nombreuses absences dues à son travail de caboteur, leur père était très affectueux envers ses enfants. Charles et Joseph, étant de la même étoffe que lui, avaient pris sa place dans la vie de Jeanne.

Observant sa mère avec beaucoup d'attention, Jeanne se rendit compte que même si elle avait l'air préoccupé, elle semblait heureuse. Mais ce bonheur n'avait rien à voir avec la présence de Jeanne. La source de son bonheur était ailleurs. Elle semblait en effet devenir quelqu'un d'autre lorsque Monsieur de la Tour était à la maison.

Il y eut d'autres changements chez la mère de Jeanne. Une couturière vint rapidement habiter quelque temps avec la famille afin de confectionner plusieurs très jolies robes de style français. La mère de Jeanne affirma qu'elle ne les porterait que lorsqu'elle accompagnerait Monsieur de la Tour lors d'occasions spéciales. Elle continua de porter ses vêtements acadiens à la maison, du moins jusqu'à l'arrivée des bébés. Et oui, un an après leur déménagement dans la nouvelle maison, Marguerite eut des jumelles, Jeanne Charlotte et Anne.

De toute évidence, l'arrivée des bébés bouleversait la vie de toute la maisonnée de la rue de l'Étang. Angélique, l'aînée, n'aimait pas avoir à veiller sur eux et Jeanne avait du mal à accepter que sa mère lui accorde moins d'attention. Marie et Louise devaient se sentir un peu délaisées au sein de la famille Dugas, et le jeune Abraham, onze ans, se sentait envahi par toutes ses sœurs. La vie de chaque membre de la famille avait pris un nouveau tournant.

Angélique aussi avait changé. Sur le point de devenir une jeune femme, elle avait plutôt l'air de se réjouir du changement de statut social de la famille, car même si Monsieur de la Tour insistait pour se dire Acadien, Angélique était assez vieille pour se rendre compte qu'il préférait vivre d'une manière plus raffinée que ce à quoi la plupart des Acadiens pouvait s'attendre.

Ses demi-sœurs, Marie et Louise, fréquentaient le couvent de la Congrégation-de-Notre-Dame, une école pour filles située tout près de la maison des de la Tour. Cette école, fondée par une femme de tête venue de Québec en 1727, la sœur de la Conception, était la seule de la forteresse. Le programme scolaire était centré sur une forte dévotion religieuse et sur l'importance d'avoir un bon comportement et de belles manières. Les filles apprenaient à lire, à écrire et à faire un peu d'arithmétique, en plus de faire des travaux d'aiguille, de la musique et de l'artisanat. Les élèves devaient apprendre à devenir des jeunes filles bien. Le couvent n'acceptait que les filles des officiers de la garnison, à part quelques rares externes provenant de familles jugées méritantes. Le fait que Charles de Saint-Étienne de la Tour descende d'une famille célèbre avait sans doute aidé à y faire admettre ses filles en tant qu'externes.

Angélique espérait pouvoir aller au couvent elle aussi, bien qu'à son âge, à douze ans, la plupart des élèves ait déjà terminé leurs études. Il y avait une autre complication : les religieuses s'occupaient encore d'un certain nombre de jeunes filles devenues orphelines suite à l'épidémie de variole. Toutefois, lorsque Monsieur de la Tour et son épouse se rendirent au couvent pour consulter les religieuses, ces dernières acceptèrent de prendre Angélique comme externe. À cause de son âge, elle n'apprendrait que les matières destinées aux jeunes filles, c'est-à-dire la religion, les belles manières, les travaux d'aiguille et la musique. Jeanne, à sa grande surprise, apprit qu'elle irait au couvent l'année suivante; cela l'inquiétait.

Angélique était jolie et voyait un bel avenir se dessiner devant elle. Elle commença à supplier sa mère de la laisser porter des vêtements de style français. Elle pourrait les confectionner elle-même, disait-elle. Monsieur de la Tour, amusé de voir cette enfant devenir une jeune femme, demanda à son épouse de faire venir la couturière pour lui faire faire quelques nouvelles robes. Puis, on s'organisa pour qu'Angélique suive des leçons de danse avec plusieurs maîtres de danse de Louisbourg. Jeanne n'était pas certaine que sa mère approuvait vraiment. Un jour, elle l'entendit se moquer des airs que se donnait Angélique. « Où penses-tu que tu vas utiliser tes talents de danseuse? », avait-elle demandé à sa fille. Angélique, de toute évidence très préoccupée par son nouveau statut social, se mit à pratiquer des poses langoureuses, vêtue de ses nouvelles robes, ce qui amusa Monsieur de la Tour.

Tout cela agaçait la petite Jeanne. Elle était trop vieille pour être un bébé et trop jeune pour être une jeune femme. Elle était secrètement heureuse de constater que les filles de la Tour, Marie et Louise, étaient elles aussi vexées de voir comment leur père traitait Angélique. Devinant les réactions de Jeanne, sa mère lui dit qu'un jour ce serait son tour.

C'est ainsi que chacun des membres de la nouvelle famille trouva sa place, la mère occupant le centre du noyau familial et Monsieur de la Tour restant omniprésent en toile de fond. Angélique, en tant qu'aînée des enfants, exerçait une influence dominante sur Marie et Louise. Abraham restait seul lorsqu'il était à la maison, mais il sortait souvent se promener ici et là avec ses amis. Plus tard, en pensant à cette époque, Jeanne en conclut que les jumelles avaient aidé à souder la nouvelle famille. Même si leur présence agaçait parfois les autres enfants, elles étaient très attachantes. Jeanne continua à observer attentivement chacun des membres de sa nouvelle famille.

* * * * *

La rentrée scolaire angoissait Jeanne. Lorsque ce jour arriva, elle se rendit à pied jusqu'au couvent, la tête baissée, tenant nerveusement la main d'Angélique tout au long du court trajet qu'elles avaient à parcourir. Elle était d'une propreté impeccable et portait un nouveau bonnet acadien. Sa mère voulait qu'elle porte une robe de style français comme Marie et Louise, mais Jeanne, entêtée, refusa catégoriquement. Ce fut son premier vrai geste de résistance.

Elle se présenta devant l'entrée principale du couvent vêtue d'une chemise de lin recouverte d'une veste de couleur, d'une jupe rayée en lin, d'un foulard attaché autour du cou et de son nouveau bonnet, affichant sur le visage un air décidé. Elle tirerait de cette expérience ce qu'elle pourrait. Comme elles arrivaient, Angélique s'empressa de lui chuchoter, « Jeanne ! » en tirant sur sa main. Jeanne leva la tête, la porte s'ouvrit et mère Saint-Joseph apparut.

« Bonjour, ma jolie petite Acadienne », s'exclama-t-elle. La mauvaise humeur de Jeanne disparut aussitôt et un sourire apparut malgré elle sur son visage. Elle plongea dans les livres aussi facilement qu'un canard plonge dans l'eau.

CHAPITRE 4

Au milieu des années 1730, on entendait des rumeurs selon lesquelles une autre guerre risquait d'éclater entre la France et l'Angleterre. Après avoir conquis l'Acadie, il était logique que l'Angleterre veuille étendre ses pouvoirs sur les territoires environnants, d'autant plus que la croissance et le développement de Louisbourg commençaient à être perçus par les Anglais comme une menace à leurs activités commerciales. En 1739, les rumeurs étaient devenues persistantes et par conséquent, la pêche à la morue avait diminué. Les pêcheurs commerciaux européens n'osaient plus prendre le risque d'envoyer des navires et des hommes dans une région où une autre guerre risquait d'éclater. Ces rumeurs nuisaient aussi aux échanges commerciaux dans le port de Louisbourg, un élément essentiel à sa vitalité économique.

Même si le commerce de la morue était une industrie d'envergure à la base de l'économie de Louisbourg et l'Île Royale, la ville de Louisbourg était aussi un important centre d'échanges commerciaux. On y trouvait des entrepôts, un quai réservé à l'entretien des navires, une cour d'amirauté, des infrastructures de défense portuaire et le premier phare de la région. Au cours des années 1730, il y avait en moyenne 150 navires qui passaient dans le port durant la saison estivale, ce qui faisait de Louisbourg un des ports les plus achalandés du Nouveau Monde.

La plupart des profits tirés de l'industrie de la pêche à la morue aboutissaient dans les coffres du roi de France. Les commerçants et les expéditeurs en profitaient aussi, mais dans une moindre mesure, et les pêcheurs, encore moins. Lorsque la pêche était abondante, Louisbourg était une ville prospère, même si la vie était loin d'être facile pour les gens qui travaillaient de longues heures sur la plage à éviscérer le poisson, à le saler et à le faire sécher. Ces ouvriers étaient mal rémunérés pour leur dur labeur. Contrairement aux habitants acadiens qui possédaient une terre et du bétail, il n'y avait pas vraiment de cultivateur à Louisbourg et les pauvres n'avaient pas assez d'argent pour acheter la nourriture qui devait évidemment être importée.

Les riches vivaient très bien par contre. Il y avait toute une hiérarchie sociale : le gouverneur était en haut de l'échelle avec les officiers de la garnison, suivaient les marchands, les navigateurs et les artisans, et enfin les propriétaires de tavernes et de boutiques. Il y avait aussi les musiciens, les maîtres à danser, les tailleurs, les blanchisseurs, et les exploitants de maisons de jeux. Les jeux servaient de passe-temps à toutes les classes sociales.

Ceux qui ne pensaient pas à l'imminence de la guerre voyaient dans cette ville-forteresse un endroit animé, plein de vie, où il faisait bon vivre. Les deux réalités coexistaient : la vie extérieure dynamique et joyeuse, et la vie intérieure angoissante et inquiétante face à l'avenir.

CHAPITRE 5

Le comportement de la maisonnée de la rue de l'Étang était plus réservé et plus discipliné, et on y était également plus occupé que dans la maison de la rue Royalle. Monsieur de la Tour s'absentait pour de courtes périodes; il avait un équipage complet sur sa goélette qui prenait souvent la mer sans lui. Lorsqu'il n'était pas en mer, le frère de Jeanne, Joseph, visitait souvent la famille de la Tour.

Depuis l'âge de quinze ans, lorsqu'il avait pris les commandes de son propre navire, Joseph vendait du bois de chauffage à la garnison de Louisbourg et en tirait un excellent revenu. En 1737, en partenariat avec deux autres hommes, il obtint un contrat de trois ans pour fournir du bœuf frais à la garnison et à la population. Le monopole qu'il exerçait sur ce commerce était controversé : les animaux dont il tirait la viande venaient parfois de la Nouvelle-Écosse, malgré la politique interdisant que le bœuf provienne des colonies britanniques. Mais comme Joseph était un excellent commerçant, il avait trouvé le moyen de surmonter cet obstacle.

Charles, l'autre frère de Jeanne, habitait à Grand-Pré, sur une terre qu'il avait héritée de son père. Peut-être un peu moins fonceur que son frère, Charles était cultivateur et constructeur de navires réputé, en plus de pratiquer un peu de cabotage. Il visitait l'Île Royale plusieurs fois par année, et chaque fois, il restait chez Joseph, dans la maison de la rue Royalle. Les deux frères en profitaient pour aller faire un tour dans la famille de la

Tour. Monsieur de la Tour traitait ses deux beaux-fils comme ses égaux et il discutait souvent d'affaires et de politique avec eux.

Charles essayait régulièrement de convaincre Joseph de venir s'installer avec lui à Grand-Pré, affirmant que les Acadiens retrouvaient la prospérité sous le régime anglais. Mais, comme son père en 1714, Joseph s'inquiétait de la situation.

* * * * *

À l'automne de 1739, Joseph et la famille de la Tour partirent passer l'hiver à Grand-Pré. Ils habitaient à la ferme de Charles et de l'oncle Abraham. Marguerite s'était assurée que ses enfants portent des vêtements de style acadien durant le voyage. Angélique s'y était opposée, mais Monsieur de la Tour était d'accord avec son épouse sur cette question et il insista pour qu'Angélique « ne se donne pas des airs ».

Maintenant âgée de seize ans, Angélique avait terminé ses deux années d'étude au couvent. Elle commençait à avoir du succès en tant que jeune fille bien dans la communauté, même si elle ne prétendait pas pouvoir un jour atteindre le haut de l'échelle sociale et occuper une place dans le cercle rapproché du gouverneur. À moins bien sûr qu'elle puisse épouser un beau parti.

Angélique avait de beaux traits délicats, le teint pâle, les yeux bleus gris et les cheveux châtains. Elle et ses frères Charles et Abraham ressemblaient à leur mère, alors que Jeanne et Joseph, avec leurs yeux et leurs cheveux plus foncés et leur stature plus robuste, ressemblaient plutôt à leur père.

Monsieur de la Tour avait enfilé lui aussi des vêtements acadiens pour le trajet. Jeanne, après l'avoir observé discrètement, trouva qu'il avait l'air moins sévère et moins distant habillé de cette façon et lui dit qu'elle l'aimait mieux comme cela.

Il répondit en riant : « Eh bien, ma petite Jeanne, tu aurais aimé mon arrière-grand-père Charles de Saint-Étienne de la Tour. »

« Parlez-moi de lui », demanda-t-elle.

« Charles de Saint-Étienne de la Tour est venu en Acadie avec son père Claude à bord du *Grâce de Dieu* en 1610. Ils voulaient faire le commerce des fourrures. Mon arrière-grand-père, qui n'avait que quatorze ans, et un autre garçon de son âge, Charles Biencourt, ont été élevés avec les Mi'kmaq. Ils parlaient leur langue et avaient appris à vivre comme eux. Ils savaient comment utiliser l'écorce pour construire un canot, comment faire des raquettes, comment piéger un orignal et comment harponner le saumon. Comme eux, ils portaient des mocassins avec des jambières faites en peau d'orignal ou de phoque, et se couvraient d'une cape ou d'une couverture de fourrure.

« Mon arrière-grand-père a marié une princesse mi'kmaq et ils ont eu cinq enfants. Durant tout ce temps, il faisait le commerce de fourrures et participait aux décisions politiques qui concernaient ce type de commerce. Plus tard, il s'est rendu compte qu'il aurait mieux valu pour lui épouser une femme qui entretenait de bonnes relations avec des personnes influentes en France. Il est donc parti en France et y a rencontré une dame du nom de Françoise Jacquelin. Cette femme-là lui était totalement dévouée, à lui et à ses oeuvres en Acadie. »

Jeanne le regarda, tout étonnée.

« Veux-tu en savoir plus? » lui demanda-t-il en souriant.

« Oui. Oh oui! »

Monsieur de la Tour poursuivit donc en lui expliquant comment son arrière-grand-père avait été entraîné dans une lutte de pouvoir en Acadie avec un certain Charles de Menou d'Aulnay. Lorsque son épouse Françoise était décédée et qu'à son tour, d'Aulnay était mort dans un accident de bateau, l'arrière-grand-père de Monsieur de la Tour avait demandé à la veuve d'Aulnay, Jeanne Morin de Reux, si elle voulait bien l'épouser. C'est ainsi que la lutte entre les deux hommes avait pris fin.

« Et la plupart des gens s'entendent pour dire que mon arrière-grand-père a été le premier gouverneur de l'Acadie. Du moins ceux qui se rangent de son côté de l'histoire. »

« Ah, mon Dieu », dit Jeanne.

« Tu vois, Jeanne, lorsque je m'habille comme ça, je pense à mon arrière-grand-père et je me sens plus près de lui. Ce sont des vêtements acadiens, pas mi'kmaq, mais je me sens plus près de la terre lorsque je les porte. »

« Il y a autre chose que tu devrais savoir. Quand le navire *Saint-Jehan* est venu ici en 1636, avec à son bord des colons venus cultiver la terre, ton propre ancêtre, Abraham Dugas, faisait partie des passagers. Lui aussi est un personnage important dans l'histoire des gens d'ici. »

« Merci, Monsieur de la Tour. Il faut que j'aille raconter ça à Joseph. » Jeanne partit en courant.

* * * * *

La visite à Grand-Pré fut pleine d'intérêt pour les jeunes enfants qui n'étaient jamais venus en Acadie et n'avaient jamais vu une ferme. Abraham avait alors treize ans. C'était déjà presque un homme. Jeanne avait neuf ans, les deux filles de la Tour, Marie et Louise, avaient onze et dix ans; les jumelles, Charlotte et Anne, n'avaient que deux ans.

Même le climat était différent à Grand-Pré. À Louisbourg, les hivers étaient d'un froid et d'une humidité à glacer les os, l'automne et le printemps n'étaient guère mieux aux dires de certains. Même si la plupart des rues étaient pavées, lorsqu'il ne faisait pas beau, elles se remplissaient de débris et étaient glissantes. La neige fondait vite. À Grand-Pré par contre, l'hiver semblait différent. Il semblait différent partout en Acadie. La neige restait propre et blanche dans les fermes et même s'il faisait froid, le soleil brillait sur sa surface, la faisant scintiller. Les maisons acadiennes étaient chaudes et confortables et remplies de bonne nourriture. Les enfants des familles Dugas et de la Tour apprenaient à connaître les animaux de la ferme. Autant les enfants que les adultes aimaient se promener en traîneau et marcher dans la neige. Le jour de l'An fut célébré chez Charles, en compagnie de son épouse, Anne Leblanc.

Charles et Anne s'étaient mariés en janvier 1739. Charles avait plus de vingt-cinq ans et il n'avait pas à demander la permission de sa mère pour se marier. Avec sa manière douce et indépendante, il avait attendu jusqu'au printemps, lors de sa première visite à l'Île Royale, pour faire part de son mariage à sa mère et à ses frères et sœurs. Il n'avait pas emmené sa conjointe pour la présenter aux membres de sa famille, mais il avait insisté pour leur dire que lui et Anne voulaient qu'ils viennent les visiter à Grand-Pré.

La première fois qu'elle les a rencontrés, Anne mentionna subtilement qu'elle se sentait un peu gênée de rencontrer Monsieur de la Tour. Ayant tout compris, Jeanne s'exclama : « Voyons donc, c'est juste un Acadien comme nous. » Tout le monde éclata de rire, y compris Monsieur de la Tour, qui venait d'entrer dans la pièce sans qu'on s'en rende compte.

* * * * *

Malgré la gaieté et la bonne humeur qui régnaient en général au sein des familles de Grand-Pré, les problèmes reliés à

Louisbourg n'étaient pas oubliés pour cela. Jeanne avait entendu les hommes en parler autour de la table au souper dans la maison de la rue de l'Étang, et elle fut surprise d'entendre les discussions politiques animées que cela provoquait chez Charles et oncle Abraham à Grand-Pré. Elle prit l'habitude de rester assise dans la cuisine afin d'écouter discrètement ce que les hommes avaient à dire lorsqu'ils s'attardaient autour de la table après le souper.

Un soir, après une discussion particulièrement houleuse et enflammée, Joseph remarqua que Jeanne les écoutait. Il s'approcha d'elle et s'agenouilla près de sa chaise.

« Jeanne, ma petite, ne t'en fais pas. Tu n'as aucune raison de t'inquiéter. »

« Mais Joseph, tu dis qu'il se peut qu'on soit obligés de quitter Louisbourg. Et même Grand-Pré. On irait où ? Est-ce qu'on partirait tous ensemble ? Est-ce qu'on irait tous au même endroit ? J'ai peur. »

Joseph mit ses bras autour d'elle. « Non, Jeanne, non. Peu importe ce qui va arriver, on va rester ensemble. Je te le promets. Et puis, il n'est rien arrivé encore. Probablement que rien ne va arriver. Ne t'inquiète plus. Va t'amuser avec les autres enfants maintenant. Tu es trop sérieuse. » Il lui sourit. « Va jouer maintenant. »

Elle quitta la pièce, mais continua de s'inquiéter. Le jour suivant, affichant un air très sérieux, elle demanda à Joseph de lui expliquer ce qui se passait. « S'il te plaît, dis-le-moi », le supplia-t-elle en tapant du pied. « Sinon, je vais m'inquiéter. J'ai peut-être juste dix ans, ou presque, mais je ne suis pas stupide ! »

« Non, ma petite Jeanne, tu es très intelligente. Va enfiler tes vêtements chauds et viens à la grange avec moi. On pourra se parler pendant que je vais nettoyer l'étable. »

* * * * *

Elle alla s'asseoir sur une meule de foin, son haleine visible dans l'air froid de la grange. Joseph lui parla tout en travaillant.

« Jeanne, as-tu appris un peu d'histoire au couvent ? »

« Pas beaucoup, je ne pense pas que ça intéresse les sœurs. Je sais que la France et l'Angleterre sont des ennemis. Et les sœurs ont l'air de penser que le Bon Dieu est du côté des Français. Mais je trouve ça difficile à comprendre. Les sœurs n'ont pas l'air intéressé par ce qui va arriver aux Acadiens et aux Mi'kmaq », dit-elle en soupirant.

« Mais j'aime aller à l'école. J'aime lire, écrire et faire de l'arithmétique; les travaux d'éguille, ça ne me semble pas très important. Je peux coudre, mais la broderie, je trouve ça vraiment difficile. Mère Saint-Joseph m'a dit qu'elle m'aiderait l'an prochain. Il faut que je brode un châle », dit-elle, roulant des yeux.

Joseph se mit à rire. « Jeanne, tu es très chanceuse de pouvoir aller à l'école. Ce n'est pas tout le monde qui peut y aller. Les métiers d'art pour les jeunes filles te seront utiles plus tard. »

Jeanne haussa les épaules. « Je ne m'inquiète pas seulement pour nous, Joseph. Je m'inquiète aussi pour tous les Acadiens. On est des vrais Acadiens, non ? »

« Oui, Jeanne, on est des vrais Acadiens. Et fiers de l'être. Comme Monsieur de la Tour te l'a dit, notre ancêtre Abraham Dugas est arrivé au Nouveau Monde il y a une centaine d'années. »

« Un autre Abraham », dit Jeanne.

« Oui », dit Joseph en riant. « C'est pour ça qu'il y a beaucoup d'Abraham dans notre famille. C'est pour honorer son nom. Le premier Abraham est né en France. Il était armurier du roi, c'est-à-dire qu'il était chargé de l'entretien des armes à feu.

Ici, en Acadie, il avait le titre de lieutenant général. Il était un des trois hommes les plus importants de la colonie. Il avait une grande ferme, mais il était aussi armurier, juge de paix et chef de police. Il a marié une femme du nom de Marguerite Doucet et ils ont eu huit enfants. Notre père, Joseph, était son petit-fils, et toi, tu es son arrière-petite-fille. »

Jeanne, captivée par cette histoire, restait attentive, essayant de la graver dans sa mémoire.

« Nos ancêtres travaillaient fort », dit Joseph, « et ils gagnaient leur vie honorablement. Ils étaient propriétaires de leur terre, ce qui était impossible pour les gens ordinaires en France. Ils mangeaient à leur faim et avaient un toit au-dessus de la tête. Certains sont même devenus riches. »

« Oui, Joseph, mais ça leur a pris beaucoup de temps, hein? »

« Plus d'une centaine d'années. Et pendant ce temps-là, la nouvelle colonie est passée de la France à l'Angleterre et de l'Angleterre à la France plusieurs fois. Pendant longtemps, les Acadiens ont pu continuer à s'enrichir sur leur ferme, même sous le règne des Anglais. Mais quand l'Acadie est tombée aux mains de l'Angleterre en 1710, plusieurs Acadiens disaient que cette fois-là, c'était la fin. Ils avaient peur de ne pas pouvoir survivre. »

« Maintenant l'Acadie s'appelle la Nouvelle-Écosse », dit Jeanne. « Mais dans notre cœur, pour nous, c'est encore l'Acadie, hein? »

« Oui, Jeanne, tu as raison. »

Joseph passait et repassait à mesure qu'il nettoyait l'étable, s'arrêtant de temps en temps pour s'adresser directement à Jeanne quand il voulait être certain qu'elle comprenne ce qu'il racontait.

« Notre père, Joseph, faisait partie de ceux qui s'inquiétaient de la situation politique. C'est pour ça qu'il est parti de Grand-Pré pour se rendre à l'Île Royale et s'installer à Port Toulouse. Charles et moi, on était tout petits à ce moment-là, trop petits pour que je me rappelle des premières années qu'on a vécues là. Je me souviens par contre que maman était très contente de partir de Port Toulouse pour venir vivre à Louisbourg, une dizaine d'années plus tard. »

« Jeanne, savais-tu qu'on a eu quatre petites sœurs pendant qu'on était à Port Toulouse? Et trois sont mortes à Louisbourg durant l'épidémie de variole, quand tu étais bébé. »

Jeanne fit oui de la tête. « Je sais. Marie Madeleine, Marguerite et Anne. Maman dit toujours leur nom quand elle fait ses prières. Il y avait Étienne aussi, qui est né et mort à Louisbourg. »

« Oui », dit-il en s'arrêtant un moment.

« C'est donc possible que la guerre reprenne entre la France et l'Angleterre. C'est de ça qu'on parle tout le temps. C'est bon que tu sois au courant et que tu comprennes ce qui se passe, Jeanne, mais je ne veux pas que tu t'inquiètes. Il ne va rien t'arriver. Monsieur de la Tour connaît bien certains membres de la garnison et il le saura si jamais on est en danger. On aura le temps de se sauver. »

« Merci de me dire tout ça, Joseph », dit Jeanne, qui, d'un regard sérieux et perçant, lui demanda si c'était parce qu'il était le préféré des enfants de son père qu'il s'appelait Joseph.

« Je n'en suis pas certain », répondit Joseph en souriant. « Peut-être. Il paraît que je lui ressemble. »

« J'aime Monsieur de la Tour », dit Jeanne, « mais je ne le vois pas comme mon père. »

« C'est correct, Jeanne. Je sais qu'il t'aime lui aussi. »

« Non, je pense qu'il aime plus Angélique parce qu'elle est très belle. »

« Voyons, Jeanne, tu es belle toi aussi. Angélique est belle, mais elle est moins intelligente que toi. » Il s'arrêta un moment. « Si les temps deviennent difficiles, toi, tu vas savoir comment te débrouiller. Quant à Angélique, et bien, je ne sais pas. Si elle voyait une armée ennemie avancer vers elle, elle essaierait probablement de séduire un des officiers. Mais après tout, ce serait peut-être une bonne idée. Ne me prends pas au sérieux, Jeanne, c'est juste une farce. »

Il sourit. « Viens, c'est le temps de rentrer à la maison. Je ne veux pas avoir à expliquer à maman pourquoi je t'ai laissée geler sur une botte de foin. »

Jeanne sauta de la botte et alla le serrer dans ses bras. « Vas-tu me garder au courant de ce qui se passe, Joseph? »

« Oui, je te le promets. Cours vite à la maison maintenant. »

* * * * *

Tôt au début de la nouvelle année, Joseph surprit tout le monde en annonçant qu'il avait demandé à Marguerite Leblanc, une des cousines de Anne, la femme de Charles, de l'épouser. Ils décidèrent de se marier à Grand-Pré, profitant de la présence de toute la famille.

« Je suis contente que vous soyez tous ici en visite », dit Marguerite en souriant, le visage rougi par la timidité. « Autrement, il n'aurait peut-être jamais osé me demander en mariage! »

Marguerite était la fille de Joseph Leblanc dit Le Maigre; on l'appelait ainsi parce qu'il était obèse. Comme Joseph Dugas, il était caboteur et ses affaires allaient très bien. On disait même qu'il avait déjà été l'homme le plus riche de l'Acadie.

Le mariage fut célébré juste avant le début du carême. Ce fut une belle fête, avec de la musique pour souligner l'heureux événement. La famille de la Tour rencontra des membres de la famille Dugas élargie et des Acadiens des fermes environnantes. Jeanne ne voyait que des gens heureux quand elle regardait sa famille et la parenté autour d'elle. Grand-Pré était de toute évidence un endroit merveilleux. Elle se demandait pourquoi tout le monde s'inquiétait tant de ce qui risquait d'arriver aux gens de ce coin de pays.

Le printemps venu, la famille s'en retourna à Louisbourg et Joseph emmena son épouse avec lui. Elle s'occupa d'installer leur ménage à la maison de la rue Royalle. L'année suivante, ils eurent leur premier enfant, Marguerite Dugas.

CHAPITRE 6

Louisbourg était une ville grouillante d'activité lorsque la famille de la Tour, accompagnée de Joseph et Marguerite, y revint. Il y avait toutefois moins de navires au port. D'habitude, au printemps, dès l'arrivée des premiers bateaux, on attendait avec empressement les nouvelles que les marins rapportaient, surtout les nouvelles d'ordre politique. Or, au printemps de 1740, rien ne semblait clair. La guerre avait presque éclaté entre la France et l'Angleterre en 1739. Que réservait l'avenir?

* * * * *

Même si l'incertitude quant à l'avenir de Louisbourg assombrissait les de la Tour, la vie continuait à se dérouler à un rythme effréné. Ils avaient tous apprécié le temps passé à Grand-Pré, et chacun s'empressait maintenant de reprendre les activités auxquelles il était habitué dans la grande ville, surtout la mère de Jeanne et Angélique. Jeanne, étant maintenant au courant de la situation politique grâce à son frère Joseph, continua d'observer les gens autour d'elle afin de déceler tout signe ou présage de l'avenir.

Presque dès son arrivée, Joseph prit le large à bord d'une de ses goélettes et la famille de la Tour aida son épouse Marguerite à s'installer dans la maison de la rue Royalle. Après l'avoir observée attentivement pendant quelque temps, Jeanne conclut que cette femme était douce et gentille, et elle se mit à passer du temps chez elle, dans la maison de la rue Royalle.

Marie, Louise et Jeanne reprirent leurs leçons au couvent (Angélique était trop vieille pour cela maintenant) et Jeanne continua à broder son châle. Elle s'attela à la tâche avec le même acharnement que celui qu'elle manifestait pour toutes les autres tâches qui ne lui plaisaient pas. Mère Saint-Joseph lui dit, en retenant un sourire, que la qualité de son travail s'était beaucoup améliorée; elle lui offrit un des précieux biscuits au gingembre qu'elle conservait dans une grosse boîte en métal.

En 1742 et 1743, Marie et Louise terminaient à leur tour leur scolarité au couvent, rejoignant Angélique dans le rang des jeunes filles de la bonne société de Louisbourg. Une série de préparatifs fébriles fut organisée pour souligner l'événement, y compris la confection de nouvelles robes, l'organisation de fêtes spéciales, l'élaboration laborieuse de la liste des invités, ainsi que leur première participation en tant que jeunes adultes aux célébrations annuelles entourant la fête de sainte Anne au mois de juillet et celle de saint Louis au mois d'août.

La famille, vêtue de vêtements raffinés, avait très belle allure lorsque, pour des occasions spéciales, elle faisait son entrée dans la chapelle Saint-Louis de la garnison. Seule Jeanne insistait pour porter des vêtements acadiens, même si elle se sentait parfois un peu ridicule à côté des autres membres de la famille. Elle se disait qu'elle faisait cela pour montrer l'affection qu'elle éprouvait envers les gens ordinaires qui, vêtus pauvrement, restaient debout au fond de la chapelle. Plusieurs d'entre eux étaient acadiens. Mais qu'est-ce que cela changeait au fond? Être acadien ne voulait pas forcément dire être pauvre; les Dugas et les de la Tour en étaient la preuve. Angélique en voulait à Jeanne de s'habiller ainsi. Elle l'accusa de n'être qu'une entêtée qui prenait plaisir à faire le contraire des autres, ce qui rendit Jeanne encore plus obstinée. Elle était triste aussi parce qu'elle sentait la distance se creuser entre elle, sa sœur et ses demi-sœurs. Sa mère comprit ce qui se passait et elle dit à Jeanne qu'elle ne faisait que se rendre la vie plus difficile.

La plupart du temps, Jeanne ne se sentait pas malheureuse. Elle aimait aller à l'école du couvent. Apprendre était facile et passionnant pour elle. Elle tolérait les leçons de religion et de bonne conduite et aurait aimé les cours d'artisanat et de couture si elle n'avait pas eu à broder son affreux châle. Elle finit par le terminer et juste avant de quitter le couvent, mère Saint-Joseph y broda dans un des coins un joli petit bonnet acadien. Elle apposa ensuite ses initiales, MSJ, juste au bas du bonnet. Impressionnée, Jeanne se dit qu'elle conserverait cet objet précieux pour le reste de ses jours, peu importe où la vie l'emmènerait.

Joseph, dont les aptitudes en lecture étaient limitées, l'encourageait à étudier. Quand il se mit à lui demander de lire des documents et des contrats, elle comprit à quel point ses connaissances étaient utiles. Lorsqu'elle s'était plainte de n'avoir que des livres religieux à lire au couvent, Joseph s'était rendu à la boutique de Jacques Rolland lui acheter des livres de la collection Bibliothèque bleue. Ces petits livres recouverts d'une couverture souple de couleur bleue contenaient des histoires folkloriques, les Contes de ma mère l'Oye et des mythes et des légendes fantastiques, de même que des pastorales, c'est-à-dire des histoires qui se déroulent à la campagne et qui sont écrites en vers. Jeanne était ravie!

* * * * *

Les premiers navires à accoster à Louisbourg au printemps étaient la plus importante source de nouvelles et les officiers de la garnison semblaient comprendre mieux que quiconque les conséquences de ce qu'on rapportait. Il y avait aussi d'autres sources de nouvelles, comme ce que les militaires, les marchands et les matelots racontaient dans les tavernes. Certaines tavernes étaient fréquentées par des gens ordinaires, d'autres attiraient une clientèle plus sophistiquée. Il arrivait même que des rumeurs et des potins circulent dans les boutiques où on vendait des tissus luxueux et des accessoires de mode.

Monsieur de la Tour était bien placé pour tirer avantage de toutes ces sources d'information et plusieurs discussions avaient lieu sous son toit. Jeanne faisait de son mieux pour écouter ce qu'on disait, mais elle ne comprenait pas toujours. Lorsque Joseph la voyait froncer les sourcils, il lui disait : « Jeanne, je t'ai dit de ne pas t'inquiéter, te souviens-tu ? » Il tenait sa promesse et continuait de l'informer, mais elle se demandait parfois s'il ne lui cachait pas certaines choses.

* * * * *

Au printemps de 1742, la colonie apprit que la France et l'Angleterre étaient encore une fois en guerre, chaque pays prenant un parti opposé dans le conflit qui déchirait l'Europe à propos de la succession des Hapsbourg. Tout le monde se demandait si ce conflit mènerait les deux vieux ennemis à s'attaquer directement. Si oui, il était presque certain que la guerre se transporterait dans les colonies.

Cette année-là, au début de l'été, les de la Tour ainsi que Joseph et sa famille retournèrent à Grand-Pré pour un mois. Les habitants de Grand-Pré étaient d'humeur plus sombre que lors de leur dernier séjour. On continuait à discuter autour de la table après le souper, mais Jeanne n'avait pas toujours le droit de rester pour écouter ce qui se disait. Joseph l'avait avertie d'un ton sévère : « Je te dirai ce qui se passe plus tard, Jeanne. Je te le promets. »

Avec le temps, Jeanne comprit qu'ils devaient être en train de planifier quoi faire au cas où les rumeurs étaient vraies. Lorsqu'ils retournèrent à Louisbourg, Angélique décida de rester dans le paisible village de Grand-Pré avec son plus vieux frère Charles et sa famille.

* * * * *

Une ambiance tendue et agitée régnait à Louisbourg à leur retour. Les rumeurs que la guerre était à la veille de reprendre continuaient à circuler. De nombreux pêcheurs n'osaient même plus prendre le risque de prendre la mer de peur que les hostilités recommencent entre la France et l'Angleterre, ce qui ne fit qu'empirer la situation. Beaucoup d'aliments à Louisbourg étaient importés, de sorte que le printemps venu, il en manquait souvent. Normalement, des centaines de navires basques venaient renflouer les stocks dès leur premier voyage de la saison, mais comme peu d'entre eux étaient venus, les entrepôts restaient presque vides. Évidemment, les pauvres étaient les premiers à en souffrir. Plusieurs n'eurent plus rien à manger au printemps de 1743 et il en fut de même le printemps suivant.

De plus, l'été 1743 fut particulièrement difficile pour les pêcheurs de l'Île Royale. Leur moral était plutôt bas à l'approche de la fête de la saint Michel cet automne-là. C'était la fin de la saison de la pêche et c'était aussi le jour où on mesurait les prises de morue pour déterminer le montant de la dette que devaient rembourser les pêcheurs. Ce jour-là, de nombreux habitants devaient également payer leurs dettes. La fête de la saint Michel fut donc un jour bien triste pour les habitants de Louisbourg cette année-là.

C'est par ailleurs au cours de la même année qu'ils apprirent le décès d'Angélique à Grand-Pré. Joseph dut l'annoncer à la famille lorsqu'il revint de son premier voyage à

Grand-Pré au printemps. Elle avait attrapé une fièvre qui l'avait emportée en quelques jours. Elle était morte dans la maison de son frère Charles. Elle n'avait que dix-huit ans. Le choc fut brutal pour toute la famille et Jeanne en fut particulièrement attristée, car elle se disait qu'elle n'avait pas toujours été très tendre envers Angélique.

Quelques mois plus tard, lorsque Joseph et Marguerite eurent une deuxième fille, ils l'appelèrent Anne Angélique.

CHAPITRE 7

Un navire arriva de Saint-Malo le 3 mai 1744, apportant de mauvaises nouvelles. C'était un message officiel du ministre de la Marine. La lettre, signée par le ministre, le comte de Maurepas, annonçait que la France avait déclaré la guerre à l'Angleterre. Cette triste nouvelle ne fut une surprise pour personne. Cela signifiait que pour la première fois, Louisbourg serait entraînée dans le conflit.

Gouverner la colonie de l'Île Royale en temps de paix n'était déjà pas facile. La déclaration de guerre rendait la situation carrément insoutenable, même si certains jeunes officiers de la garnison y voyaient sans doute l'occasion de se faire valoir et si certains marchands se disaient qu'ils pourraient en profiter en fournissant de l'équipement aux corsaires. Pour les pauvres dont la survie dépendait de la pêche, la guerre réduisait le volume de leurs prises et augmentait le risque de se faire capturer par des navires ennemis.

Les officiers de la garnison avaient des décisions difficiles à prendre et la plus urgente concernait le manque de nourriture. Ils attaquèrent un petit fort anglais à Canceau, à l'extrême est de la Nouvelle-Écosse. Le fort fut pillé et détruit, plusieurs navires furent capturés et plus d'une centaine d'hommes emprisonnés. Ce geste audacieux privait les Britanniques de leur base côtière, tout en libérant la voie aux navires qui transportaient du ravitaillement à l'Île Royale. Une telle victoire avait de quoi réjouir les habitants de Louisbourg.

Le jeune lieutenant-colonel qui était aux commandes du fort de Canceau s'appelait Jean-Baptiste Bradstreet, plus connu sous le nom de John Bradstreet. Il fut emprisonné, mais comme il avait des liens de parenté avec les de la Tour et qu'il entretenait de bonnes relations avec certaines personnes de Louisbourg, on le libéra et il put se promener ici et là autour de la forteresse.

La prochaine étape était de s'organiser pour que des corsaires français attaquent des commerces britanniques aux alentours de l'Île Royale. En temps de guerre, capturer des navires permettait de fournir au roi des bateaux et des matelots et constituait une activité lucrative, bien que dangereuse. Les attaquants avaient le droit de capturer et de piller les navires ennemis, que ceux-ci appartiennent à des militaires, à des marchands ou à des pêcheurs. Ils pouvaient aussi emprisonner l'équipage. Après coup, on leur demandait de rapporter ces activités aux autorités et de donner une partie de leurs profits au roi.

Au mois de juin, les corsaires français pouvaient encore surprendre les Anglais, car les colonies britanniques n'étaient pas encore au courant que la guerre était déclarée. Ainsi, à la fin du mois, environ une douzaine de navires britanniques et leurs marchandises furent capturées et de nombreux autres navires furent déviés de leur trajectoire. Louisbourg avait grandement besoin des marchandises confisquées.

Au milieu de l'été, des corsaires français songèrent à attaquer des navires plus au sud, dans le couloir de navigation achalandé de Boston. La possibilité d'en tirer de gros profits était grande, mais les risques étaient plus importants. Au même moment, une goélette fut postée au port de Louisbourg pour patrouiller et garder les côtes afin de protéger les navires de pêche. Les officiers de la garnison envoyèrent aussi du ravitaillement à Port Toulouse et à Port Dauphin et renforcèrent leurs relations avec les Mi'kmaq.

CHAPITRE 8

Les nombreux navires qui faisaient escale dans le port intéressaient les habitants de Louisbourg au plus haut point durant l'été de 1744. Leur équipage rapportait toujours des nouvelles de l'extérieur, et à cause de la guerre, il devenait plus urgent que jamais de rester au fait de ce qui se passait. Ce que rapportaient les corsaires de Louisbourg au sujet du déplacement de l'ennemi était particulièrement important. Les rumeurs ne manquaient pas et chacun essayait de trier le vrai du faux.

* * * * *

Chez Jeanne, les discussions étaient teintées des tensions créées par la guerre. Monsieur de la Tour affirmait sur un ton amer que les décisions quant à leur sort seraient prises de l'autre côté de l'océan par des dirigeants ambitieux qui considéraient l'Île Royale comme un simple outil de négociation, sans jamais penser aux gens qui y vivaient et y travaillaient. Joseph, lui, croyait que les Acadiens et les colons français de l'Île Royale devraient se battre pour faire respecter leurs droits. Avec le temps, Jeanne se lassa d'entendre toujours les mêmes arguments.

Elle trouvait que Joseph avait parfois l'air envieux quand il entendait dire que les corsaires avaient réussi à capturer un navire. Monsieur de la Tour semblait s'en réjouir lui aussi. Un jour, elle entendit Joseph lui marmonner : « Pourquoi ne pas équiper un de vos bateaux et aller tenter votre chance, vous aussi? »

Joseph continuait à transporter des marchandises et du bétail de l'Île-Saint-Jean et de la Nouvelle-Écosse jusqu'à Louisbourg; un petit nombre d'animaux provenait de la Nouvelle-France, pour respecter les termes de son contrat. Un jour, alors qu'elle était en visite chez Joseph, dans sa maison de la rue Royalle, Jeanne lui demanda ce que tout cela voulait dire.

« Eh bien, Jeanne, c'est vrai que les corsaires font beaucoup d'argent, mais ils prennent beaucoup de risques. Je suis chanceux d'avoir des contrats qui me font gagner beaucoup d'argent, moi aussi. Je n'ai pas besoin de participer à la guerre. »

Marguerite, la femme de Joseph, le regarda d'un air inquiet. « N'y pense même pas », dit-elle. « Ce que tu fais est déjà assez dangereux comme ça. » Ils savaient tous les deux que le père de Marguerite, Joseph Leblanc dit Le Maigre, était beaucoup impliqué avec les corsaires.

Jeanne les regarda à tour de rôle. « Qu'est-ce qui va arriver, Joseph? »

« Personne ne le sait, Jeanne. Personne. De toute façon, personne ne gagne quand c'est la guerre. Personne. Mais beaucoup de gens en tirent profit. »

« Si Louisbourg tombe aux mains des Anglais, est-ce qu'on sera encore des Acadiens, Joseph? »

« Jeanne », répondit Joseph en souriant, « tu as l'air de t'entêter encore une fois. Tu as encore peur de ne plus être acadienne un jour? Tu ne te rappelles pas ce que je t'ai dit? Un jour, crois-moi, on va retourner en Acadie. »

Ce que Joseph ne lui disait pas et qu'elle n'apprit qu'une fois la guerre terminée, c'est qu'il participait bel et bien aux efforts de guerre. Grâce à ses activités commerciales, il pouvait se déplacer librement entre l'Île Royale et la Nouvelle-Écosse et il entretenait de bonnes relations avec les Mi'kmaq qui servaient d'éclaireurs, ce qui lui permettait de fournir aux Français des renseignements d'ordre militaire.

* * * * *

Les célébrations entourant les débuts de l'âge adulte de Jeanne cet été-là restèrent gravées à jamais dans sa mémoire comme étant la première étape importante de sa vie. Il y en aurait bien d'autres qui lui seraient imposées par le fil des événements et qui seraient hors de son contrôle. Elle baigna ainsi, l'espace d'un petit moment, dans le monde merveilleux des belles robes de soie bleue, mais ce n'était pas l'atmosphère insouciante que ses sœurs avaient connue à cette étape de leur vie.

CHAPITRE 9

Les nouvelles au sujet de la guerre circulaient en ville. À la fin du mois de juillet, on rapportait que de plus en plus de corsaires venus de l'Angleterre et de la Nouvelle-Angleterre naviguaient près de l'Île Royale. La guerre navale prenait un nouveau tournant. On attendait avec empressement l'arrivée des corsaires français et de leurs captures, y compris les récits de leurs aventures palpitantes, mais les succès qu'ils connurent aux mois de juin et de juillet furent de courte durée.

L'arrivée dans le port de six immenses navires commerciaux de la Compagnie des Indes fut une agréable distraction. La Compagnie avait le monopole du commerce français en Extrême-Orient. Les bateaux arrivaient de l'Inde et retournaient en France, mais à cause de la guerre, on leur avait demandé de faire escale à Louisbourg. Des centaines de matelots turbulents débarquèrent, ce qui distraya la population de Louisbourg, qui oublia l'espace d'un moment, les soucis de la guerre. Chez les de la Tour, on en parla longuement, mais l'inquiétude face à la guerre ne cessa pas pour autant de tourmenter la famille.

Au mois d'août, on vit des corsaires et des navires de guerre britanniques apparaître au large des côtes de l'Île Royale. Ils réussirent à perturber les voies de navigation françaises et dès le début du mois d'août, ils avaient capturé cinq navires français.

* * * * *

L'atmosphère chez les de la Tour s'assombrissait. Joseph venait souvent faire un tour et ses discussions avec Monsieur de la Tour étaient parfois très houleuses. Monsieur de la Tour voulait que lui et sa famille quittent l'Île Royale dès l'automne, avant que les froideurs de l'hiver ne s'installent; Joseph, lui, n'avait pas du tout le goût de partir. Ils ne s'entendaient pas non plus sur l'endroit où se réfugier. Monsieur de la Tour voulait aller à Grand-Pré, où ils avaient de la parenté et des terres. Joseph préférait l'Île-Saint-Jean, d'où il pourrait plus facilement pratiquer le cabotage et qui se trouvait plus près de l'Île Royale, ce qui serait pratique si jamais la guerre tournait en leur faveur.

Monsieur de la Tour prétendait que Joseph manquait de réalisme quand il pensait que la guerre jouerait en leur faveur. Joseph, quant à lui, se disait que Monsieur de la Tour rêvait en couleur quand il s'imaginait que Grand-Pré pourrait offrir un refuge permanent et sécuritaire au cas où la victoire irait aux Anglais.

« Si Louisbourg tombe aux mains des Anglais, c'est toute la colonie française qui s'effondre, autant l'Île Royale que l'Île-Saint-Jean », dit Joseph. « Pensez-vous vraiment que les Anglais voudront vouloir que les Acadiens restent ici s'ils gagnent la guerre? Il n'y a que les gens de votre génération pour penser que les Acadiens pourront rester ici pour toujours. »

Monsieur de la Tour réfléchit un moment, puis il prit un ton très sérieux.

« Joseph, je suis aussi Acadien que toi et Jeanne », dit-il en souriant à Jeanne, « mais je pense que c'est de notre survie dont on parle ici, à moins d'accepter d'être déportés en France quand les Anglais auront envahi Louisbourg. Je pense que ça, ça ne ferait plaisir à aucun d'entre nous. »

Joseph fit une grimace et baissa la tête.

« Je suis peut-être vieux », ajouta Monsieur de la Tour, « mais il faut qu'on pense à nos familles. On prévoit s'en aller à Grand-Pré et je pense que c'est la meilleure solution pour le moment. Joseph, te laisserais-tu influencer par ton beau-père par hasard ? Il n'a pas l'air d'avoir froid aux yeux, celui-là. Ce n'est pas le temps de prendre des risques. »

Les épouses des deux hommes se regardèrent, inquiètes. La femme de Joseph lui dit : « Tu sais, j'aime mon père, mais j'ai plus confiance dans le jugement de Monsieur de la Tour. »

Finalement, le point de vue de Monsieur de la Tour l'emporta : les deux familles se préparèrent à partir pour Grand-Pré vers la fin septembre. Ils s'entendirent pour ne pas parler de leur départ pour ne pas attirer inutilement l'attention avant de quitter Louisbourg.

Un jour, Joseph surprit Jeanne : elle essayait de décider quoi emporter. Elle avait encore une fois les sourcils froncés. « Jeanne », lui demanda-t-il, « qu'est-ce qui te tracasse ? »

« Oh, Joseph, je me demande si je devrais emporter ma robe de soie bleue. Je n'ai pas eu la chance de la porter très souvent et je ne sais pas si je vais en avoir l'occasion là-bas. »

« Je sais », répondit-il, « et j'en suis désolé. Tu peux l'emporter, mais ne la mets pas dans tes bagages tout de suite. Tu pourras la porter à la fête de la Saint-Louis. »

Mais la fête de la Saint-Louis, le 25 août, d'habitude la fête publique la plus importante de Louisbourg, fut à peine soulignée cette année-là. L'immense feu de camp et les saluts militaires furent annulés. Jeanne porta sa robe de soie bleue, mais les festivités furent brèves, surtout pour les de la Tour et les Dugas qui n'avaient pas le cœur à la fête à la veille de leur départ.

* * * * *

Les officiers de la garnison étaient très inquiets. Le problème le plus sérieux était le manque de nourriture, surtout à cause de la capture par les Anglais des navires de ravitaillement français au large des côtes. Les Britanniques empêchaient les navires français d'entrer dans le port de Louisbourg et l'hiver approchait à grands pas.

En septembre, deux navires de guerre français lourdement armés, l'*Ardent* et le *Caribou*, arrivèrent au large des côtes de l'Île Royal. Ils éloignèrent les navires ennemis de sorte que certains corsaires et navires de guerre de Louisbourg purent à nouveau avoir accès au port. Toutefois, l'*Ardent* et le *Caribou* devaient retourner en France avant l'hiver et personne ne pouvait garantir qu'ils reviendraient au printemps.

Quelques semaines avant le départ de la famille de Jeanne, la religieuse préférée de Jeanne, mère Saint-Joseph, quitta Louisbourg elle aussi. Elle avait été la supérieure de la congrégation de Notre-Dame depuis 1733. Le jour du départ de la religieuse, Joseph emmena Jeanne sur le quai pour qu'elle puisse lui dire au revoir. Jeanne lui confia qu'elle devrait elle aussi partir bientôt, puis elle se mit à pleurer.

« Jeanne », dit mère Saint-Joseph, « tu es forte et tu dois faire preuve de courage. J'ai confiance en toi et je vais prier pour toi. Est-ce que tu vas emporter ton beau châle ? »

« Oui, bien sûr », répondit Jeanne en sanglotant. « Je le garderai toujours avec moi. »

* * * * *

Les familles de la Tour et Dugas partirent pour Grand-Pré en septembre. Le dernier jour de novembre, après que Louisbourg eut connu sa pire saison de pêche à la morue, une cinquantaine de navires mirent les voiles vers la France. Il ne restait plus que quelques bateaux encore amarrés au quai pour l'hiver. Nombreux étaient ceux qui, craignant la guerre, choisissaient de ne pas rester dans la colonie et de quitter Louisbourg.

LA FUITE
VERS GRAND-PRÉ

————

CHAPITRE 10

Après avoir réglé leurs comptes le jour de la Saint-Michel, les de la Tour et les Dugas partirent pour Grand-Pré. La famille de Monsieur de la Tour voyageait à bord de sa goélette, le *Cygne*, alors que la famille Dugas était dans le *Marie-Josèphe*.

Ils n'avaient pour bagages que leurs vêtements et leurs effets personnels. Ils en avaient discuté longuement lors de voyages précédents et ils savaient qu'une fois sur place, ils seraient hébergés chez la parenté. Ils devaient encore une fois porter des vêtements acadiens. La mère de Jeanne avait accepté qu'elle, Marie et Louise emportent chacune une robe de style français et quelques souvenirs. Louise et Marie avaient quelques souvenirs de leur vie à Louisbourg, des invitations et des billets de faveur qui leur rappelaient les activités sociales auxquelles elles avaient participé. Les jumelles avaient aussi leur poupée préférée et Jeanne avait choisi sa robe de soie bleue, son collier et son portrait, de même que le châle qu'elle avait brodé. Elle avait aussi réussi à cacher dans son baluchon plusieurs livres de la Bibliothèque bleue.

Ils furent en effet accueillis à bras ouverts. L'aîné des frères de Jeanne, Charles, était particulièrement heureux de les revoir. « Vous ne pouvez pas vous imaginer les histoires qu'on raconte au sujet de ce qui se passe à Louisbourg », dit-il. « Et toi, Joseph, mon frère, tu es là toi aussi ! Tu es là ! »

« Oui, je suis ici à contrecoeur, mais je suis très content de te revoir, Charles. Je me demande comment toi et le reste de la parenté, vous allez pouvoir nous héberger. »

« Ne t'en fais pas », répondit Charles. « Le seul problème, c'est qu'on se dispute pour savoir qui va avoir la chance de vous accueillir sous son toit. La récolte a été très bonne cette année. Ça va nous faire plaisir de la partager avec vous. Laisse-moi voir tes filles, Joseph. »

« Les voici », dit Joseph. « Marguerite et Anne. Anne s'appelle vraiment Anne Angélique, en souvenir de notre sœur. » Joseph mit son petit bébé d'un an dans les bras de Charles.

« Bonjour toi, petite Anne Angélique. Tu sais, Joseph, je pense qu'elle ressemble beaucoup à notre Angélique. » Charles avait lui-même quatre enfants, dont un jeune bébé. Les trois autres avaient accouru pour voir la visite.

* * * * *

Le jour suivant, Charles emmena les de la Tour et la famille de Joseph visiter la tombe d'Angélique au cimetière de Saint-Charles-des-Mines. Jeanne restait près de sa mère, la tenant par la main. Lorsque les sanglots étouffaient les prières de sa mère, Jeanne prenait le relais et priait. À la fin, elle demanda, comme sa mère, que Dieu bénisse Madeleine, Marguerite et Anne, de même que le petit Étienne. Jeanne sentit la main de sa mère serrer la sienne comme pour lui dire merci.

Charles, qui leur avait raconté les derniers jours d'Angélique, répéta encore une fois à sa mère qu'il regrettait de ne pas avoir pu sauver la vie de sa sœur.

« Charles, mon garçon, je sais que tu as fait tout ce que tu pouvais. Il faut l'accepter, ces choses-là sont dans les mains du Bon Dieu », répondit-elle. « C'est la même chose pour ce qui se passe maintenant : il faut accepter que notre vie soit entre ses mains. »

Personne ne voulut la contredire.

* * * * *

La mère de Jeanne, Monsieur de la Tour, Louise, Marie et les deux jumelles furent hébergés chez Charles, alors que Joseph et sa famille, ainsi que Jeanne et le jeune Abraham furent logés chez l'oncle Abraham.

Au début, Jeanne se renferma sur elle-même, car il lui fallait s'habituer non seulement à ne plus être chez elle, mais aussi à vivre avec son frère Joseph et sa famille plutôt qu'avec sa mère. Ce n'était pas parce qu'elle n'était pas d'accord avec la décision, au contraire, elle aimait beaucoup Joseph et son épouse, mais c'était pour elle comme une deuxième séparation. Elle redoublait d'efforts pour observer ceux qui l'entouraient. Lorsque Monsieur de la Tour et Charles viendraient à la ferme de l'oncle Abraham et qu'assis autour de la table de cuisine, ils discuteraient de ce qui les préoccupait, elle serait contente d'être là. Leur première discussion sérieuse eut lieu après la visite au cimetière.

Il était déjà arrivé qu'oncle Abraham avait été choisi comme délégué auprès des autorités britanniques pour représenter les Acadiens de la région de Grand-Pré. Ses positions politiques étaient fermes. Il avait entendu parler de la conquête du fort britannique de Canceau par les militaires de Louisbourg au début de l'été, ainsi que de la capture des navires britanniques par des corsaires français.

Maintenant, Joseph lui confirmait que le vent avait tourné et que les Britanniques, avec l'aide de militaires de leurs colonies, avaient infligé des pertes à Louisbourg et qu'ils avaient sérieusement perturbé les voies de ravitaillement et les activités des corsaires. « La garnison de la forteresse a très peur que les Britanniques réussissent à encercler le port l'été prochain », dit Joseph, « à moins que le gouvernement français ne nous envoie des navires de guerre au début du printemps. »

« Qu'est-ce que vous savez au sujet de ce Duvivier? » demanda oncle Abraham. « J'ai compris qu'on l'avait chargé d'attaquer Annapolis Royal, mais je crains qu'il ne vienne nous nuire ici aussi, en Acadie. »

C'est Monsieur de la Tour qui répliqua.

« Je n'en suis pas très fier, mais c'est un de mes cousins. François Dupont Duvivier est le petit-fils de Charles de Saint-Étienne de la Tour, du côté maternel. Militaire à un très jeune âge, il a été nommé adjudant à Louisbourg quand il était dans la mi-vingtaine, à peu près en même temps que son oncle Louis Dupont Duchambon est devenu commandant de Louisbourg. Duvivier est protégé par la garnison. Il s'est lancé en affaires, il a fait du commerce aussi bien avec l'Île Royale qu'avec l'Acadie, la France et les Antilles. Il a le nez fourré partout et il est protégé par les deux officiers du commerce de Louisbourg. Il s'est bâti une vraie fortune. » Monsieur de la Tour regarda Joseph.

« Tu en sais quelque chose, Joseph. Quand Le Normant a eu le monopole pour vendre de la viande fraîche à Louisbourg, les gens disent que même si c'était toi qui as eu le contrat, en réalité, c'est Duvivier qui contrôlait tout. »

« Vous savez très bien que ça n'a jamais été prouvé », répondit Joseph. « Et je n'ai pas envie d'en discuter maintenant. » Il y eut un long silence. Jeanne, installée dans un coin de la pièce, essayait de tout comprendre, tout en restant inaperçue. C'est Joseph qui brisa le silence.

« Vous devez tout de même reconnaître que c'est Duvivier qui a mené l'attaque de Canceau et que c'est lui qui a ramené une centaine de prisonniers à Louisbourg. »

Oncle Abraham renifla. « Oui, et qui était ce jeune lieutenant colonel à la tête du fort qui fut fait prisonnier ? » Il fixa Monsieur de la Tour droit dans les yeux.

Monsieur de la Tour bougea sur sa chaise en soupirant. « Un autre de mes cousins, John Bradstreet, aussi connu sous le nom de Jean-Baptiste Bradstreet.

« Cet été, quand il est arrivé à Louisbourg en tant que prisonnier, on ne l'a pas traité comme les autres, on lui a fait des faveurs. » Monsieur de la Tour ajouta : « Je n'ai pas voulu me rapprocher de lui, mais je l'ai vu se promener un peu partout à Louisbourg. J'avoue que ça me rendait plutôt mal à l'aise. »

Oncle Abraham renifla encore une fois. « Je ne sais pas si on devrait demander à Dieu de nous protéger des Anglais ou de nos cousins », dit-il. Il y eut un rire nerveux autour de la table.

« Pour revenir à Duvivier », dit Monsieur de la Tour, « j'ai entendu dire qu'il organisait une attaque sur Annapolis Royal. Il paraît que ce serait pour riposter à l'attaque de Canceau et reprendre éventuellement l'Acadie. Duvivier s'attend à ce que des navires et des hommes arrivent de France. J'ai compris qu'il a recruté des Mi'kmaq et des Malécites de la région du fleuve Saint-Jean et qu'il espère recruter des Acadiens d'ici aussi. »

« Je dois admettre », ajouta Monsieur de la Tour, « que je ne suis pas convaincu de l'expertise de Duvivier. Canceau était sa première bataille militaire et c'était une victoire facile : le fort était petit et pas du tout prêt à se défendre. Ce qui va lui arriver à Annapolis, c'est une autre histoire. »

Oncle Abraham l'interrompit. « Et cet imbécile de Joseph Leblanc dit Le Maigre qui promenait ses trois cents livres de graisse en célébrant à l'avance la victoire de Duvivier! Il essayait d'encourager les gens à venir se battre avec lui. Il paraît qu'il n'a pas convaincu grand monde. Mais c'est vrai, je suis désolé, Joseph, cet homme-là est ton beau-père. »

« Ce n'est pas grave, mon oncle, vous savez, mon beau-père est un Acadien très patriotique. Duvivier est son neveu. Ils veulent juste aider la cause des Acadiens. »

« Que Dieu nous vienne en aide! Un autre parent! Non Joseph, ils n'essaient pas d'aider la cause des Acadiens. Ils essaient d'aider la cause des Français. En faisant ça, ils vont nuire aux Acadiens. »

« Que voulez-vous dire, mon oncle? »

« Ils n'aident pas la cause des Acadiens! », répondit oncle Abraham en criant. « Je vais te donner un exemple. Te souviens-tu d'Alexandre Bourg dit Belle-Humeur? Il travaillait comme notaire ici à Grand-Pré. C'était un homme respecté. Il était un des délégués acadiens auprès des Anglais à Annapolis Royal. Et bien, il a perdu son poste cette année : les Anglais l'ont accusé de collaborer avec les Français à cause des relations qu'il entretenait avec Le Maigre et son neveu Duvivier. Je ne crois pas qu'il ait vraiment collaboré avec eux, mais ça ne change rien.

Il y a quelque chose que les Français ne comprennent pas, et vous non plus, apparemment. Nous, les Acadiens de la Nouvelle-Écosse, on est devenu un peuple. On a travaillé fort pour se tailler une place ici et on a trouvé moyen de vivre en paix sous le régime des Anglais. On n'a pas juste survécu, on s'est enrichis. Tu sais tout ça, Joseph, toi qui as transporté des marchandises à Louisbourg et à l'Île-Saint-Jean. Et puis, on s'entend encore très bien avec les Mi'kmaq. »

« Oui, mon oncle, mais qu'est-ce que les Mi'kmaq viennent faire là-dedans? »

Oncle Abraham hésita un moment, puis il dit : « La chose la plus importante que nous avons faite, nous les Français, c'est peut-être d'avoir développé des liens d'amitié avec les Mi'kmaq. Sans eux, nos ancêtres auraient tous péri. On a été capables de vivre en paix avec eux. On cultivait les basses terres et eux, ils continuaient à pêcher et à chasser dans la forêt. Les Anglais, je suis sûr, vont vouloir toutes les terres aussitôt qu'ils auront amené leurs colons ici. Je ne leur fais pas confiance. »

« Ah, mon oncle, vous et Monsieur de la Tour, vous êtes de la vieille génération », dit Joseph. « Vous n'avez pas le courage de vous battre, c'est ça ? »

« C'est notre expérience qui parle », répliqua oncle Abraham avec fermeté. Joseph mit un bras autour de l'épaule de son oncle pour montrer qu'il ne rejetait pas son opinion, même s'il n'était pas d'accord avec lui.

« Êtes-vous au courant de la façon dont la campagne de Duvivier se passe ? » demanda Monsieur de la Tour à oncle Abraham.

« Non. Il paraît que ça continue. Ce qu'on sait par contre, c'est que les renforts que Duvivier pensait que la France allait lui envoyer ne sont pas encore arrivés et il se peut bien qu'ils n'arrivent jamais. Je ne sais pas trop ce que ça veut dire pour nous si Duvivier remporte la bataille. D'une manière ou d'une autre, il y aura encore d'autres batailles et ça va nous causer encore de la misère. »

Quelques jours plus tard, on racontait que l'attaque de Duvivier sur Annapolis avait échoué.

Cet hiver-là, les autorités britanniques interrogèrent les délégués acadiens à Grand-Pré au sujet de ce qu'ils avaient fait pendant l'attaque. Les délégués affirmèrent que les habitants de Grand-Pré n'avaient fourni aucune aide à Duvivier sauf quand on les avait menacés. Quand on les questionna au sujet du bétail envoyé à Louisbourg, les délégués répondirent que deux voyages de bœufs noirs et de moutons avaient été rassemblés à Les Mines par Joseph Leblanc dit Le Maigre et par Joseph Dugas. Leur réponse n'eut aucune conséquence immédiate, mais les gens de Grand-Pré savaient que cela ne les aiderait pas à rester en bons termes avec les autorités britanniques.

* * * * *

Durant tout l'hiver, les familles de Grand-Pré ne pouvaient rien faire d'autre que de s'occuper de leur ferme. Après leur première discussion sérieuse durant laquelle oncle Abraham avait exprimé clairement son point de vue, les hommes de la famille continuaient de se rencontrer au moins un jour sur deux. Joseph n'était pas toujours là : il poursuivit ses activités de cabotage aussi longtemps qu'il le put, revenant avec des nouvelles, parfois même de Louisbourg. Il réussit à naviguer jusqu'à Louisbourg au moins deux fois, jusqu'à ce que la glace le force à rebrousser chemin. Il obtenait parfois des informations des autres capitaines de bateau, parfois des Mi'kmaq. Joseph connaissait les éclaireurs mi'kmaq Jean Sauvage, Denis Michaud et François Muize; tous les trois avaient été embauchés par les Français pour les renseigner au sujet des déplacements effectués par les navires britanniques et de leurs militaires. Il restait en contact étroit avec eux.

La femme de Joseph, Marguerite, dit à Jeanne que son mari avait lui aussi recueilli des renseignements militaires pour les Français. Elle craignait pour la sécurité de Joseph.

« Je remercie Dieu », dit-elle, « qu'au moins, il ne se soit pas mis dans la tête de devenir corsaire. Je suis inquiète pour mon père aussi », ajouta-t-elle, « mais je sais qu'il ne changera pas. »

Ce n'était pas la première fois que Jeanne se demandait comment un homme aussi gros, aussi grossier et aussi bagarreur que Joseph Leblanc dit Le Maigre, pouvait avoir une fille aussi douce et gentille que Marguerite.

CHAPITRE 11

Les officiers de Louisbourg savaient que la guerre éclaterait au printemps et qu'elle se poursuivrait à l'été de 1745. Ils pensaient que l'attaque serait menée par des navires de guerre britanniques qui arriveraient de l'Angleterre au printemps. Ils espéraient que des navires de guerre français arriveraient aussi à ce moment-là. Or, l'attaque vint plus tôt que prévu. Elle fut lancée par des soldats de la Nouvelle-Angleterre commandés par William Pepperell de la colonie du Massachusetts. Leurs navires avaient jeté l'ancre à Canceau et en attendant la fonte des glaces autour de Louisbourg, les militaires y avaient refait les fortifications. Une flotte de petits navires de guerre du Massachusetts entourait déjà le fort de Louisbourg lorsque le siège commença, au début de mai.

Les fortifications de Louisbourg étaient en mauvais état et le nombre de soldats de la garnison était insuffisant. Le moral des troupes n'était pas très bon non plus; ils se défendirent tout de même, sans se douter que les troupes de la Nouvelle-Angleterre avaient aussi transporté le l'artillerie derrière la forteresse pour les attaquer sur l'autre front.

Un navire de guerre arriva de la France à la fin de mai, avec à son bord des militaires et des vivres dont Louisbourg avait grandement besoin. Après avoir mené une bataille féroce, le navire fut finalement capturé par la marine de la Nouvelle-Angleterre. Dès le début de juin, la flotte britannique était aux portes du port. L'attaque, dirigée en même temps sur les deux fronts, sur terre et par mer, ne dura même pas sept semaines.

Le 26 juin 1745, les Français capitulaient. Selon l'entente conclue par la suite, les militaires de la garnison avaient le droit de quitter Louisbourg avec les honneurs de la guerre. Quant aux habitants, ils devaient s'en retourner en France.

* * * * *

Lorsque les Britanniques et leurs alliés des colonies américaines prirent possession de Louisbourg, le lieutenant John (Jean-Baptiste) Bradstreet fut l'un des premiers militaires à y faire son entrée officielle. Pourtant, en sortant de la prison de Louisbourg l'année précédente, il avait dit qu'il n'attaquerait pas les Français pour un bon bout de temps. En se promenant librement à l'intérieur de la forteresse, Bradstreet avait remarqué qu'elle était facile à attaquer par voie de terre. Il ne tint donc pas parole et transmit ces renseignements au gouverneur Shirley de la colonie du Massachusetts, qui sut en tirer profit.

Pour récompenser le lieutenant Bradstreet, l'armée le promut capitaine.

CHAPITRE 12

Même si les Dugas savaient dans leur for intérieur que la chute de Louisbourg était inévitable, la nouvelle de la défaite les bouleversa. Jeanne fut surprise de voir la réaction des hommes. Oncle Abraham, de même que ses frères Charles et Abraham, acceptaient malgré tout la défaite, mais Joseph, lui, restait fâché et amer.

« Les maudits Français! Ils ne nous ont même pas envoyé un navire de guerre capable de nous défendre! » dit-il.

« Je te l'avais pourtant dit! », riposta Monsieur de la Tour.

Joseph continua de faire du cabotage dans la mesure du possible, s'absentant pour de longues périodes. Jeanne était plus au courant des activités commerciales de Joseph que les autres membres de la famille, puisque c'était elle qui lui lisait ses contrats. Elle savait aussi qu'il était impliqué dans certaines activités avec son beau-père. Comme sa belle-sœur Marguerite, elle espérait que Joseph ne se laisserait pas entraîner par Le Maigre dans des activités liées à la guerre.

Jeanne se rendit compte que les relations entre les différents membres de sa famille se transformaient encore une fois. Bien sûr, ils étaient tous soulagés d'avoir quitté Louisbourg à temps pour éviter d'être déportés en France, mais ils avaient maintenant d'importantes décisions à prendre. Devraient-ils rester à Grand-Pré? Sinon, où aller? Quels étaient leurs choix?

Charles, l'aîné des frères de Jeanne, tenait pour acquis qu'ils resteraient tous à Grand-Pré. « Après tout », dit-il, « notre père avait une terre ici et vous deux, Joseph et Abraham, vous pourriez commencer à la cultiver. Vous seriez bien ici. »

« Jeanne », ajouta-t-il en souriant, « tu pourras marier un gentil Acadien et devenir une vraie Acadienne. » Le désir ardent de Jeanne d'être Acadienne lorsqu'elle était petite était une source de plaisanteries au sein de la famille.

Le tempérament d'Abraham ressemblait à celui de Charles, si bien que Jeanne l'imaginait avoir facilement une bonne vie à Grand-Pré. Elle savait qu'il n'en était pas de même pour Joseph.

Oncle Abraham prit la parole. « Joseph, je sais comment tu te sens, mais il faut que tu penses à ta femme et à tes enfants. »

« Mon oncle, je ne suis pas à la veille de prendre des risques inutiles », répliqua Joseph. « Je suis caboteur comme mon père avant moi et je veux continuer à pratiquer mon métier aussi longtemps que possible. Il doit y avoir de l'argent à faire dans une pareille situation. De toute façon, je pense qu'il est trop tôt pour prendre des décisions importantes. J'ai envie d'attendre pour voir ce qui va arriver. Peut-être qu'on ira s'installer à l'Île-Saint-Jean. Ça serait plus facile pour moi. Je sais, je sais », ajouta-t-il aussitôt, « je pense bien que ma famille est en sécurité ici pour le moment. »

Oncle Abraham essaya de calmer tout le monde : « C'est ça, attendons un peu. Joseph a raison. Attendons de voir ce qui va arriver. En attendant, vous êtes en sécurité ici. »

Jeanne savait que tôt ce printemps-là, Joseph avait transmis un message de Louis Dupont Duchambon, le commandant de Louisbourg, à Paul Marin de la Malgue en Acadie, demandant à ce dernier de l'aider à reprendre la ville assiégée. Après la chute de la forteresse, William Pepperell, le commandant des forces de la Nouvelle-Angleterre, avait demandé à Joseph d'encourager les Acadiens de la Nouvelle-Écosse à envoyer du ravitaillement aux forces d'occupation de Louisbourg. Il avait demandé à Jeanne de lui lire le message, car il voulait être certain d'en comprendre le contenu. Lorsqu'elle lui avait demandé pourquoi il faisait cela, il lui avait répondu brusquement : « Ne pose pas de questions, Jeanne. » Cela ne l'avait pas empêché de continuer à se demander pourquoi il agissait ainsi.

Lorsque Joseph revint de son voyage suivant, il raconta que des Mi'kmaq de l'Île Royale avaient attaqué sa goélette à Tatamagouche et qu'ils l'avaient menacé.

« Les Mi'kmaq, Joseph? Mais pourquoi? » demanda Jeanne, troublée. « Ce sont nos amis. »

« Oui, mais ils ne sont pas les amis des Anglais. Il faut que je les respecte. On verra bien ce qui va arriver. »

Joseph expliqua à Jeanne que les Mi'kmaq étaient plus loyaux envers la France que bien des Acadiens. Quelques années auparavant, lorsque les Mi'kmaq avaient entendu dire qu'il se pouvait que les Acadiens prêtent le serment d'allégeance à l'Angleterre, ils voyaient clairement cela comme un geste de trahison. D'une certaine façon, c'était vrai. En prêtant le serment d'allégeance, les Acadiens auraient pu être forcés de prendre les armes contre les Français et les Mi'kmaq. Le serment d'allégeance précédent leur permettait de rester neutres, de ne pas se battre en cas de conflit. Mais à vrai dire, seule la version française du serment leur accordait ce droit.

Jeanne était presque certaine que Joseph ne faisait plus de commerce avec les Anglais de l'Île Royale. Il poursuivait ses activités, à très petite échelle. Elle était contente qu'il en soit ainsi, car elle trouvait que sa femme, Marguerite, devenait pâle et inquiète lorsque Joseph s'absentait.

Ils avaient cessé de se demander s'ils devaient s'installer à Grand-Pré ou non. Maintenant, chaque fois que les hommes s'assoyaient pour discuter, ils semblaient en être arrivés à une sorte de trêve fragile. Durant tout l'été et l'automne, ils s'occupèrent de planter un jardin et d'en récolter les fruits, tout en travaillant à l'entretien des aboiteaux, sorte de digues qui rendaient la terre fertile. Tous les hommes donnèrent un coup de main, même Joseph quand il était à la maison.

Au cours de l'hiver, Monsieur de la Tour tomba malade. Sa femme passait son temps à son chevet. Le médecin vint le voir, mais il ne fut pas capable de déterminer la cause de sa maladie. « Est-ce qu'il a reçu de mauvaises nouvelles dernièrement? Est-ce qu'il a le cœur brisé par un drame? », demanda le médecin. La mère de Jeanne expliqua qu'ils avaient fui Louisbourg et que son mari avait trouvé les récents évènements difficiles à accepter.

« Eh bien, on se sent tous comme ça », répondit le médecin.

Monsieur de la Tour rendit l'âme au début de mai, au moment où la nature transformait l'Acadie en un beau jardin verdoyant.

* * * * *

Les nouvelles de l'Île Royale ce printemps-là étaient décourageantes. Louisbourg était occupé par une troupe de deux mille militaires de la Nouvelle-Angleterre. Ceux-ci pensaient pouvoir retourner chez eux dès la fin du conflit, mais ils furent forcés de rester une autre année, en attendant que les Britanniques viennent prendre la relève. Ces militaires devaient réparer et reconstruire les fortifications endommagées. La rigueur du climat et les conditions de vie difficiles auxquelles ils étaient confrontés les rendaient malades, de sorte que plus de mille d'entre eux moururent au cours du premier hiver.

Au milieu de l'été, ce fut au tour de la mère de Jeanne d'être frappée par la maladie. Elle vint s'installer chez oncle Abraham pour que Jeanne puisse s'occuper d'elle. Elle avait mal au ventre et aucune plante médicinale, aucune potion ne la soulageait. Les enfants essayaient d'encourager leur mère, mais elle semblait avoir accepté le fait que son heure était venue. Jeanne passa de longues heures à son chevet. Aussi longtemps qu'elle était capable de parler, elle l'encourageait à raconter des histoires sur son passé en Acadie. La mère de Jeanne s'inquiétait de ce qui allait arriver à ses enfants lorsqu'elle ne serait plus là.

« J'avais le cœur en morceaux », dit-elle « quand j'ai perdu mes trois petites filles à Port Toulouse, puis quand bébé Étienne nous a quittés à Louisbourg. Et voilà qu'Angélique est partie elle aussi. J'espère que tu ne perdras jamais un seul de tes enfants, ma petite Jeanne, mais si jamais ça t'arrive, souviens-toi que tout ça, c'est entre les mains du Bon Dieu. Et qu'il faut toujours continuer à regarder devant soi coûte que coûte. »

« Oui, maman. Arrêtez de vous inquiéter pour ce qui va nous arriver », lui reprocha Jeanne.

« Ah, Jeanne, que veux-tu, c'est ça, une maman. Ton père et moi, on pensait vous avoir tracé le chemin pour que vous ayez une belle vie. Je sais que vous en êtes tous très capables, mais vous n'avez aucun contrôle sur ce qui va se passer ici. Le Bon Dieu est le seul qui sait comment tout ça va finir... peut-être. Je crois que Charles et Abraham sont assez raisonnables pour accepter ce qui va arriver, mais Joseph, lui, est plus du genre à prendre des risques, et ça m'inquiète beaucoup. » Elle sourit. « Tu sais, Jeanne, c'est lui qui ressemble le plus à son père. Je sais que tu es proche de lui, Jeanne. Essaie de le protéger, veux-tu ? »

« Bien sûr, maman, je ferai ce que je pourrai. »

« Ma chère enfant, je n'ai pas le droit de te demander ça. Il faut que tu t'occupes de ta propre vie. Tu es devenue une jeune femme charmante, Jeanne. Quand je pense qu'il y a à peine deux ans, tu nous avais surpris, Monsieur de la Tour et moi, quand tu nous avais demandé une robe de style français ! Dans ma tête, tu te préparais à être une dame de la bonne société. »

« Ne vous en faites pas, maman. Je pense que mon rêve se réalise, je suis en train de devenir une vraie Acadienne », dit Jeanne en souriant. « Et je vous promets que je ferai de mon mieux pour aider Joseph. Moi aussi, je m'inquiète pour lui. »

Au début du mois de septembre, la mère de Jeanne était devenue inconsciente. Une semaine plus tard, elle s'éteignait tout doucement comme une chandelle. Elle fut enterrée dans le cimetière de Saint-Charles-les-Mines, juste à côté de la tombe de Monsieur de la Tour et tout près de celle d'Angélique.

CHAPITRE 13

Un autre hiver passa. Au printemps 1747, l'avenir restait incertain. En Europe, la Guerre de la succession d'Autriche, qui avait mené à la chute de Louisbourg, se poursuivait. Un an après avoir perdu Louisbourg, les Français avaient lancé une expédition pour reprendre la forteresse. Frappés par des tempêtes, affaiblis par la maladie et attaqués par la marine britannique, ils avaient dû rebrousser chemin avant même d'avoir pu mettre le pied sur l'Île Royale. Malgré tout, certains Acadiens comme Joseph, son beau-père Le Maigre et son neveu Duvivier, continuaient d'espérer une victoire de la France. Ce qu'on entendait au sujet de l'évolution de la guerre en Europe et des ambitions de chacun laissait croire que n'importe qui pouvait encore gagner, que l'issue de cette guerre restait incertaine.

Le décès de la mère de Jeanne et de Monsieur de la Tour avait attristé les familles, mais les avait aussi rapprochées. Les enfants de la Tour, Marie et Louise et les jumelles, Charlotte et Anne, faisaient maintenant partie de la famille de Charles. Plus personne ne parlait de quitter Grand-Pré, sauf Joseph. Jeanne savait qu'il y pensait encore.

Au printemps, Joseph et Marguerite avaient eu des jumeaux, Joseph et Marie. Tout le monde était content de les voir. L'accouchement n'avait pas été facile et à un certain moment, ils avaient eu peur que Marguerite ne meure, mais elle s'en sortit. Elle resta très faible pendant plusieurs mois. Heureusement, ils étaient plusieurs à prendre soin des nouveau-nés.

* * * * *

Au printemps 1748, les nouvelles au sujet de la guerre restaient les mêmes; parfois les rumeurs circulaient qu'elle tirait à sa fin. Durant l'été, on apprit que la guerre était bel et bien terminée en Europe et qu'on était en train de négocier un traité de paix. Le traité fut signé à Aix-la-Chapelle en octobre 1748, trop tard pour que les habitants de Grand-Pré puissent être mis au courant du contenu de l'entente avant l'hiver. Les rumeurs ne manquaient pas, personne ne savait vraiment quel sort était réservé à la colonie française.

L'évènement le plus important pour les Dugas cette année-là fut le mariage d'Abraham et de Marguerite Leblanc « qui n'avait aucun lien de parenté avec Joseph Leblanc dit Le Maigre. » Abraham décida d'unir son destin à celui de son frère Charles en s'installant à Grand-Pré pour y cultiver la terre et y fonder une famille. Il voulait aussi faire un peu de cabotage.

* * * * *

Au printemps 1749, les habitants des colonies apprenaient qu'en vertu du traité d'Aix-la-Chapelle, l'Île Royale était rendue aux Français, en échange de quoi les Anglais récupéraient la ville de Madras, en Inde. Le transfert de Louisbourg à la France fut fortement contesté par les Britanniques et encore plus par les dirigeants des colonies de la Nouvelle-Angleterre, qui affirmaient avoir payé la conquête de Louisbourg avec le sang et la sueur de leurs militaires. Des deux côtés, on savait que le nouveau traité ne réglerait pas le conflit entre la France et l'Angleterre de manière définitive. Il s'agissait plus en réalité d'un accord de trêve que d'un traité.

Joseph osait à peine se réjouir de la nouvelle, car la manière dont l'Île Royale était traitée de pion dans ce jeu politique le dégoûtait. « Monsieur de la Tour avait raison », dit-il en rouspétant. « Nous ne valons rien aux yeux de nos mères-patries. Si Monsieur de la Tour était ici, il dirait : *Je te l'avais pourtant dit*! »

Malgré tout, Joseph prévoyait retourner à Louisbourg, ce qui préoccupait grandement sa famille. C'était comme si tous les arguments qu'ils avaient gardés sous silence durant la guerre refaisaient surface d'un seul coup.

Oncle Abraham le pria de rester prudent. « Tu ne sais pas ce qui t'attend là-bas », dit-il. « Quand est-ce que les forces françaises vont retourner à Louisbourg? Tu ne veux pas arriver avant qu'elles viennent assurer ta sécurité, j'imagine. Tu ne sais pas dans quel état tu vas trouver la forteresse quand tu vas y mettre les pieds. »

« Vous avez raison, mon oncle, mais je ne le saurai pas tant que je n'irai pas voir de mes propres yeux ce qu'il en est. »

Charles était d'accord avec son oncle Abraham. Il ne comprenait pas pourquoi Joseph voulait quitter un endroit sécuritaire pour se lancer dans une aventure aussi risquée. Leur frère Abraham, lui, avait pris sa décision : il voulait rester à Grand-Pré.

« Joseph, as-tu pensé à Marguerite et à tes enfants? », demanda Jeanne. Marguerite était de nouveau enceinte. Il pouvait toujours partir sans eux, mais qu'arriverait-il s'il ne revenait pas?

« Je le sais, Jeanne », dit Joseph. « Pour le moment, je fais seulement des plans, je n'ai pas l'intention de partir tout de suite. »

Trois semaines plus tard, Marguerite donna naissance à une petite fille. Ils l'appelèrent Françoise. Marguerite restait faible, comme après l'accouchement des jumeaux. La famille pensait qu'elle se rétablirait tranquillement, mais la mort vint la chercher au bout d'environ un mois.

Ce fut un choc pour tout le monde. Joseph se renferma. Jeanne essaya de lui parler, mais il la repoussa brusquement. Voyant qu'elle pleurait, il se radoucit.

« Excuse-moi, Jeanne. Tu dois bien te douter que je me sens coupable de la mort de Marguerite. Je sais, ce n'est pas vraiment moi qui l'ai tuée, mais j'aurais pu être un meilleur mari et un meilleur père. J'étais parti trop souvent et trop longtemps. Et ma Marguerite était si bonne et si douce. Qu'est-ce que je vais faire sans elle? »

« C'est à toi de décider, Joseph. Tu sais que tout le monde ici est prêt à faire de son mieux pour t'aider. Qu'est-ce que tu veux faire? Veux-tu retourner à Louisbourg et laisser tes enfants ici? » Cette question sembla sortir Joseph de sa peine. Il fixa Jeanne, puis lui tourna le dos et sortit.

Quelques semaines plus tard, après s'être assuré que la petite Françoise allait bien, Joseph annonça à Jeanne qu'il irait faire un tour à Louisbourg lorsque l'été serait venu afin de voir comment les choses se passaient, et qu'il déciderait quoi faire à son retour. Il lui dit aussi que sa nièce, Marie Braud, avait offert de s'occuper de ses enfants. Marie était née avec un pied bot et elle était orpheline depuis l'âge de cinq ans. Joseph trouvait que la vie de cette femme avait été assez difficile jusque là et qu'elle pourrait lui rendre un grand service en venant s'occuper de ses enfants.

« Ça serait trop de travail pour toi, Jeanne », dit-il. « Tu ne devrais pas avoir besoin de t'occuper de toute ma marmaille. »

CHAPITRE 14

Durant l'été 1749, Joseph répara sa goélette, le *Marie-Josephe*, que les Mi'kmaq avaient attaquée à Tatamagouche, puis il mit le cap sur l'Île Royale. À Louisbourg, il constata que sa maison de la rue Royalle était tellement endommagée qu'elle n'était plus habitable. Elle avait été réquisitionnée pour servir de quartier au gouverneur britannique de la colonie durant l'occupation de la forteresse par la Nouvelle-Angleterre, puis avait servi d'entrepôt. De plus, les conditions de vie à Louisbourg restaient instables. En retournant à Grand-Pré, il s'arrêta à Port Toulouse pour voir dans quel état se trouvait le terrain que son père avait légué à la famille.

Il savait qu'après la chute de Louisbourg, en 1745, des troupes de la Nouvelle-Angleterre avaient attaqué Port Toulouse et ses environs, mettant le feu aux maisons, au fort et aux bâtiments de brique. Ils avaient même saccagé un cimetière mi'kmaq. Nombreux étaient ceux qui avaient fui l'endroit; ceux qui avaient osé rester avaient été capturés puis tués, ou emprisonnés avant d'être déportés.

Joseph constata que le terrain que son père avait défriché près de quarante ans plus tôt était en grande partie recouvert de sapins et que les deux habitations qui s'y trouvaient n'étaient plus que des ruines. Il rencontra aussi des Acadiens qui revenaient s'installer dans la région et apprit que les officiers français de Louisbourg y envoyaient des troupes, ce qui lui sembla encourageant, sans le rendre pour autant optimiste. Il en conclut que l'endroit serait plus sécuritaire pour sa famille que Louisbourg.

Lorsqu'il annonça son intention de déménager à Port Toulouse avec ses enfants, les frères de Joseph et son oncle Abraham tentèrent de le convaincre de rester à Grand-Pré; Joseph ne se laissa pas influencer. Il demanda à Marie Braud de l'accompagner. Elle accepta.

Quand Joseph annonça à sa famille qu'il voulait quitter Grand-Pré, tous les regards se tournèrent vers Jeanne. Ils la savaient très attachée à son frère et à ses enfants.

Mais avant qu'elle n'ait le temps d'ouvrir la bouche, Joseph lui dit : « Jeanne, tu pourrais te faire une bonne vie ici. Tu devrais rester à Grand-Pré. »

Elle savait qu'il était sincère. Les autres étaient évidemment tous d'accord avec lui, mais elle restait perplexe. « Je ne sais pas », répondit-elle en fronçant les sourcils. « Il va falloir que j'y pense », puis elle sortit de la pièce.

Lorsqu'il fallait qu'elle réfléchisse à quelque chose d'important, Jeanne aimait bien se rendre à son endroit préféré dans la ferme de son oncle. C'était un petit vallon entre la maison et la grange où se trouvaient un saule pleureur et un banc. C'est là qu'elle se rendit pour réfléchir tranquillement. Elle n'avait jamais eu à prendre une décision aussi importante.

* * * * *

Depuis que Jeanne avait perdu son père, Joseph était comme un pilier dans sa vie, et c'était peut-être encore plus vrai depuis la mort de sa mère. Elle avait promis à sa mère qu'elle ferait de son mieux pour protéger Joseph, mais qu'est-ce que sa mère voulait dire au juste par là? Elle savait aussi qu'elle pouvait rester à Grand-Pré et qu'elle pourrait y trouver un homme bon à marier, mais est-ce que c'était vraiment cela qu'elle voulait ? Elle se demandait parfois si elle n'était pas l'âme sœur de Joseph et si elle n'aimait pas prendre des risques autant que lui.

Le lendemain, Jeanne annonça qu'elle partirait avec Joseph, précisant qu'elle avait pris cette décision en pensant autant à elle-même qu'à Joseph et à ses enfants. Marie Braud sembla bouleversée sur le coup et Jeanne la rassura en souriant : « Non, Marie, tu t'en viens avec nous, toi aussi. Je suis certaine qu'il y aura assez de choses à faire là-bas pour nous garder occupées toutes les deux. » Joseph essaya de protester, Jeanne l'interrompit aussitôt : « Non, ça ne sert à rien, ma décision est prise. Tu le sais, je suis têtue comme une vraie Acadienne. » Toute la famille comprit qu'il ne servait à rien d'essayer de convaincre Jeanne de rester.

* * * * *

Ainsi, Joseph et ses cinq enfants, tous âgés de moins de huit ans, ainsi que Jeanne et Marie Braud partirent pour Port Toulouse à la mi-septembre. À bord de leur goélette, ils firent un signe d'au revoir à la parenté rassemblée sur le quai. Il y en avait qui pleuraient. Jeanne avait peur, elle se sentait en même temps étrangement fébrile. Elle s'embarquait dans une aventure sur la mer qu'elle aimait tant.

Il n'y avait pas de quoi se réjouir à leur arrivée à Port Toulouse. Jeanne n'y était jamais venue. Quand elle vit les deux bâtiments délabrés sur la terre que leur avait léguée son père et qu'elle sentit l'humidité la pénétrer, elle comprit comment sa mère avait dû réagir lorsqu'elle était arrivée ici des années plus tôt. Ils se mirent vite au travail. Il fallait réparer les maisons et défricher un bout de terre.

Jeanne et Marie se débrouillaient de leur mieux, mais de toute évidence, Joseph, lui, n'était pas très heureux. Il en voulait à la France de ne pas avoir soutenu la colonie lors du siège de Louisbourg, et de son attitude cavalière quand elle avait utilisé l'Île Royale comme simple monnaie d'échange dans le traité d'Aix-la-Chapelle. La mère patrie allait-elle mieux traiter sa colonie maintenant?

En octobre, au grand désarroi de Jeanne, le beau-père de Joseph, Joseph Leblanc dit Le Maigre, arriva à Port Toulouse. Malgré toutes ses activités de cabotage avant et pendant la guerre, il ne lui restait plus un sou. Le cabotage qu'il avait effectué pour le compte des Français en 1745 avait mené à son arrestation et à son emprisonnement par les Anglais. Il avait apparemment été enchaîné dans un terrible donjon durant six mois et ses tentatives de reprendre ses activités commerciales après sa libération avaient échoué lamentablement. L'homme qui avait jadis été le plus riche en Acadie était maintenant réduit à accepter la maigre somme d'argent qu'offrait encore la couronne de France à quiconque acceptait de s'installer sur l'Île Royale.

Le Maigre, maintenant dans la cinquantaine, vint donc s'installer à Port Toulouse avec sa femme, Anne Bourg, et leurs trois plus jeunes enfants, Alexandre, Paul et Anne. Il était accompagné de son beau-père de 81 ans, de son jeune neveu Joseph et de sa nièce Marie-Josée Alain. Le Maigre n'était pas seulement gros physiquement, tout ce qui le concernait semblait plus grand que nature. Il prenait beaucoup de place dans un groupe et dérangeait tout le monde. C'est du moins comme cela que Jeanne le voyait.

Joseph prêta une de ses maisons à son beau-père. Lui et sa famille durent aussi partager avec Le Maigre la nourriture qu'ils avaient rapportée de Grand-Pré. Jeanne ne dit rien, mais Joseph savait très bien ce qu'elle pensait. Un jour, il lui dit : « Mais qu'est-ce que tu voulais que je fasse ? » Jeanne se contenta de hausser les épaules.

Ce n'était pas le temps de se plaindre inutilement. Les nécessités de la vie n'étaient pas aussi abondantes à Port Toulouse qu'à Grand-Pré. Ils réussirent malgré tout à passer l'hiver en utilisant les provisions qu'ils avaient rapportées et en chassant des lièvres, des perdrix et des bécasses. Le printemps venu, ils firent un jardin potager et se mirent à défricher un peu plus de terre. Avec le temps, Joseph planta deux arpents de navets dans l'espoir de les vendre, mais la récolte ne fut pas aussi bonne que prévu. Heureusement, l'été, ils pêchèrent beaucoup de poisson d'eau salée et d'eau douce et ils réussirent à saler suffisamment de morue pour satisfaire aux besoins de la famille. Petit à petit, ils avaient aussi fait l'acquisition de quelques animaux : un bœuf, deux vaches, deux cochons et douze poulets.

Les enfants s'adaptaient, comme le font tous les enfants. Jeanne et Marie travaillaient fort et Joseph faisait de son mieux pour être un bon papa. Le soir, lorsque les enfants étaient couchés, il devenait silencieux et sombre. Jeanne savait que Joseph s'inquiétait de la situation politique et que sa vie de fermier à Port Toulouse le frustrait. Il avait fait peu de commerce côtier depuis que des Mi'kmaq de Tatamagouche avaient attaqué sa goélette en le menaçant. Elle se demandait combien de temps il pourrait vivre ainsi.

Les Mi'kmaq avaient abandonné leur campement d'été près de Port Toulouse peu de temps après l'arrivée des Dugas à l'automne. Joseph ne les avait pas souvent revus par après. Lorsqu'ils revinrent, le printemps suivant, ils avaient avec eux un des anciens éclaireurs de Louisbourg, Jean Sauvage. Joseph était très content de le revoir, non seulement parce qu'il pourrait lui donner des nouvelles de Louisbourg, mais aussi parce qu'ils s'étaient liés d'amitié durant les années qui avaient précédé la chute de la forteresse. Jean Sauvage avait entendu parler de la confrontation de Joseph avec des Mi'kmaq de Tatamagouche et lui avait dit de ne pas s'en faire. D'après lui, la vie des Français à Louisbourg revenait tranquillement à la normale. Il ajouta que des corsaires britanniques continuaient leurs activités autour de l'Île Royale et il promit à Joseph de l'avertir si quelque chose d'important se passait aux alentours de l'île.

Il survint en effet quelques incidents avec les corsaires britanniques. L'été suivant leur arrivée, ils avaient capturé Joseph Leblanc dit Le Maigre et l'avaient emprisonné durant huit jours. Les corsaires britanniques avaient fini par le relâcher sans lui faire de mal, ni à lui ni à ses compagnons emprisonnés avec lui, mais ils avaient perdu leur chaloupe et les provisions qu'ils transportaient avec eux.

Jeanne était au courant des longues discussions que Joseph avait avec son beau-père, discussions qui tournaient parfois au vinaigre. Le Maigre, comme Joseph, n'était pas fait pour la vie dans une ferme. Au cours des trois années où il avait reçu une allocation de la couronne française, il n'avait pas réussi à acheter une terre, mais il avait trouvé le moyen d'acquérir 25 vaches et 10 poulets.

Port Toulouse était maintenant habité par des Acadiens qui revenaient chez eux ou qui avaient dû quitter leur village d'origine. Jeanne y rencontra entre autres la famille de Pierre Bois et de son épouse, Marie Coste. Arrivés d'Ardoise, en Nouvelle-Écosse, ils avaient habité à Port Toulouse une dizaine d'années auparavant et se souvenaient de Joseph Dugas et de sa femme, Marguerite Richard. Jeanne était impressionnée de rencontrer quelqu'un qui avait connu ses parents et ils devinrent des amis.

* * * * *

Comme tout le monde était occupé à s'adapter à une vie plus difficile, les deux premières années à Port Toulouse passèrent vite. De temps en temps, quand elle avait un peu de temps devant elle, Jeanne sortait sa jolie robe bleue de son baluchon et caressait la belle soie douce. Puis, elle déballait le petit portrait qu'un artiste de Louisbourg avait fait d'elle, vêtue de cette même robe. L'innocence et la blancheur de son visage et la douceur de ses mains la frappaient. Et après seulement quelques années passées dans le jardin et la basse-cour, elle avait le teint basané. Ses mains étaient rugueuses et rouges. « J'ai à peine vingt ans », pensa-t-elle, « mais si ça continue, j'aurai bientôt l'air d'une vieille femme. »

Un jour, Joseph la surprit en train de regarder le portrait. Elle devait paraître triste. « Tu es toujours aussi belle, Jeanne », lui dit-il. Elle fit non de la tête et laissa couler une larme. « Ça va », dit-elle. Il avait l'air bouleversé.

« Jeanne, tu peux retourner à Grand-Pré, tu sais », lui dit-il tout doucement. « Tu nous as beaucoup aidés. On est capables de nous débrouiller seuls maintenant. Je vais te ramener. » Mais Jeanne savait très bien qu'il était dangereux, surtout pour Joseph, de se rendre à Grand-Pré. Son beau-père et lui étaient des alliés des Français, tout le monde le savait. Les autorités britanniques ne faisaient pas confiance aux Acadiens qui soutenaient la cause française, pas plus qu'aux Mi'kmaq.

Jeanne trouvait que Joseph était particulièrement préoccupé par ses relations avec les Mi'kmaq. Les Acadiens de Port Toulouse et les Mi'kmaq communiquaient souvent entre eux quand ces derniers campaient près de la mer, durant l'été. Joseph parlait souvent avec Jean Sauvage, qui était plus âgé que lui et pour qui il éprouvait respect et admiration. Un jour, Joseph avait dit qu'il admirait le mode de vie des Mi'kmaq, les connaissances qu'ils avaient de la terre et le respect qu'ils avaient envers toutes les créatures de Dieu.

Lors d'une des nombreuses visites qu'il fit chez les Dugas, Jean Sauvage amena son neveu. Jeanne trouva que Martin Sauvage, qui était à peine plus âgé qu'elle, devait bien être le plus bel homme qu'elle avait vu de sa vie. Plutôt grand et mince, son allure dégageait une force et une dignité qui se voyaient souvent chez les Mi'kmaq. Quand il souriait ou qu'il riait, ses traits se transformaient; cela lui faisait l'effet d'un rayon de soleil. Elle fut étonnée de sa propre réaction et se sentit mal d'éprouver de tels sentiments. Il arrivait que Martin vienne seul, il n'avait jamais les mains vides : il lui offrait parfois des fraises qu'il avait cueillies, parfois du poisson qu'il avait pêché.

* * * * *

La vie continuait. Joseph et son beau-père parlaient encore de politique, essayant de voir comment ils pourraient tirer avantage de ce qui se passait et recommencer à s'enrichir en faisant du cabotage. Le Maigre n'avait pas de bateau et il n'avait pas les moyens d'en acheter un, mais Joseph, lui, avait encore sa goélette.

CHAPITRE 15

Les nouvelles en provenance de la Nouvelle-Écosse étaient inquiétantes. Les Acadiens se demandaient encore une fois quel statut ils avaient face à la nouvelle colonie britannique. En 1749, l'Île Royale ayant été rendue aux Français, le nouveau gouverneur britannique, Edward Cornwallis, arriva dans la colonie avec l'intention de construire un fort à Halifax et d'y faire venir un grand nombre de colons britanniques. Il voulait ainsi faire contrepoids à Louisbourg afin de protéger le commerce entre les Britanniques et les colonies anglaises.

Ne sachant pas trop où ils se situaient dans toute cette histoire, un groupe d'Acadiens de la Nouvelle-Écosse vinrent offrir au nouveau gouverneur de renouveler le serment d'allégeance auquel ils avaient adhéré plus tôt. Cornwallis leur demanda de signer une fidélité totale à l'Angleterre, ce qui les forcerait à prendre les armes contre tout ennemi de la couronne britannique. Ils refusèrent. Les autorités britanniques ne voulurent pas entendre leurs arguments.

L'arrogant gouverneur s'attira aussi la colère des Mi'kmaq. Ceux-ci voulaient rencontrer le gouverneur en toute amitié afin d'exprimer leur préoccupation quant à l'intention du gouverneur de faire construire un fort et des habitations sur une terre qu'ils considéraient sacrée et où ils vivaient depuis très longtemps. Mais le gouverneur refusa de discuter de cette question avec eux.

Cornwallis décida que la meilleure manière de régler le problème des Mi'kmaq était tout simplement de les éliminer du territoire. Il leur fit part de son intention au moyen d'une proclamation déclarant que les Britanniques les poursuivraient et leur montreraient qu'à cause de leurs actions, ils n'étaient plus en sécurité sur le territoire. Il offrait une récompense de dix guinées à quiconque réussissait à capturer ou à tuer un Mi'kmaq. Selon certaines rumeurs, dans le bain de sang qui s'ensuivit, le gouverneur britannique reçut également des scalps d'Acadiens. Toutefois, il ne réussit pas à éliminer les Mi'kmaq du territoire, car malgré leur nature pacifiste, les Mi'kmaq pouvaient parfois être des guerriers féroces. C'est ce qui arriva. Cornwallis s'était fait un nouvel ennemi.

CHAPITRE 16

Depuis que Jeanne était petite, Joseph avait pris l'habitude de lui rapporter ce qui se passait sur le plan politique. Il lui expliqua que si Louisbourg et l'Île Royale tombaient encore une fois aux mains des Anglais, ils ne pourraient probablement plus se réfugier à Grand-Pré.

« Où est-ce qu'on va aller si ça arrive, Joseph? »

Il haussa les épaules. Le frère plein de confiance qu'elle avait connu, celui qui l'avait rassurée et protégée durant le siège de Louisbourg, admettait maintenant son incertitude.

« Ça va bien aller », répliqua-t-elle. « Tu vas voir. » Les rôles s'étaient inversés. C'était Jeanne maintenant qui tentait de rassurer et de réconforter son frère. Mais elle savait bien que tout cela n'était que des mots.

* * * * *

Au printemps 1752, durant une de ses visites chez les Bois, Jeanne leur confia ses inquiétudes. Marie tenta de la rassurer : « Il faut que tu aies confiance », lui dit-elle. « On est tous dans le même bateau. N'oublie pas que ton frère est un homme très habile. » Le fils de Marie, Pierre fils, se joignit à leur conversation. Lui aussi tentait de calmer Jeanne. Irritée, elle se dit que c'était son manque d'expérience qui le faisait parler ainsi. Elle percevait encore Pierre Bois comme l'enfant qu'il était lorsqu'elle était arrivée à Port Toulouse. Mais voilà qu'il était presqu'un homme. Quand elle sortit de la maison, il voulut la raccompagner chez elle.

« Oui », dit sa mère, « ramène-la chez elle. Ce n'est pas prudent de marcher toute seule, Jeanne. »

Ils marchèrent en silence jusque chez Jeanne. Comme ils approchaient de la maison, Pierre s'arrêta. Il prit la main de Jeanne.

« Jeanne », dit-il, « il y a quelque chose que je voudrais te demander. » Il regardait par terre. « Je suis un homme maintenant. » Il leva les yeux vers elle. « Vraiment. Et je pense que c'est le temps que je me marie. » Il attendit un moment comme s'il souhaitait un mot d'encouragement, mais Jeanne resta silencieuse. « Je pense que tu ferais une épouse extraordinaire. Veux-tu y penser? Accepterais-tu de me marier? »

Jeanne rit nerveusement. Elle ne savait pas trop comment réagir. Il retira sa main.

« Excuse-moi, Pierre. Je ne voulais pas rire de toi. Je suis sûre que tu vas faire un très bon mari et que celle que tu vas choisir sera chanceuse de t'avoir comme époux. Mais mon frère Joseph a besoin de moi. Je ne peux pas le laisser tout seul avec sa famille. Et puis tu sais, je suis plus vieille que toi, Pierre. » Elle souriait, essayant de prendre à la légère sa demande.

« Tu trouves ça important, l'âge? » demanda-t-il. « S'il te plaît, Jeanne, penses-y. S'il te plaît! » Elle fit oui de la tête, puis le regarda s'en aller.

Jeanne était bouleversée. Elle n'avait jamais vu en Pierre Bois un mari potentiel et elle ne voulait pas le blesser en refusant ses avances. Elle espérait tout simplement qu'il oublie ce qu'il venait de lui proposer. Pierre n'essaya pas de la convaincre, il continuait d'aller chez Joseph, en d'autres mots chez elle. Il dit à Joseph qu'il aimerait être caboteur lui aussi. Pendant plusieurs étés, il avait travaillé comme matelot à bord de goélettes qui partaient de Port Toulouse et il mettait de l'argent de côté en vue de construire son propre navire. Joseph l'encouragea, évidemment. Il lui proposa même de faire partie de son équipage si jamais il recommençait ce genre de travail.

Jeanne ne se sentait pas à l'aise. Elle ne pouvait pas s'opposer à la présence de Pierre chez elle sans fournir d'explications, ce qu'elle ne voulait pas faire. De plus, le beau Mi'kmaq, Martin Sauvage, venait souvent faire son tour lui aussi, ce qui était loin de simplifier les choses. Jeanne devait bien admettre, ne serait-ce qu'à elle-même, que son cœur penchait plus pour Martin que pour Pierre.

Un jour, devinant ce qui se passait, Marie Braud la taquina gentiment et Jeanne lui répondit sur un ton brusque. « Je serais contente, moi, d'avoir deux prétendants », dit Marie en soupirant.

Joseph finit par comprendre lui aussi. « Qu'est-ce qui se passe, Jeanne? » demanda-t-il. « Quand ce n'est pas Pierre Bois qui nous apporte des légumes du jardin de sa mère, c'est Martin Sauvage qui arrive avec des fraises, des framboises ou des bleuets. »

Jeanne rougit et Marie Braud sourit timidement.

« Ah, Jeanne...Jeanne. » Joseph ne savait plus quoi dire. Il mit un bras autour des épaules de Jeanne et la serra tout doucement. « On se parlera de ça plus tard. »

« Mon Dieu », pensa-t-elle, « un autre problème à régler pour Joseph ». Elle-même ne savait franchement pas trop ce qu'elle voulait. Et puis après?

Ce soir-là, une fois que les enfants et Marie furent couchés, Joseph s'approcha de Jeanne. « Et bien, Jeanne... »

« Oui », pensa-t-elle, « et bien, Jeanne... » Elle ne put s'empêcher de rétorquer : « Quoi? Tu veux que je te dise comment je me sens? Je ne le sais même pas moi-même. Je ne sais même pas de quoi ma vie va avoir l'air demain. La plupart du temps, je ne sais même pas qui je suis. Oh, excuse-moi, Joseph, je ne voulais pas te faire de peine. Ce n'est pas de ta faute. Je ne regrette pas du tout d'être venue ici avec toi, tu sais. »

Elle s'arrêta un moment pour reprendre son calme, puis le regarda, l'air sérieux. « Je sais, Joseph, que si je ne me marie pas, je serai juste une autre personne à ta charge une fois que les enfants auront grandi et que tu n'auras plus besoin de moi pour t'en occuper. »

« Jeanne! Ne parle pas comme ça, voyons! » répondit-il, mécontent. Ils gardèrent le silence, le temps que chacun retrouve son calme.

« Jeanne, tu sais bien que je veux ton bonheur. Tu dois bien savoir que je ferais n'importe quoi pour ça. Mais tu sais aussi que les temps sont durs. »

« Oui, je le sais, bien sûr, Joseph. Mais est-ce que ça veut dire que je ferais mieux de marier le premier homme qui demande ma main? »

« Est-ce que Pierre t'a demandé en mariage? »

« Oui. »

« Et Martin? »

« Non », répondit-elle, les yeux larmoyants.

« T'es-tu demandé ce que maman en penserait? »

« Non. Je ne pense pas qu'elle comprendrait. Elle s'imaginait que j'allais marier un homme riche de Louisbourg et que je mènerais la vie d'une grande dame. » Jeanne esquissa un sourire amer. « Et regarde où je suis rendue. Ce n'est pas juste, Joseph. Toi, Charles et Abraham, vous avez tous marié une femme que vous aimiez. »

« Oui, je le sais, Jeanne. Et je peux comprendre pourquoi tu trouves Martin Sauvage attirant. C'est un homme très bon. Je l'aime beaucoup. Mais étant donné que c'est un Mi'kmaq, il faudrait que tu t'adaptes à sa manière de vivre, et puis les Mi'kmaq sont dans une situation politique dangereuse par les temps qui courent. Martin est un homme bon et doux, mais c'est aussi un guerrier. Si les Mi'kmaq et les Anglais continuent de s'entretuer, qui sait ce qui pourrait lui arriver, à lui comme à toi. Tu peux comprendre ça, je suis sûr. »

« Mais ce n'est pas juste, Joseph. »

« Non, Jeanne, ce n'est pas juste, mais si la vie était juste, on ne serait rendus là où on est non plus. Tu porterais de belles robes de soie avec un jupon à cerceau et tu passerais ton temps à repousser plein d'hommes riches de Louisbourg qui viendraient te faire la cour. » Joseph essayait de la faire sourire. « Qu'est-ce que tu penses de Pierre Bois ? »

« Je ne le sais pas trop, Joseph. »

« Pourquoi pas ? C'est un Acadien », dit Joseph en souriant. « Il est jeune, ambitieux et plein d'énergie. Des fois, je le trouve un peu agaçant, mais il a bon cœur. »

« Est-ce qu'en d'autres mots, tu es en train de me dire qu'il n'est pas à la hauteur de vos attentes, à toi, à maman et à Monsieur de la Tour ? Qu'il ne vient même pas d'une famille d'Acadiens de la haute société ? Mon Dieu, qui oserait penser ça de nos jours ? »

« Jeanne, prends donc un bout de temps pour penser un peu à tout ça. Tu n'as pas besoin de décider tout de suite. En attendant », dit-il en souriant, « on va continuer à manger plein de bons légumes et de bons petits fruits. »

« C'est pas drôle, Joseph. »

« Oui, c'est drôle. C'est le temps d'aller te coucher, Jeanne. »

Elle mit du temps à s'endormir. Elle avait deux sources de tracas. Premièrement, qu'arriverait-il si la situation politique s'envenimait au point que la forteresse de Louisbourg tombe encore une fois aux mains des Anglais? S'ils ne pouvaient pas se réfugier à Grand-Pré, où pourraient-ils aller pour éviter d'être déportés en France? Si jamais Louisbourg tombait, même si elle se disait que ses chances d'épouser Martin étaient minces, pourrait-elle éviter la déportation, étant mariée à un Mi'kmaq? Deuxièmement, qu'arriverait-il si elle mariait Pierre Bois? Cela voudrait-il dire par exemple que s'ils devaient s'enfuir, elle serait séparée de Joseph et de sa famille?

Joseph savait qu'elle était inquiète. Un jour, il posa la main sur le front de sa sœur comme pour effacer ses soucis, comme lorsqu'elle était toute petite, et lui dit : « Je ne voulais pas te causer tous ces tracas, Jeanne. »

* * * * *

Cette année-là, Joseph recommença à faire du cabotage. Son beau-père Le Maigre était son partenaire commercial et Pierre Bois faisait partie de son équipage. Au début, il essaya de reprendre les activités qu'il avait lorsqu'il habitait à Louisbourg, mais il trouvait cela difficile après toutes ces années d'absence. Il ne mit pas longtemps à trouver une nouvelle activité très payante : transporter des Acadiens de la Nouvelle-Écosse à l'Île-Saint-Jean. Après la signature du traité d'Utrecht en 1713, le petit groupe d'Acadiens qui avait quitté la nouvelle colonie britannique de la Nouvelle-Écosse avait surtout choisi l'Île Royale comme terre d'accueil. Le sort de l'Île Royale étant à nouveau incertain, l'Île-Saint-Jean leur semblait maintenant un meilleur choix.

Il était illégal pour les Acadiens de quitter la Nouvelle-Écosse, même s'ils étaient encouragés par les autorités françaises à le faire : la France s'empressait d'augmenter le nombre de colons français à l'Île-Saint-Jean. La France offrait donc de payer le transport des Acadiens qui acceptaient de déménager à l'Île-Saint-Jean et elle leur versait une allocation pour les aider à s'y installer.

Cette forme de cabotage était dangereuse. Joseph allait faire des centaines de fois le trajet, transportant les réfugiés et leurs réserves de nourriture à partir de la région de Tatamagouche en Nouvelle-Écosse jusqu'à l'Île Saint-Jean. La paye était bonne et Jeanne voyait son frère reprendre goût à la vie. La mer lui faisait du bien, c'était évident, et il aimait prendre de tels risques : cela lui donnait l'impression de participer à des évènements importants.

Encore une fois, Jeanne s'inquiétait. Qu'arriverait-il si Joseph était capturé ou blessé, ou s'il se perdait en mer? Elle se confia encore une fois à la mère de Pierre, mais Marie Bois ne comprenait pas très bien la situation politique de l'heure. Son monde tournait autour de son mari et des nombreux enfants dont elle avait à s'occuper et elle se contentait d'avoir confiance en l'avenir. Sans être indifférente aux craintes et aux préoccupations de Jeanne, elle semblait trouver bizarre qu'une jeune femme comme elle s'intéresse à tout cela. Jeanne savait très bien par ailleurs que Marie souhaitait l'avoir comme bru, car elle ne manquait jamais de vanter les vertus de Pierre à la moindre occasion.

Avant de partir travailler avec Joseph à bord de sa goélette, Pierre vint redemander à Jeanne si elle voulait bien l'épouser. Cette fois-ci, il était plus direct. Il lui avoua son amour.

« J'ai bien peur de ne pas avoir été assez clair la dernière fois que je t'en ai parlé », dit-il. « Je voulais que tu comprennes que c'est vraiment toi que je veux comme épouse. Voudrais-tu devenir ma femme, Jeanne ? Je t'aime. »

Elle répondit : « Je ne peux pas encore répondre à ta question, Pierre. » Elle savait que ce n'était pas juste. Elle n'avait pas l'intention de le marier.

* * * * *

À la fin de la saison de navigation, Pierre lui avait rapporté un cadeau qu'il avait acheté à bord d'un autre bateau. C'était un grand tissu de soie pour faire une robe de soirée. Le tissu était moins beau que celui de sa robe bleue, mais Jeanne fut tout de même très émue par ce geste touchant.

« Je sais que ce tissu n'est pas aussi beau que celui de ta robe de soie bleue », dit-il.

« Comment savais-tu que j'avais une robe de soie bleue ? » demanda-e-elle.

« C'est Joseph qui me l'a dit. »

Elle se demanda si Joseph lui avait aussi dit qu'elle voulait se marier par amour.

« Je vais commencer à construire mon bateau cet hiver, Jeanne. Mon père et mon grand-père vont m'aider. » Son grand-père, Jean Coste, le père de sa mère, avait la réputation d'être un excellent navigateur et constructeur de navires.

Jeanne se confia à Marie Braud, qui ne comprenait pas pourquoi Jeanne hésitait à marier Pierre. « Je n'hésiterais pas une seule seconde si j'étais à ta place », dit-elle.

Quant à Martin Sauvage, personne ne l'avait vu depuis des lunes.

* * * * *

On apprit qu'au mois d'août 1752, un nouveau gouverneur avait été choisi pour la Nouvelle-Écosse. Les gens de la région connaissaient Peregrine Hopson, puisque c'était lui qui avait été envoyé à Louisbourg en 1746 pour prendre la relève de la garnison britannique; c'était lui aussi qui commandait les troupes en 1749, lorsque les Français avaient repris possession de la forteresse. Il avait la réputation d'être raisonnable, modéré et conciliant. Selon les Acadiens et les Mi'kmaq, son retour de l'Angleterre et sa nomination comme gouverneur étaient donc un bon signe.

« Ah, Joseph, enfin de bonnes nouvelles? » demanda Jeanne.

« Je te mentirais si je te disais que tout est réglé, Jeanne. La situation reste inquiétante. » Joseph ajouta qu'il avait réussi à voir son frère Charles, qui lui avait dit que si les choses empiraient, il prévoyait quitter Grand-Pré pour se rendre dans la région de Miramichi. Il suggérait que Joseph et sa famille en fassent autant.

« Joseph », dit Jeanne d'un ton hésitant, « Pierre m'a encore demandé de l'épouser. Il dit qu'il m'aime. As-tu quelque chose à voir là-dedans? »

Joseph sourit. « Je sais qu'il t'aime beaucoup, Jeanne. Je l'ai peut-être encouragé à te le dire, mais toi, qu'est-ce que tu penses de lui? »

« Je crois bien que je l'aime un petit peu. Toi, penses-tu que je devrais me marier avec lui ? »

« Jeanne, c'est à toi de décider ça. Tu es une femme intelligente. Une femme forte. Fais comme tu penses, comme ça, tu ne le regretteras jamais. »

« Je pense... que je devrais le marier. »

« Es-tu sûre de ça ? »

« Oui. »

« Bon ! Dans ce cas-là, il va falloir que tu lui dises ça. »

Le lendemain, Pierre arriva les yeux remplis d'espoir. Elle lui dit : « Oui, Pierre, j'accepte de te marier. » Il la prit aussitôt dans ses bras, poussant un cri de joie. Il était moins grand qu'elle, elle se trouvait bien dans ses bras. « Veux-tu venir avec moi annoncer la bonne nouvelle à ma famille ? » demanda-t-il. Ils partirent chez lui. Joseph les accompagnait. La famille Bois était ravie d'apprendre la nouvelle, surtout la mère de Pierre. Son fils était le premier de ses fils ; elle avait eu quatre filles avant lui. Jeanne savait que sa mère avait une petite préférence pour lui. Tout le monde se mit à parler en même temps. Ils commençaient déjà à planifier l'heureux évènement. À la fin de la journée, ils avaient décidé que le mariage aurait lieu juste avant le début de l'avent, qu'ils construiraient une maison en piquets pour le nouveau couple sur la terre des Dugas, et que dès le printemps, le père et le grand-père Coste offriraient à Pierre une nouvelle goélette.

Jeanne se laissa emporter par la joie du moment. Le soir venu, en se couchant sur sa paillasse, elle sentait monter en elle des sentiments contradictoires, comme durant la dernière année qu'elle avait passée à Louisbourg avec les siens : elle était heureuse d'avoir vécu une très belle journée, mais en même temps, elle sentait un nuage d'incertitude assombrir la vie des siens.

La saison de la navigation et de la récolte étant terminée, les voisins se joignirent aux Dugas et aux Bois pour les aider à bâtir leur maison. La nouvelle habitation se trouvait tout près de celle de Joseph et de son beau-père. Joseph et le père de Pierre fabriquèrent une table et des bancs, un cadre de lit et quelques autres meubles de base. La mère de Pierre leur fit une paillasse et leur fournit des draps. Entre-temps, Pierre et son grand-père Coste se mirent à construire la goélette de Pierre.

Joseph avait vu ses frères Charles et Abraham au cours de l'été et leur avait parlé de la possibilité que Jeanne se marie. La dernière fois qu'ils s'étaient vus, les deux frères avaient remis plein de cadeaux à Joseph de leur part : des lainages, de la vaisselle, du grain et des légumes de leurs jardins. Joseph se montra généreux lui aussi : il donna au jeune couple deux vaches et une poule.

Pierre rayonnait de bonheur. Il avait la tête remplie de projets. Jeanne semblait la seule à rester un peu réticente. Tout le monde autour d'elle avait l'air tellement ravi et heureux qu'elle finit par se laisser prendre au jeu et abandonna ses appréhensions.

* * * * *

Au mois de décembre, juste avant l'avent, Jeanne Dugas et Pierre Bois fils furent mariés par le missionnaire récollet de Port Toulouse, le père Chérubin Ropert. Ce fut une belle occasion de festoyer pour la petite communauté. À peu près tout le monde était là, y compris des amis mi'kmaq et, parmi eux, Jean Sauvage. Personne ne mentionna le nom de Martin. Après la cérémonie religieuse, ils se réunirent chez les Dugas pour manger et jouer de la musique. Lorsque la parenté et les amis commencèrent à partir, Jeanne vit que Marie Braud avait les larmes aux yeux. Elle en fut touchée, même si elle se disait qu'au fond, Marie était probablement contente d'être dorénavant la seule femme à vivre avec Joseph. Elle pouvait comprendre ce que cette femme éprouvait.

* * * * *

Leur premier hiver passa vite. Pierre passait ses journées à travailler sur sa goélette avec son père et son grand-père. Jeanne s'occupait de mettre de l'ordre dans la maison. Dès la fin janvier, elle se rendit compte qu'elle était enceinte. Pierre était fou de joie. Jeanne, elle, avait une nouvelle source d'inquiétude. Dans quel monde ce petit Acadien allait-il grandir? Elle se sentait en sécurité pour le moment, grâce à Pierre, à sa belle-famille et à son frère Joseph. Mais qu'arriverait-il si la situation politique les forçait à fuir?

Elle ne pouvait pas vraiment confier ses inquiétudes à Pierre, qui parfois semblait s'attendre à ce qu'elle ressemble à sa mère. Il tenait pour acquis que son épouse laisserait les hommes s'inquiéter du vaste monde et qu'elle se contenterait de s'occuper des enfants et de la maison. Jeanne ne lui en voulait pas pour autant. Elle se rendait compte qu'il ne comprenait pas pourquoi elle avait besoin de comprendre ce qui se passait ailleurs dans le monde.

Pierre fut surpris d'apprendre qu'elle savait lire et écrire. Elle souriait en pensant à la réaction qu'il avait eue le jour où il l'avait appris. Il l'avait regardée bizarrement. Elle l'avait rassuré en lui disant que c'était bon de savoir lire et écrire, et qu'elle pourrait ainsi l'aider avec ses contrats quand il ferait du cabotage avec son bateau.

Dans un baluchon discrètement caché au fond d'un coffre en bois, elle conservait toujours ses précieux livres, sa robe de soie bleue, son collier et son beau châle, ainsi que son portrait et le tissu jaune que Pierre lui avait offert. Ces objets n'étaient d'aucune utilité pour le moment, mais elle voulait les conserver, car ils représentaient une partie de sa vie qui avait été très différente de celle qu'elle menait maintenant et qui aurait pu se poursuivre si le sort en avait décidé autrement.

CHAPITRE 17

Lorsque le printemps de 1753 arriva, Jeanne avait décidé de rester sereine face à la vie. Elle était mariée, elle avait une maison et elle attendait son premier enfant. Quant à Pierre, sa goélette serait seulement prête vers le milieu de l'été; il était content de voir que les travaux avançaient bien. En attendant, il se faisait un plaisir d'aider Jeanne à s'occuper du jardin et des animaux de la ferme tandis qu'il était à la maison. Elle n'aurait pas pu avoir un meilleur mari, se disait-elle, même si elle aurait souhaité que sa belle-mère cesse de le lui rappeler.

Port Toulouse était à nouveau tout verdoyant. À la fin d'un beau jour de juin, Jeanne partit se promener dans le bois, à la recherche de fleurs de mai. Elle était absorbée dans ses pensées quand elle sentit tout à coup une présence à ses côtés. En se retournant, elle vit Martin qui tenait dans ses mains un petit bouquet de fleurs de mai. « Je pense que c'est ce que tu cherchais », dit-il en lui offrant les fleurs.

« Martin », dit-elle en s'approchant pour prendre les fleurs, puis elle recula en mettant les mains sur son ventre dans un geste de culpabilité. Il réagit calmement.

« Jeanne, ton frère m'a dit que tu avais marié Pierre et que tu attendais ton premier enfant. Je suis content pour toi. »

Elle aurait dû se douter que Martin réagirait avec douceur. Pourquoi était-elle déçue de sa réaction? Aurait-elle préféré qu'il soit fâché?

« Merci », dit-elle. « Oh, pourquoi est-ce si difficile ? » se demanda-t-elle. « Tu as été parti si longtemps, Martin. »

« Oui. J'étais parti aider mon peuple. » Elle le regarda d'un air interrogateur. « Je ne peux pas t'en dire plus. Tiens », ajouta-t-il en lui offrant les fleurs.

« Merci, Martin. » Elle prit les fleurs de mai et en respira le parfum, se laissant imprégner par la beauté des pétales délicats et le doux bouquet qui s'en dégageait, sans pour autant révéler les sentiments qui l'habitaient.

« Laisse-moi te ramener à la maison, Jeanne. Tu ne devrais pas te promener toute seule ici. » Il marcha avec elle jusqu'à l'orée du bois.

« Est-ce qu'on va se revoir ? » demanda-t-elle.

Il fit signe que oui de la tête, puis s'en retourna. Elle attendit un moment avant de se retourner pour le regarder s'éloigner. Elle lut sur son visage un mélange de désir et de tourment. Se rendant compte qu'elle le regardait, Martin reprit aussitôt son calme habituel. Elle rentra tranquillement chez elle.

* * * * *

Au milieu de l'été, Pierre mit sa goélette à l'eau. Il l'appela *Angélique*, le nom que Jeanne avait choisi en mémoire de sa sœur décédée. Le père Ropert vint bénir le *Angélique* juste avant qu'il ne quitte le port pour la première fois. Il y avait beaucoup de joie dans l'air : la belle-famille de Jeanne, Joseph et ses enfants, tout le monde était venu au port regarder le bateau partir. Pierre se tenait fièrement debout à la proue, fixant l'horizon en bon capitaine ; les voiles du bateau se déroulèrent, puis se mirent à onduler dans le vent. Le grand-père Coste se tenait debout à côté de Pierre, tout aussi fier que son petit-fils. Jeanne resta sur le quai jusqu'à ce que la goélette ne soit plus qu'un petit point noir à l'horizon, pensant à ce que l'avenir lui réserverait.

Le reste de l'été se passa sans incident. Pierre réussit à décrocher quelques contrats pour transporter des marchandises à Louisbourg. Jeanne savait qu'il s'attendait à plus, mais elle n'était pas déçue. Ses trajets étaient plus courts et plus sécuritaires que ceux de Joseph. Depuis sa plus tendre enfance, elle avait entendu des histoires de bateaux perdus en mer, emportant avec eux leurs capitaines et laissant les femmes pleurer sur le rivage. Elle comprenait maintenant l'anxiété de ces femmes.

* * * * *

À la mi-octobre, la saison de navigation tirait à sa fin et Joseph partait faire son dernier voyage avant l'hiver. Pierre entreprit de faire un dernier trajet. Il hésita un peu avant de partir; Jeanne était à la veille d'accoucher, mais il avait vraiment besoin de l'argent que lui procurerait ce travail. Il avait demandé l'avis de Jeanne. Que pouvait-elle lui répondre? Même la mère de Pierre ne lui suggéra pas de rester s'occuper de sa femme. Elle lui dit qu'il pouvait partir. Il lui promit d'être de retour dans cinq jours.

Deux jours après son départ, on entendit des rumeurs selon lesquelles des corsaires venus des colonies de la Nouvelle-Angleterre rôdaient près des côtes de Port Toulouse. Ils voulaient probablement profiter des derniers jours de navigation. Peu après, grand-père Coste arriva chez les Dugas pour annoncer qu'un corsaire venait d'ancrer son bateau près de chez eux et qu'il avait saccagé une des fermes voisines. Il réussit à convaincre la famille de Le Maigre et celle de Marie Braud et de Joseph de s'enfuir chez les Coste, dont la ferme risquait moins d'être attaquée puisqu'elle était à l'intérieur des terres.

Jeanne savait que sa grossesse avancée ne lui permettrait pas de marcher aussi loin ni aussi vite que les autres, qui voulaient se rendre avant la noirceur. Le bébé avait commencé à descendre; elle allait bientôt accoucher. Elle dit au grand-père Coste qu'elle partirait avec Marie Braud et elle dit à Marie qu'elle partirait avec les Leblanc, espérant que dans toute cette confusion, personne ne remarquerait son absence.

*****

Ses contractions commencèrent le soir même. Elle avait peur. Elle avait préparé la layette pour le nouveau-né et grand-père Coste lui avait fabriqué un berceau, mais elle n'était pas prête à accoucher toute seule. Elle avait entendu dire que les contractions pouvaient parfois commencer, puis s'arrêter toute une journée. Ce soir-là, elles devenaient de plus en plus fortes.

Il faisait déjà noir. La petite lampe à l'huile de foie de morue semblait dessiner des ombres menaçantes sur les murs de sa petite maison. Elle se coucha sur sa paillasse en se disant qu'il fallait être brave. Elle se mit à prier. Elle ne pouvait s'empêcher de gémir lorsqu'une douleur intense l'envahissait. Tout à coup, elle entendit quelqu'un à la porte. « Ah, mon Dieu », se dit-elle « pas les corsaires! »

La porte s'ouvrit lentement. C'était Martin.

« Martin? » Évidemment, il était le seul à pouvoir marcher dans cette noirceur.

« Jeanne... Jeanne... J'ai vu qu'il y avait de la lumière. » Il comprit vite ce qui se passait. « C'est ton bébé qui s'en vient? »

« Oui. »

« Où est tout le monde? »

« Pierre et Joseph sont en mer et les autres sont partis chez les Coste à cause des corsaires. Je savais que je ne serais pas capable de les suivre. »

« Ah, Jeanne, est-ce que tes contractions sont rapprochées ? »

« J'en ai à peu près toutes les quinze minutes. »

« Je vais aller chercher quelqu'un pour t'aider, Jeanne. Ça ne sera pas long. » Il posa doucement une main sur sa joue. « Ça va bien aller. »

Il revint avec une Mi'kmaq qui jeta un coup d'œil sur Jeanne en secouant la tête.

« Grand-mère a aidé beaucoup d'enfants à venir au monde », dit Martin. « Elle va prendre bien soin de toi. »

Jeanne sentit des larmes lui monter aux yeux.

« Je suis là, Jeanne. »

La sage-femme ne savait pas parler le français. Elle parlait à Martin qui, à genoux à la tête du lit, traduisait ses instructions.

« Il faut que tu sois courageuse, Jeanne. » Il parlait tout doucement, lui caressant les épaules pour la calmer. Elle se sentait plus détendue maintenant; lorsque les contractions reprenaient, elle avait moins peur et la douleur semblait moins intense. Vers le milieu de la nuit, elle poussa une dernière fois et elle sentit le bébé sortir.

La sage-femme coupa le cordon, essuya le bébé et le frotta avec de l'huile. Jeanne entendit des pleurs. La sage-femme enveloppa le nouveau-né dans une couverture, puis elle le déposa sur le ventre de Jeanne en disant quelque chose à Martin.

« Grand-mère dit que tu as une belle petite fille en pleine santé », dit-il. « Il faut que je ramène grand-mère chez elle maintenant, mais je vais revenir. »

Ils partirent aussitôt. Jeanne découvrit le bébé pour s'assurer que la petite avait bien tous ses doigts et ses orteils. La petite avait l'air parfaite. Puis elle pensa à Pierre.

L'accouchement l'avait complètement épuisée. Elle se sentait blessée d'avoir été abandonnée par son mari. Elle tenait son bébé contre elle, essayant de ne penser à rien. Elle ne savait pas quand Martin reviendrait; il arriva sous peu.

« Martin, je regrette. Je regrette vraiment que tu aies été obligé de faire ça. »

« Voyons, Jeanne, ça m'a fait plaisir de t'aider. Notre amitié est bien spéciale, tu sais. Tu n'as rien à regretter. »

Jeanne éclata en sanglots. Elle ne pouvait plus s'arrêter. Martin s'allongea près d'elle et mit ses bras autour d'elle et son bébé. Enlacée dans les bras de Martin, elle tenait son bébé contre elle, pleurant tellement qu'elle avait l'impression que son cœur allait se rompre. Après avoir pleuré toutes les larmes de son corps, épuisée, elle s'endormit. Ce furent les cris du bébé qui la réveillèrent. Martin la tenait encore dans ses bras. « Je pense que la petite a faim », dit-il. Le jour se levait.

Martin resta un peu, le temps qu'elle donne à boire au nouveau-né. Ensuite, il trouva du pain et de la tête fromagée, qu'il donna à Jeanne. Il semblait être aux aguets. « Je pense que j'entends quelqu'un », dit-il tout à coup. Il sortit jeter un coup d'œil. Martin semblait toujours capable de pressentir ce qui allait se passer.

« Quelqu'un de ta parenté s'en vient. Ils doivent être très inquiets pour toi. Je crois qu'il est temps que je m'en aille. Tu leur diras que grand-mère t'a aidée. » Avant qu'elle eut le temps de dire quoi que ce soit, il avait déjà disparu.

Le retour de Pierre fut retardé. Le bébé avait déjà dix jours quand il revint et Jeanne s'était alors rétablie de sa détresse.

Le père Ropert vint baptiser le bébé, qu'ils appelèrent Marie Marguerite en hommage aux deux grand-mères. Ils se mirent à l'appeler la petite Marie pour la distinguer de sa grand-mère Bois.

* * * * *

De retour de son dernier voyage de la saison, Joseph rapporta que rien d'important n'avait changé sur le plan politique, ni du côté positif ni du côté négatif. Le gouverneur Hopson semblait essayer de rétablir ses relations avec les Acadiens aussi bien qu'avec les Mi'kmaq, suite au mauvais traitement que leur avait fait subir le gouverneur Cornwallis, mais cela avait peu d'effet pour mettre fin à la fuite des Acadiens de la Nouvelle-Écosse.

Joseph avait entrepris plus de voyages que l'année précédente. Il disait avoir du mal à comprendre pourquoi tous ces Acadiens quittaient leurs terres fertiles pour l'Île Saint-Jean, un endroit dont l'avenir restait si incertain. Lui et ses frères ne s'étaient vus qu'une fois durant l'été. Charles et Abraham étaient inquiets quant à leur avenir, mais n'avaient pas encore décidé de quitter Grand-Pré. Ils lui avaient rappelé que si la situation devenait trop dangereuse, ils avaient l'intention de trouver refuge dans la région de Miramichi.

« Ils ont l'air de penser que je mène une vie dangereuse », dit Joseph à Jeanne. « Mais moi, je pense que c'est plutôt leur vie en Nouvelle-Écosse qui est dangereuse. » Jeanne semblait plutôt d'accord avec le point de vue de Charles et d'Abraham, mais elle savait que Joseph ne changerait pas d'idée.

* * * * *

Ils affrontèrent un autre hiver de silence, la glace et la neige les séparant du monde extérieur. Tout ce qu'ils pouvaient faire, c'était de réfléchir au sort qui les attendait. D'un côté, ils avaient peur de ce que laissaient présager la construction d'un fort et l'arrivée probable d'un grand nombre de Britanniques à Halifax. De l'autre, ils espéraient être bien traités par le gouverneur, Peregrine Hopson. Mais cela suffirait-il? Jeanne était préoccupée tantôt par les conséquences de la situation politique sur la vie des siens, tantôt par ses responsabilités quotidiennes d'épouse et de mère.

Joseph avait eu confiance en elle depuis qu'elle était petite. Il avait tenu la promesse qu'il lui avait faite à cette époque; il continuait de l'informer des évènements politiques qui pourraient avoir des répercussions sur leur vie. Elle n'avait jamais vécu loin d'où il habitait et pouvait donc s'informer de ce qui se passait. Mais les choses avaient changé depuis qu'elle était mariée et qu'elle vivait sous un autre toit avec son mari.

Elle se rendit compte que même si Joseph avait approuvé son mariage, il ne traitait pas Pierre sur un pied d'égalité. Au début, elle pensait que c'était parce que Pierre était plus jeune que lui, Joseph et son beau-père Le Maigre étant d'une autre génération. Puis elle en vint à croire que c'était plutôt parce que Pierre ne partageait pas la même vision patriotique acadienne. Évidemment, Pierre était Acadien et fier de l'être, mais Jeanne était certaine qu'il n'avait jamais pensé à se battre pour la cause des Acadiens. Il n'aimait pas que Joseph tienne Jeanne au courant de ce qui se passait dans le monde; pour lui, l'affaire des femmes, c'était de s'occuper de leur maison.

Pierre savait que Joseph parlait à Jeanne de ce qui se passait aux alentours et de ce qu'il prévoyait faire plus tard, sans jamais l'inclure, lui, dans leurs conversations. Quand il avait demandé à Joseph s'il lui était possible d'utiliser sa nouvelle goélette pour transporter des Acadiens, Joseph l'en avait découragé. Jeanne n'était pas contente de voir que son frère excluait son mari de ce type d'activité; après tout, Joseph n'était qu'un caboteur parmi d'autres à profiter de cette activité lucrative.

Pierre Bois ne manquait pas de confiance en lui. Comme habitant, comme Acadien, comme caboteur et comme père, il avait ses forces. Mais Jeanne savait qu'en comparaison de Joseph, avec son audace, sa vivacité et son goût du risque, Pierre donnait l'impression d'un gars ordinaire et plutôt mou. Elle aurait voulu que Joseph soit plus indulgent à son égard.

Joseph, comprenant les préoccupations de sa sœur, dit qu'il la tiendrait au courant de ce qui se passait. Jeanne sourit amèrement et répondit que sa présence lui manquerait quand il repartirait au printemps, mais qu'elle ne s'ennuierait pas du « chialage » perpétuel de Le Maigre contre les Anglais et contre à peu près n'importe qui et n'importe quoi.

« Je ne l'aime toujours pas », dit-elle.

CHAPITRE 18

Au printemps de 1754, on apprit que la Nouvelle-Écosse avait changé de gouverneur. De nombreux Acadiens avaient espéré être bien traités par Peregine Hopson, mais celui-ci était retourné en Angleterre sur le dernier navire à quitter la Nouvelle-Écosse l'automne précédent. Son remplaçant, Charles Lawrence, avait été nommé lieutenant-gouverneur le 1er novembre 1753, ce qui n'annonçait rien de bon pour les Acadiens : dans la colonie depuis 1749, Lawrence avait une réputation de militaire et non de conciliateur ou de facilitateur.

« Qu'est-ce que ça veut dire, tout ça, Joseph? » demanda Jeanne.

« Je ne sais pas trop. On verra bien. Mais je sais que les caboteurs vont être bien occupés cet été. »

« Ça va être dangereux aussi. Est-ce que tu vas laisser Pierre venir avec toi? »

Joseph la regarda, hésitant. « Jeanne, ça ne sera pas trop dangereux pour quelqu'un comme moi ou comme mon beau-père, parce qu'on connaît les risques du métier. On a navigué dans cette région tellement de fois! Mais je ne voudrais pas que quelque chose arrive à ton mari. »

Elle s'était attendue à cette réponse, mais ça n'arrangeait rien pour son mari. Au moins, Pierre avait pu obtenir des contrats pour le transport de marchandises à Louisbourg. Les hommes embarquèrent dans leurs goélettes dès le début de la saison. Leurs familles les accompagnèrent au port et les regardèrent s'éloigner.

* * * * *

Cet été-là, Jeanne ne vit Martin Sauvage qu'une seule fois. Elle était sortie se promener avec son bébé. Il avait dû arriver derrière elle tout doucement en faisant peu de bruit pour ne pas l'énerver.

« Comment va la petite Marie? » demanda-t-il.

« Elle va très bien », répondit Jeanne en lui tendant le bébé.

La petite Marie, qui d'habitude n'aimait pas les étrangers, le regarda d'abord sérieusement avec ses grands yeux bruns, puis elle lui sourit, laissant entrevoir deux belles dents. Il lui sourit à son tour et lui dit : « Toi, tu sais, j'étais une des premières personnes à te voir quand tu es arrivée sur cette terre. Tu es très belle, ma petite Marie, comme ta maman. »

Jeanne rougit. Martin sourit, puis, après avoir remis le bébé dans les bras de sa mère, il s'en alla.

* * * * *

Les Acadiens de Port Toulouse entendaient toutes sortes de rumeurs au début de l'été, dont plusieurs se contredisaient. Jeanne préférait croire celles qui lui donnaient plus d'espoir et ne pas tenir compte de celles qui étaient pessimistes. Pierre revenait chez lui plus souvent que Joseph entre ses déplacements en mer. Les nouvelles qu'il rapportait au sujet de la Nouvelle-Écosse et de l'Angleterre étaient indirectes, alors que Joseph, lui, les obtenait de la bouche des Acadiens qu'il transportait à bord de sa goélette.

Il s'arrêta brièvement chez lui à la fin du mois de juillet. Pierre était parti et Jeanne put passer un peu de temps avec son frère. De toute évidence, Joseph était très nerveux, épuisé et inquiet. Il disait que c'était de plus en plus difficile pour les Acadiens de se déplacer en toute liberté et que les attaques des corsaires de l'Angleterre et des colonies de la Nouvelle-Angleterre étaient de plus en plus fréquentes. Joseph avait réussi à se rendre à Grand-Pré pour visiter clandestinement ses frères et d'autres membres de la parenté. « Ne me demande pas comment j'ai réussi à me rendre là-bas, Jeanne », dit-il.

« Non, Joseph, je ne veux pas savoir ça, je veux juste savoir comment ils vont. Est-ce qu'ils sont en sécurité? Est-ce que mes belles-sœurs et les jumelles vont bien? Je pense souvent à eux, tu sais. »

« Tout le monde est en sécurité. Les filles sont de bonne humeur. Charles et Anne s'en occupent comme si elles étaient leurs propres filles. Mais Charles et Abraham sont inquiets de ce qui va se passer. Oncle Abraham l'est encore plus! »

Jeanne se souvenait de leur visite à Grand-Pré juste avant la chute de Louisbourg. Assise sur une meule de foin dans la grange de son oncle Abraham, elle avait écouté Joseph lui parler de son ancêtre Dugas.

« Est-ce que ton beau-père est venu à Grand-Pré avec toi? »

« Non », répondit Joseph en souriant légèrement. « Le Maigre ne voulait pas risquer de se rendre là par les temps qui courent. Tu te souviens qu'il a déjà été capturé et emprisonné il y a quelques années parce qu'il était un Acadien zélé? »

« Et toi, Joseph, tu n'es pas un Acadien zélé? »

Joseph la fixa droit dans les yeux. Après avoir hésité un peu, il répondit : « Je ne sais pas, Jeanne. Je ne sens pas que je dois quoi que ce soit à la France. J'ai l'impression qu'elle nous a abandonné à notre sort, et j'ai peur de ce qui pourrait arriver aux Acadiens de la Nouvelle-Écosse et aux autres comme nous qui vivons en dehors de la colonie anglaise. La triste réalité, c'est que les Acadiens de la Nouvelle-Écosse veulent tout simplement vivre en paix sur leur terre. À part quelques exceptions comme mon beau-père, qui peut semer un peu de trouble ici et là de temps en temps, ils ne menacent pas les Anglais le moins du monde. Charles et Abraham me disent qu'ils espéraient que la nomination de Hopson comme gouverneur les aurait aidés et qu'ils étaient déçus de le voir partir. Il paraît qu'il a un problème avec ses yeux. Il a peur de devenir aveugle et c'est pour ça qu'il est retourné en Angleterre. Dommage. Le gouverneur Lawrence, lui, a une attitude de militaire. Il n'a pas beaucoup de sympathie pour les Acadiens. Il les appelle les « French inhabitants » et non pas les « French Neutrals » pour montrer clairement qu'il ne les considère pas comme des citoyens. On sait aussi qu'il a de bonnes relations avec le gouverneur Shirley de la colonie du Massachusetts. Oncle Abraham me dit que cela ne présage rien de bon pour les Acadiens et j'ai bien peur qu'il ait raison. De toute façon, il paraît que pour le moment, le gouverneur Lawrence est occupé avec des affaires administratives, mais les Acadiens de la Nouvelle-Écosse sont inquiets. Je sais que tu vas me demander ce qui va arriver, mais je ne le sais vraiment pas. »

« Et l'Île Royale ? Est-ce qu'elle va rester française ? »

« Ah, Jeanne, c'est difficile à dire. Les Anglais aimeraient prendre possession de l'Île Royale, surtout de Louisbourg. Ça protégerait leurs voies de navigation. Les Acadiens ne les menacent pas de ce côté-là, mais ils n'ont pas l'air de s'en rendre compte. Et si jamais la guerre reprend entre les Anglais et les Français en Europe, j'ai bien peur que ça va nous coûter cher. Pour le moment, on est en sécurité, Jeanne. C'est tout ce que je peux te dire. Quand j'aurai d'autres nouvelles, je t'en donnerai. »

* * * * *

À la fin de la saison de navigation, il n'y avait pas grand-chose de nouveau. Pour Pierre, l'année avait été payante, mais difficile. Joseph disait que tout s'était bien passé, Le Maigre laissa entendre qu'ils avaient croisé des corsaires à quelques reprises. Même Pierre était arrivé face à face avec un navire anglais et au grand désarroi de Jeanne, il semblait avoir trouvé l'expérience exaltante. Elle était donc soulagée de voir la neige et la glace arriver pour les isoler du monde extérieur.

CHAPITRE 19

En 1755, les habitants de Port Toulouse attendaient impatiemment l'arrivée du printemps. Ils étaient restés en sécurité tout l'hiver, comme si le temps s'était arrêté. Ils ne pouvaient évidemment pas planifier des évènements qui étaient hors de leur contrôle. L'hiver avait été tranquille et particulièrement froid. Ils étaient allés moins souvent visiter ceux qui vivaient dans des endroits isolés. Le printemps s'était fait attendre.

Jeanne était occupée avec sa famille, qui grandissait. La petite Marie avait eu un an en octobre et un deuxième enfant était né en décembre. Ils avaient appelé ce petit garçon Pierre Abraham ; Pierre pour honorer son père et Abraham en mémoire de tous les Abraham de la famille Dugas, les défunts comme les vivants. Son surnom était Pierrot. Malgré toutes les tâches qui meublaient sa vie quotidienne, Jeanne restait très inquiète.

Elle savait que la situation politique était hors de leur contrôle. Mais, ah, mon Dieu, si Joseph ou Pierre se faisait capturer ou tuer durant une de leurs expéditions ? S'il fallait qu'ils soient forcés de s'enfuir ? Elle craignait que Pierre et Joseph n'arrivent pas à s'entendre quant à l'endroit où ils devraient se réfugier. Serait-elle séparée de Joseph et de ses enfants ? Elle savait que ses frères Charles et Abraham prévoyaient se rendre dans la région de Miramichi, mais où était la Miramichi au juste ? Arriveraient-ils à s'enfuir de Grand-Pré ? Et si elle et les siens voulaient les retrouver, comment s'y prendraient-ils? Le pays était si grand. Et les enfants, comment feraient-ils pour les emmener?

Les premières nouvelles qu'on entendit à Port Toulouse ce printemps-là, c'était que rien n'avait changé, cela n'empêcha pas les Dugas et les autres de rester aux aguets. Comme d'habitude, les familles se rendirent au port afin de regarder les goélettes entreprendre leur premier voyage de la saison, mais il y avait moins d'enthousiasme dans l'air. Jeanne remarqua que Martin Sauvage était avec Joseph; elle n'eut pas la chance de lui parler avant le départ. De retour à la maison, chacun retourna à ses occupations quotidiennes : semer les graines du jardin, s'occuper des animaux de la ferme et visiter les familles et les voisins en attendant le retour des goélettes. Jeanne était à nouveau enceinte.

* * * * *

Ce printemps-là, ils ne tardèrent pas à apprendre que les Anglais avaient confisqué les bateaux et les armes à feu des Acadiens de la Nouvelle-Écosse. Au début de juillet, les Acadiens avaient envoyé une délégation à Halifax afin de demander qu'on leur rende leurs fusils parce qu'ils en avaient besoin pour protéger leurs fermes contre les animaux sauvages. Leur demande fut refusée et on les informa qu'ils devaient prêter un serment d'allégeance totale au roi d'Angleterre. Ayant refusé, les délégués acadiens furent jetés dans les hangars de la prison de l'île Georges, dans le port de Halifax. Plus tard ce mois-là, un deuxième groupe de délégués se présenta à Halifax et subit le même sort. Lorsque certains Acadiens acceptèrent de signer le serment d'allégeance totale, on ne les laissa pas faire. Mais qu'est-ce que cela voulait dire? Quelles en seraient les conséquences?

Joseph revint chez lui au début du mois d'août. Il confirmait les nouvelles, mais n'avait pas grand-chose à ajouter.

« Est-ce que ça veut dire que Charles et Abraham ont perdu leurs goélettes? » demanda Jeanne.

« Non », répondit-il.

« Les as-tu vus, Joseph? »

Joseph hésita. « J'ai parlé à Abraham quelques minutes au mois de mai pendant qu'on était en mer. Il m'a dit qu'il voulait partir de Grand-Pré cet été, mais je ne sais pas s'il a réussi. »

« Jeanne », ajouta-t-il, « je ne sais rien de plus. Tout ce que je sais, c'est que les Acadiens de la Nouvelle-Écosse sont vraiment inquiets. Ils ne comprennent pas pourquoi on leur défend de faire toutes sortes de choses qu'ils avaient le droit de faire avant. Il y a encore des gens qui partent, mais moins que l'année passée parce qu'on leur met toujours des bâtons dans les roues. Les tuniques rouges des Britanniques sont partout. Certains vieux espèrent encore que la situation va se calmer et qu'ils vont pouvoir continuer à vivre paisiblement sur leur ferme comme avant, mais de plus en plus d'Acadiens, des jeunes comme des vieux, n'y croient plus. Le problème, c'est que dans bien des cas, ils n'ont pas vraiment les moyens de se sauver. »

« Et nous, Joseph, qu'est-ce qu'on devrait faire? »

« Je ne sais pas. Il va falloir qu'on attende. Est-ce que Pierre est rentré souvent? »

« Pas aussi souvent que d'habitude. Il est très occupé. Il pense que Louisbourg se fait une réserve de nourriture au cas où la guerre reprendrait. Il dit que les officiers de la garnison n'en parlent pas vraiment. »

« Joseph, est-ce que j'ai bien vu Martin Sauvage embarquer avec toi ce printemps? »

« Oui, Jeanne. C'est, comme son oncle Jean, un excellent éclaireur. C'est bon de l'avoir avec nous. Il est capable d'en apprendre beaucoup sur ce qui se passe en parlant avec des Mi'kmaq ici et là. »

« Est-ce qu'il est revenu avec toi? »

« Non. Il est resté à un des campements mi'kmaq. On va passer le chercher plus tard cet été. Pourquoi? »

« Comme ça. »

« Tu es sûre? »

« Oui, je suis sûr. »

Joseph ne revint pas à Port Toulouse avant la fin de la saison de navigation.

* * * * *

Cet automne-là, les habitants de Port Toulouse entendirent une nouvelle épouvantable : on était en train de déporter les Acadiens de la Nouvelle-Écosse. La plupart de ces histoires provenaient de la région de Grand-Pré, mais selon les rumeurs, la même chose se produisait ailleurs en Nouvelle-Écosse.

Le 2 septembre, une annonce officielle ordonnait aux hommes de Grand-Pré et des environs ainsi qu'aux garçons de plus de 10 ans de se présenter trois jours plus tard à l'église de St-Charles-les-Mines afin qu'on leur lise une proclamation du roi d'Angleterre. Une fois sur place, on leur annonça qu'ils allaient être déportés. Leurs terres, leurs animaux et leurs biens, sauf leur argent et les articles ménagers, étaient confisqués par la Couronne d'Angleterre. Les hommes et les garçons furent enfermés dans l'église en attendant que des bateaux arrivent pour les transporter. On leur promit qu'ils pourraient partir avec les autres membres de leur famille.

Apprenant cela, Jeanne était estomaquée. Elle pensa d'abord à ses frères et à leurs familles. Avaient-ils réussi à s'enfuir? Où allait-on envoyer ces gens? En France? Elle avait déjà entendu parler de déportation. Lorsque Louisbourg était tombé aux mains des Anglais, en 1745, les colons français et des Acadiens avaient été déportés en France. Mais pourquoi les autorités britanniques procédaient-elles ainsi maintenant, en temps de paix, et sans donner d'avertissement en plus? Jeanne était inquiète pour Pierre et Joseph. Elle n'en avait pas entendu parler depuis le début d'août. Grand-père Coste surveillait de près les navires qui rentraient au port et sachant à quel point Jeanne était préoccupée par la situation politique, il lui rapportait tout ce qu'il savait. En octobre, ils apprirent que des navires étaient enfin arrivés à Grand-Pré à la fin septembre. Deux semaines plus tard, quatorze navires remplis d'Acadiens avaient levé l'ancre. Les Anglais n'avaient pas tenu leur promesse de réunir les familles et le départ fut un vrai désastre : les habitants, en plein désarroi, traînaient leurs biens en cherchant désespérément des membres de leur famille. On racontait aussi que pendant que les quatorze navires prenaient le large, les habitants regardaient les Anglais mettre le feu aux maisons et aux bâtiments. Jeanne savait qu'il se pouvait que ce ne soit là que des rumeurs et qu'on avait peut-être exagéré, mais le fait qu'on procède à une déportation en temps de paix était inimaginable à ses yeux.

Pierre et Joseph arrivèrent chez eux peu après. Joseph semblait en état de choc. Malgré son attitude cynique face aux autorités britanniques et françaises, il n'avait clairement pas prévu ce qui se passait. Il ne semblait pas avoir envie d'en parler, ni avec Jeanne ni avec Pierre.

Cette fois-ci, Pierre insista. « Joseph, je sais que tu ne te confies pas à moi d'habitude », dit-il, « mais l'heure est grave et j'ai besoin de savoir ce que tu sais et ce que tu penses qu'on devrait faire. » Joseph semblait surpris d'entendre Pierre s'exprimer ainsi.

« Oui, Pierre. Eh bien, je peux juste te dire ce que j'ai entendu. Il paraît que les Acadiens de Grand-Pré se font déporter, mais pas seulement eux, ce sont tous les Acadiens de la Nouvelle-Écosse qui se font déporter. Ils ne savent pas où ils s'en vont, mais c'est sûr que ce n'est pas en France. J'ai entendu dire qu'on les disperse un peu partout dans les colonies anglaises. C'est vrai aussi que les couples et les enfants ont été séparés et que personne n'a essayé de réunir les familles avant le départ. J'ai aussi entendu dire que des Acadiens ont été forcés d'embarquer dans des bateaux à moitié pourris et qu'en plus, ils étaient tassés les uns sur les autres comme des sardines. Le Bon Dieu sait s'ils ne vont pas périr en mer. La plupart de ceux qui ont essayé de se sauver à pied ont été rattrapés par les soldats anglais », ajouta-t-il. « Il y en a qui ont été tués sur le coup. Ils ont capturé un homme qui avait réussi à sortir de l'église de Grand-Pré et ils ont brûlé sa maison devant ses yeux pour avertir les autres de ne pas faire pareil. Les histoires que j'ai entendues sont toutes aussi épouvantables les unes que les autres. » Joseph secoua la tête.

« Joseph », dit Jeanne, « on dit qu'une des familles a réussi à se sauver de Grand-Pré : les Maillet. Ils sont ici, dans la ferme d'Antoinette Martin. Il paraît qu'ils sont arrivés avec un homme blessé. Ils étaient tous à la veille de mourir de faim et de misère. Il y avait un autre homme qui faisait partie de la famille et il s'est fait tuer par les tuniques rouges. »

« Quoi ? Il y en a qui ont survécu ? Ils ne se sont pas tous fait tuer ? » demanda Joseph. « Un vrai miracle ! »

« Joseph... »

« Je sais que tu as peur de me le demander, Jeanne. À ma connaissance, Charles et Abraham ont réussi à se sauver avec leur famille, avant la proclamation, je crois. Reste à savoir s'ils ont réussi à se rendre dans la Miramichi. Ça, je ne le sais vraiment pas. Et tu te demandes ce qu'on devrait faire », ajouta-t-il, l'air triste. « Je ne sais pas. Je ne sais pas », répéta-t-il. « Chose certaine, il faut qu'on reste ici cet hiver. »

* * * * *

Les nouvelles bouleversantes de la déportation avaient temporairement fait oublier aux habitants de Port Toulouse leur crainte qu'une autre guerre n'éclate entre l'Angleterre et la France. Jeanne demanda à Joseph ce qu'il en pensait.

Joseph soupira, semblant désemparé. « Jeanne », répondit-il, « des fois, je me dis que je n'aurais jamais dû commencer à te parler de politique. »

« Joseph... » dit-elle, le suppliant de poursuivre.

« Je ne sais pas, Jeanne. Rien n'est clair. Je ne sais tout simplement pas. Il y a une chose qui m'inquiète. Je ne sais pas si tu es au courant, mais il paraît que les Anglais ont pris le fort Beauséjour au mois de juin. Le commandant français a résisté à l'attaque pendant deux semaines, grâce à l'aide qu'il a eue de l'abbé Le Loutre et de Joseph Broussard dit Beausoleil. Mais il y avait beaucoup trop de soldats anglais, ils ont perdu la bataille. Il paraît que quand Le Loutre a vu que le fort allait tomber, il a brûlé la cathédrale pour être sûr que les Anglais ne mettent pas la main dessus. Tu parles d'un homme stupide ! C'est probablement tout ce que les Anglais cherchaient comme excuse pour déporter notre monde. Ça va aller mal pour la France : ce fort-là donnait aux Français le contrôle de Chignecto, le seul chemin qu'ils pouvaient faire à pied entre Louisbourg et Québec pendant les mois d'hiver. Mais ce que ça veut dire pour nous, tout ça, je ne le sais pas, Jeanne, je ne le sais pas. »

Pierre prit Jeanne dans ses bras. « Joseph », dit-il, « j'ai pensé à ça, et si tu décides de t'en aller de l'Île Royale, Jeanne, moi et les enfants, on devrait vous suivre, toi et ta famille. Je ne sais pas pourquoi, mais ma famille à moi ne veut pas me dire ce qu'elle a l'intention de faire. » Jeanne regarda son mari, tout étonnée. Joseph fit signe que oui. « Si tu es sûr que c'est ce que tu veux », dit-il en hésitant, « je ne peux pas promettre que vous serez en sécurité avec moi, mais par les temps qui courent, personne ne peut promettre ça. »

Plus tard, lorsque Jeanne demanda à Pierre comment il en était arrivé à une pareille décision, il répondit qu'il savait qu'elle préférait tenter sa chance avec Joseph plutôt qu'avec sa belle-famille. « Merci, mon homme », dit-elle sur un ton rempli de gratitude, posant sa tête sur l'épaule de son mari.

* * * * *

L'hiver fut aussi tranquille que d'habitude. Jeanne aimait à penser que son petit coin de terre était un havre de paix en hiver, et elle se demandait si cet hiver-là serait le dernier qu'ils passeraient à Port Toulouse. Et après ? Elle décida qu'elle pouvait au moins se préparer pour ce qui s'en venait. Elle parla à Joseph et à Pierre de ses projets et demanda à Marie Braud de l'aider. Elle voulait que les deux familles commencent à se préparer à s'enfuir. Il fallait mettre de la nourriture sèche de côté pour le printemps, tricoter et tisser des vêtements et de la literie supplémentaires, en prévision de leur départ, de quoi occuper les longs mois d'hiver. Jeanne demanda au grand-père Coste de fabriquer de petits berceaux en bois pour transporter les bébés dans le bateau. Tout le monde se mit à l'ouvrage.

À la mi-novembre, peu de temps après que les projets de Jeanne furent mis à exécution, elle donna naissance à son troisième enfant. C'était une petite fille. Jeanne l'appela Angélique Anne, en mémoire de sa sœur décédée. Elle s'imaginait que bébé Angélique aurait le même teint que sa sœur et qu'elle lui ressemblerait. « Mais il faudra que tu sois plus forte que ma sœur », murmura-t-elle au bébé. Angélique était plus capricieuse que les deux autres. Jeanne se demanda si la petite ne ressentait pas l'angoisse de sa mère.

La principale inquiétude de Jeanne était de savoir où ils aboutiraient. Au moins, Pierre avait décidé de suivre son frère Joseph. Mais Joseph allait-il choisir d'aller retrouver Charles et Abraham dans la région de Miramichi où allait-il opter pour une destination plus dangereuse? Elle savait très bien qu'il devait y avoir des discussions houleuses entre son frère et Joseph Leblanc dit Le Maigre cet hiver-là, mais il ne lui en parlait pas. Joseph n'avait pas l'air d'avoir envie de se confier à elle. Il se contenta de lui dire que la plupart des habitants de Port Toulouse avaient l'intention de partir au printemps et qu'il voulait attendre l'arrivée des premiers bateaux pour avoir les dernières nouvelles avant de décider où aller.

LA FUITE VERS
LA MIRAMICHI

———

CHAPITRE 20

L'équipage des premiers navires qui accostèrent au printemps 1756 ne confirma pas que la guerre avait repris entre la France et l'Angleterre, mais à lire l'expression sur le visage de ces hommes, ce n'était qu'une question de temps. Ils disaient aussi que la déportation des Acadiens se poursuivait. Jeanne était morte d'inquiétude au sujet de Charles, d'Abraham et de leurs familles.

« Est-ce qu'ils sont vraiment en sécurité dans la région de la Miramichi? » demanda-t-elle à Joseph. « Est-ce que les Anglais pourraient encore les trouver là-bas, puis les déporter? »

« Non, Jeanne... Mais par les temps qui courent, tout est possible. Mais si Boishébert est avec eux, ils devraient pouvoir s'en sortir. »

« J'ai entendu ce nom-là avant », dit Jeanne. « Qui est-il? Est-ce que c'est un Acadien? Pas un de nos cousins, j'espère », ajouta-t-elle, le sourire en coin.

« Non, Jeanne, ce n'est pas un de nos cousins. » Joseph souriait. « Charles Deschamps de Boishébert est né à Québec. Il se fait soldat à l'âge de quinze ans et il est resté par ici presque toute sa vie. Il a l'air de ressembler un peu au premier Charles de Saint-Étienne de la Tour. Il paraît qu'il peut manœuvrer un canot d'écorce aussi bien que n'importe quel Mi'kmaq et qu'il sait se déguiser en fermier ou en pêcheur pour se rendre où il veut, aussi bien sur l'eau que dans le bois.

« Est-ce qu'il a déjà fait la guerre par ici? » demanda Jeanne. « Est-ce qu'il comprend ce qui se passe? »

« Oui, Jeanne. Boishébert faisait partie des troupes françaises de la colonie quand ils ont capturé Port-la-Joye et qu'ils ont attaqué Annapolis Royal. Il a contribué à la défaite des Anglais dans la bataille de Grand-Pré. Quand il était aux commandes du fort Ménagoache, il a entendu dire que les Anglais s'en venaient le détruire. Aussitôt, lui et ses hommes ont mis le feu au petit fort, puis ils se sont sauvés en remontant la rivière. »

« Est-ce qu'il est du côté des Acadiens ou du côté des Français? »

« Des Acadiens. J'ai entendu dire qu'il a sauvé plus de deux cents Acadiens qui allaient se faire déporter à bord du navire anglais *Pembroke* l'automne passé. Je ne sais pas comment ils ont réussi à faire ça, mais les Acadiens ont pris le contrôle de l'équipage, ensuite ils ont navigué jusqu'à l'embouchure du fleuve Saint-Jean, et de là, Boishébert les a pris sous son aile et les a emmenés à Miramichi.

« C'est un homme digne de confiance, Jeanne, il a vraiment l'air de défendre la cause des Acadiens. »

« Dieu merci! Nos frères sont en bonne compagnie s'ils sont avec lui », répondit-elle.

* * * * *

Le printemps venu, Jeanne, Joseph et leurs familles firent leurs adieux aux familles et aux gens qui quittaient la région de Port Toulouse avant eux. Ils avaient l'impression que leur vie s'effritait devant leurs yeux, qu'ils ne reverraient plus jamais leurs amis et leurs voisins. Étant donné que certains partaient pour la région de Miramichi, Jeanne voulut envoyer une lettre par bateau à Charles et Abraham; Joseph l'en empêcha : « Pas maintenant, Jeanne », dit-il. Elle se demanda si c'était parce qu'il n'était pas certain qu'ils soient là, elle n'osa pas poser la question.

À la fin mai, Joseph et son beau-père planifièrent leur départ avec Jeanne et Pierre. Jeanne était déçue que Le Maigre fasse partie des discussions et elle essayait de ne pas le montrer. Le Maigre s'arrangea pour que sa famille parte avant lui vers la Miramichi; il les rejoindrait plus tard dans la goélette de Joseph.

Joseph décida qu'ils iraient à l'Île-Saint-Jean. L'île appartenait à la France et il se disait qu'ils y seraient plus en sécurité qu'à l'Île Royale. Lui et Le Maigre croyaient se faire encore un peu d'argent avec le cabotage, mais ils n'étaient pas certains que la France accepterait toujours de payer le transport des Acadiens vers l'île.

« Si ce n'est pas assez payant ou que c'est trop dangereux », dit Joseph, « on ira à Miramichi. » Et il ajouta : « Pierre, toi aussi, tu pourras continuer à faire du transport. »

* * * * *

La veille de leur départ, Jeanne vit tout à coup apparaître Martin à côté d'elle alors qu'elle faisait une dernière promenade dans son endroit préféré de la forêt, tout près d'où elle habitait.

« J'ai quelque chose pour toi », murmura-t-il, déballant un objet enrobé dans du tissu. C'est pour te protéger et te garder en sécurité. »

Jeanne reprit son souffle. Ses yeux étaient étincelants. C'était une statuette de femme, une très belle femme, sculptée adroitement dans le bois. Elle avait les mains jointes comme pour prier et sa robe ressemblait à celle que porte la Sainte Vierge. Une bordure délicate ornait le bas de la robe. Son visage exprimait la sérénité d'une femme mature et une grosse tresse lui tombait dans le dos. Elle semblait avoir la grâce naturelle d'une femme mi'kmaq. Jeanne remarqua que même si elle priait, elle n'avait pas pour autant la tête baissée comme pour supplier qu'on lui vienne en aide. Non, elle avait la tête haute comme pour parler à Dieu d'égal à égal. Il s'agissait évidemment de sainte Anne. Lorsque les Mi'kmaq s'étaient convertis à la religion catholique, ils avaient choisi sainte Anne pour patronne.

Jeanne regarda Martin, au bord des larmes. Effrayé par sa réaction, il tendit la main pour reprendre le cadeau. « Non. Oh, non », dit-elle. « C'est le plus beau cadeau que j'ai reçu de toute ma vie. Merci. Oh, merci beaucoup, Martin. »

Des voix se firent entendre tout à coup. Un sentiment de culpabilité se lisait dans leurs yeux. Elle se dépêcha de remballer le cadeau dans son tissu et lui tendit les bras. La serrant doucement contre lui, il lui murmura : « Tu es dans mon cœur pour toujours. »

« Et toi, dans le mien », murmura-t-elle. Elle ne se retourna pas. Elle savait qu'il disparaîtrait dans la forêt comme un fantôme. Ne lui avait-il pas demandé de ne jamais s'inquiéter pour lui ? Elle sourit en se moquant d'elle-même. Depuis quand était-elle capable de ne pas s'inquiéter pour quelqu'un ?

* * * * *

Jeanne et les siens partirent au début du mois de juin, après avoir fait des adieux émouvants à la famille Bois. Jeanne aimait beaucoup sa belle-famille et elle était triste de devoir les quitter. Elle savait qu'ils s'inquiétaient pour eux et qu'elle aussi s'inquiéterait.

Dans la goélette de Joseph, le *Marie-Josephe*, il y avait quatre de ses enfants, ainsi que Marie Braud et Le Maigre.

Pierre, Jeanne et leurs trois jeunes enfants, ainsi que Marguerite, la fillette de Joseph, et le grand-père Coste partirent dans le *Angélique*. Marguerite, maintenant âgée de treize ans, pouvait aider Jeanne à s'occuper des bébés. Le grand-père Coste avait demandé de voyager avec eux lui aussi, prétextant qu'il aurait de meilleures chances de s'en sortir, mais Jeanne savait qu'il voulait leur donner un coup de main. Elle aurait de bonnes raisons plus tard de lui en être reconnaissante. Les bateaux étaient remplis de provisions. Ils avaient fait leur possible pour prévoir tout ce dont ils auraient besoin. Les berceaux des bébés étaient de simples boîtes faites en bois avec des poignées en corde pour qu'on puisse les attacher au bateau si nécessaire. Même s'il y avait juste assez d'espace pour le strict nécessaire, Jeanne avait trouvé un petit coin pour son baluchon de précieux souvenirs, auquel elle avait ajouté la statuette de sainte Anne. Elle sentit renaître en elle l'esprit d'aventure qu'elle avait lorsqu'elle était partie avec Joseph pour Port Toulouse.

Joseph et son beau-père connaissaient bien l'Île-Saint-Jean, car ils y avaient fait de nombreux voyages. Ils décidèrent qu'il était préférable d'éviter la région de Port-la-Joye et de sa petite garnison française : si jamais des conflits éclataient, c'était probablement dans cette région de l'île qu'ils se dérouleraient. Ils choisirent donc de débarquer dans un endroit isolé de la côte est de l'île, dans une anse qui se trouvait près d'un petit ruisseau, non loin d'une ferme. Ils commencèrent par aller l'explorer.

Celle-ci appartenait à Charles Haché et à sa femme, Cécile Arsenault. En plus de leurs trois jeunes enfants, le couple avait deux vaches, quelques poules et un jardin potager. Ils étaient contents d'avoir de nouveaux voisins et surtout de pouvoir leur vendre un peu de nourriture dont ils pouvaient se passer. Comme la plupart des Acadiens, ils ne pouvaient pas survivre avec les rations que leur donnait le gouvernement français et ils n'avaient pas les moyens de s'occuper d'une grande ferme. Joseph payerait généreusement les produits qu'il leur achèterait.

Jeanne savait qu'elle et sa famille étaient en meilleure situation que bien d'autres Acadiens en fuite. Ils avaient deux goélettes et Joseph avait gagné beaucoup d'argent pendant les années où il avait fait du cabotage à Louisbourg. Même Pierre et elle avaient réussi à se mettre de l'argent de côté. Ils n'étaient pas démunis, en tout cas pas pour le moment.

Les hommes se mirent à défricher un coin de terre et à abattre des arbres dont ils se servirent pour construire deux petites cabanes rustiques, de simples abris. Charles Haché vint les aider. Jeanne était désemparée et le grand-père Coste aussi. Comment allaient-ils survivre à l'hiver dans de telles conditions ? Pierre la rassura en lui disant qu'ils allaient améliorer les cabanes avant que l'hiver ne s'installe pour de bon. Le Maigre riait en entendant Jeanne se plaindre. Elle avait parfois vraiment envie de le tuer, mais faisait aussitôt un signe de croix pour demander pardon d'avoir eu de si mauvaises pensées. Quelques jours plus tard, après s'être quelque peu adaptés à leurs nouvelles conditions de vie et organisés pour obtenir des aliments frais de la ferme, Joseph et Pierre partirent en mer. Ils voulaient explorer la région, chercher des occasions de faire du cabotage et voir à quoi s'attendre. Le Maigre aurait aimé rester avec les femmes et les enfants. Joseph lui fit savoir qu'il devait absolument venir avec eux. « Grand-père Coste reste ici et il veillera sur eux », dit-il. C'était la première fois, mais non la dernière, que Jeanne était contente d'avoir grand-père Coste à ses côtés.

Autre chose angoissait Jeanne et elle n'en avait parlé à personne; elle était enceinte. La plupart des femmes, elle le savait, ne tombaient pas enceintes pendant qu'elles allaitaient un bébé, mais ça ne semblait pas être son cas. « Mon Dieu », se disait-elle, « comment vais-je pouvoir mettre un enfant au monde dans de pareilles conditions ? » Elle finit par se confier à Marie Braud, qui, tout en réagissant avec compassion et bienveillance, se sentait aussi impuissante que Jeanne.

Joseph et Pierre s'absentèrent plusieurs jours. À leur retour, ils racontèrent l'immense désarroi qui affligeait les Acadiens, ceux qu'on avait embarqués dans les navires anglais aussi bien que ceux qui avaient réussi à s'enfuir. Les nombreux réfugiés acadiens qui étaient parvenus à se rendre à l'Île-Saint-Jean l'année précédente pour éviter d'être déportés étaient malades, affamés et démoralisés. Ils habitaient dans des cabanes rudimentaires et réussissaient à peine à survivre avec la ration que leur donnait le gouvernement français.

Joseph et Pierre disaient aussi que la guerre entre l'Angleterre et la France avait repris officiellement.

« Qu'est-ce que ça veut dire pour nous ? » demanda Jeanne à son frère.

« Jeanne ! Jeanne ! » cria-t-il, exaspéré. Cela l'effraya. Il ne lui avait jamais adressé la parole sur ce ton auparavant. De toute évidence, il était à bout de nerfs.

« Je m'excuse, Jeanne », dit-il. « La guerre, ça veut dire qu'on a bien fait de partir de Port Toulouse, mais je ne sais pas ce que ça veut dire d'autre. Je n'aime pas te dire ça », ajouta-t-il, « mais il y a beaucoup d'Acadiens qui ont besoin d'être transportés dans un endroit plus sécuritaire et qui n'ont pas d'argent pour payer. » Il n'avait pas pu savoir si le gouvernement français accepterait encore de payer leur passage.

« Je sais, je sais », dit-i, lisant la réaction de Jeanne sur son visage. « Mais qu'est-ce que tu veux que je fasse ? Ton gentil mari », dit-il en hochant la tête vers Pierre, « a laissé plusieurs Acadiens embarquer pour rien et pour le remercier, ils l'ont volé. »

« Ce n'est pas grave, Jeanne », dit Pierre, « j'avais seulement quelques sous dans les poches. Tu leur aurais donné cet argent-là toi-même si tu avais été là. »

Cela faisait du bien de savoir les deux hommes de retour. Ce soir-là, Jeanne annonça à Pierre qu'elle attendait un enfant. Il n'a rien répondu, se contentant de la serrer contre lui.

* * * * *

Joseph, Le Maigre et Pierre continuèrent leurs activités de cabotage durant tout l'été, mais c'était moins payant que les années précédentes. Jeanne soupçonnait que Pierre laissait des Acadiens embarquer sans payer et elle ne lui en voulait pas. Même Joseph était moins exigeant qu'avant, mais il voulait quand même être quelque peu rétribué pour les passages. C'était une activité dangereuse, où il n'y avait aucun contrat en jeu. La plupart des Acadiens qui s'étaient frayé un chemin jusqu'à la région de Tatamagouche afin de pouvoir se rendre à l'Île-Saint-Jean étaient complètement démunis et découragés. Plusieurs s'étaient fait tuer en essayant de s'enfuir.

Au début de septembre, une petite chaloupe accosta, tout près de leur campement. Des personnes descendirent du bateau et marchèrent vers la plage. Grand-père Coste alla à leur rencontre et Jeanne insista pour l'accompagner. C'étaient des Acadiens, un homme et deux femmes maigres, sales et en guenilles.

« S'il vous plaît », dit une des femmes, « nous ne voulons pas vous déranger. Auriez-vous quelque chose à nous donner? Nos enfants ont faim. On a besoin de manger et d'un peu d'argent. On prendra n'importe quoi. »

Jeanne demanda au grand-père Coste de rester avec eux pendant qu'elle allait chercher de la nourriture. Elle apporta un morceau de gibier qu'ils venaient d'attraper, des légumes et des haricots secs. Elle n'avait pas d'argent à leur donner, mais leur remit le tissu de soie jaune que Pierre lui avait offert en cadeau, suggérant de le vendre.

« Oui, oui. Je connais quelqu'un qui nous donnera de l'argent pour cette belle soie », dit la femme en le regardant avec envie. « Êtes-vous sûre de vouloir le donner? »

« Oui, prenez-le ». C'était la première fois qu'elle laissait partir un des trésors de son baluchon. Elle fut prise de remords en se rappelant que ce cadeau de Pierre était celui dont elle avait le moins de difficulté à se départir.

* * * * *

Une semaine plus tard, au beau milieu de la nuit, Jeanne fut réveillée par des bruits effrayants. Pensant qu'il s'agissait des tuniques rouges, elle n'eut pas le temps de réfléchir. Elle secoua grand-père Coste qui, étant un peu sourd, dormait encore. Elle rassembla vite ses trois enfants et la petite Marguerite de Joseph et les emmena se cacher au fond de la cabane. Grand-père Coste attrapa le fusil, qui restait toujours chargé, et courut dehors. Il tira un coup de fusil, Dieu sait dans quelle direction. La bête sauvage qu'il venait de déranger s'enfuit aussitôt. Il retourna calmement dans la cabane, rechargea le fusil, jeta un coup d'œil autour de lui afin de s'assurer que Jeanne et les enfants n'étaient pas blessés, puis retourna se coucher et s'endormit aussitôt. Jeanne remit ses trois enfants au lit, puis alla réconforter Marguerite qui, terrifiée, mit du temps à se rendormir. Toute la maisonnée retrouva le sommeil, Jeanne finit par s'endormir à son tour, mais de fortes crampes la réveillèrent. Elle était mouillée et pleine de sang : elle venait de faire une fausse couche.

Les jours suivants furent vécus dans la confusion. Dévastée par la perte de son bébé, elle avait beau se dire que la fausse couche avait été provoquée par l'attaque dont elle avait été victime au milieu de la nuit – que cette attaque provienne d'un humain ou d'un animal, l'intensité qu'elle avait ressentie était la même –, elle se sentait coupable malgré tout. Dans un monde idéal, elle n'aurait pas choisi de porter un enfant à ce moment-ci de sa vie. Avait-elle le droit de se sentir soulagée en même temps que déçue? Après tout, elle aurait un souci de moins à avoir au cours des prochains mois. Elle se confia à Marie Braud, qui lui dit avec fermeté que ce qui lui était arrivé dépendait de la volonté de Dieu et non de la sienne.

Quand Jeanne raconta au grand-père Coste ce qui lui était arrivé, il répondit avec son attitude terre à terre et pratique que c'était une bénédiction. « Peut-être que le Bon Dieu s'est aperçu que tu en avais assez à porter comme ça », dit-il. « Tu as déjà trois enfants en bonne santé », ajouta-t-il en lui caressant maladroitement l'épaule.

Lorsque Pierre et Joseph revinrent à la fin du mois d'août, Jeanne avait fait son deuil, mais elle sentait que quelque chose en elle avait changé, qu'elle avait perdu son innocence peut-être. Elle se sentait plus forte, c'était un peu comme si son cœur s'était endurci. La tristesse et l'inquiétude de Pierre face à la santé de son épouse la rassuraient, mais le soir, quand il tentait de s'approcher d'elle, elle le repoussait. « J'ai peur, Pierre », disait-elle. « Ce n'est pas grave, Jeanne », répondait-il, « je comprends ». Il n'insistait pas.

* * * * *

Joseph fit savoir que le flot de réfugiés acadiens qui voulait quitter la Nouvelle-Écosse diminuait et que ce n'était pas encore clair à savoir qui allait payer leur passage. Ceux qui avaient de l'argent le payaient avec plaisir et n'étaient pas nombreux. Le Maigre prétendait qu'ils pourraient faire plus de profit. « Il faut que tu sois sans pitié », disait-il. « Je sais qu'on peut faire plus d'argent, Joseph, il faut juste que tu sois plus exigeant. »

Jeanne vit Pierre serrer les dents.

« C'est assez! » s'écria Joseph à son beau-père. « On ne peut tout de même pas leur demander de nous donner ce qu'ils n'ont pas! Ces gens-là sont déjà saignés à blanc! » De toute évidence, ce n'était pas la première fois que les deux hommes se disputaient ainsi.

Joseph se tourna vers Jeanne et Marie Braud. « Pierre et moi, on a décidé qu'on ferait mieux de déménager à Remshic, près de Tatamagouche, en Nouvelle-Écosse. C'est risqué d'aller en territoire anglais, mais c'est probablement pas plus risqué que si on restait ici. Vous serez tout près du port qu'on utilise pour notre travail et comme ça, vous nous verrez plus souvent. Pierre a raison de dire qu'on ne devrait pas laisser nos familles toutes seules trop longtemps, même si grand-père Coste reste avec vous. »

« C'est vrai », affirma Pierre. Jeanne était contente de voir que Joseph commençait à voir Pierre sur le même pied d'égalité que lui.

Le Maigre renifla.

« Et le beau-père, » dit Joseph « je sais que vous avez peur d'aller en Nouvelle-Écosse à cause de votre réputation là-bas, mais je ne pense vraiment pas qu'on va vous pourchasser dans les alentours de Tatamagouche. Ces hommes-là ont trop de choses à régler pour le moment. » Le beau-père de Joseph lui tourna le dos sans répliquer.

Ils mirent le cap sur Remshic quelques jours plus tard. Jeanne ne savait pas à quoi s'attendre, mais elle était soulagée de voir qu'ils n'auraient pas à passer l'hiver à l'Île-Saint-Jean.

* * * * *

Remshic était situé dans une baie isolée, contrairement au port de Tatamagouche, qui se trouvait à quelques lieues de là. L'endroit était rempli d'Acadiens en fuite. Au début, cela dérangeait Jeanne, puis elle se dit : « Mon Dieu, nous sommes comme eux, nous aussi. » Un peu plus tôt, Joseph et Pierre avaient trouvé deux petites maisons abandonnées et avaient payé un jeune homme pour qu'il les garde jusqu'à leur arrivée. Une fois sur place, ils virent qu'elles étaient déjà occupées et le jeune homme avait disparu. Joseph était furieux et il voulait mettre ces gens à la porte. Pierre refusa de s'en mêler. Jeanne se sentait honteuse, embarrassée et effrayée : honteuse parce qu'elle savait que ces réfugiés avaient besoin de cette maison autant qu'elle; embarrassée par la colère de Joseph et le silence de Pierre; effrayée parce qu'elle ne voulait pas qu'elle et ses trois petits soient sans abri. La plus âgée des trois, Marie, n'avait même pas encore trois ans. Ils finirent par s'entendre avec les occupants, qui garderaient une maison et l'autre irait aux Dugas et aux Bois. Comme il manquait de place sur le plancher pour dormir, les hommes couchaient à la belle étoile. Cela commençait mal !

Jeanne, qui se sentait isolée dans sa cabane au milieu de la forêt à l'Île-Saint-Jean, était maintenant envahie par tout ce monde autour d'elle. Partout, des gens cherchaient refuge. Ceux qui avaient occupé la maison avant eux les observaient d'un air rancunier. Jeanne essaya de tisser des liens avec une vieille dame qui faisait partie du groupe et lui offrit des navets et des oignons qu'ils avaient réussi à acheter; la vieille, loin de la remercier, manqua de lui cracher au visage en prenant la nourriture.

Une de ses filles lui demanda de l'excuser en disant, les larmes aux yeux : « Maman n'est pas elle-même ces temps-ci. » Jeanne la rassura d'un ton compréhensif : « Ne vous en faites pas. J'aurais aimé en faire plus. »

« C'est pas grave. Merci de votre aide », répondit la fille.

L'automne était à peine arrivé, le ciel était gris et il faisait froid pour la saison. La petite Angélique attrapa un rhume de poitrine et presque toute la marmaille l'attrapa à son tour. Personne ne se plaignait. L'atmosphère était tendue. Peu après son retour, par un soir pluvieux et obscur, Pierre dit à Jeanne qu'il pensait que ce serait une bonne idée de prendre le risque de retourner à Port Toulouse pour l'hiver. Les Anglais n'avaient pas encore attaqué Louisbourg et ils ne le feraient probablement pas avant le printemps. Mais quand elle le pressa de prendre une décision, il sembla hésiter.

« Je ne suis pas sûr, Jeanne. J'en ai parlé avec Joseph, mais il n'a rien dit. Je ne sais pas ce qu'il en pense. »

« Ah, Pierre. »

« Eh bien, tu connais ton frère », dit-il en haussant les épaules.

« Oui, et je te connais, toi aussi », pensa Jeanne tristement.

Ils restèrent à Remshic tout le mois de septembre; au début d'octobre, deux événements rendirent la décision plus facile à prendre pour Joseph. Un groupe d'Acadiens particulièrement démuni et têtu essaya de forcer Joseph à les emmener à l'Île-Saint-Jean. Lorsque Joseph refusa, ils essayèrent de voler sa goélette. À peu près au même moment, un jeune homme de la région essaya de convaincre Marguerite, la jeune fille de Joseph, d'aller se promener avec lui dans le bois. Pierre s'en étant aperçu, confronta le jeune homme, qui refusa de lâcher le bras de la petite et lui dit de se mêler de ses affaires. Pierre l'attrapa par le collet, le fit lâcher le bras de Marguerite et lui donna un coup de poing dans l'œil. Le jeune homme s'enfuit à toutes jambes.

Marguerite était traumatisée lorsqu'elle raconta à Jeanne ce qui venait de lui arriver. Joseph était horrifié. Ils partirent pour Port Toulouse peu de temps après. Ils avaient passé presque deux mois à Remshic.

De retour à Port Toulouse, leurs maisons tenaient encore, mais elles avaient été dépouillées de tout ce qui pouvait être utile et transportable. Ça ne faisait rien. Ils étaient chez eux. Cet endroit que Jeanne avait considéré rudimentaire et peu confortable comparativement à ce qu'elle avait connu à Louisbourg et à Grand-Pré lui semblait maintenant magnifique. Elle et Marie Braud en pleuraient. Marguerite, bouleversée et s'accusant du départ précipité de la famille, demanda si c'était de sa faute. « Non, Marguerite » dit Jeanne, « ce sont des larmes de joie que tu vois là, ça fait tellement de bien d'être revenues chez nous. » Joseph prit sa fille dans les bras en lui disant que ce qui lui était arrivé n'était pas du tout de sa faute.

« Est-ce qu'on va rester ici maintenant? » demanda Marguerite. Personne ne put lui répondre.

Les grands savaient que l'hiver leur donnerait du répit, que l'ennemi ne risquait pas de les attaquer durant cette saison. Ils savaient aussi que le printemps venu, ils devraient quitter Port Toulouse et l'Île Royale et qu'il serait de plus en plus difficile de trouver un endroit où se réfugier. Jeanne était rongée d'inquiétude. Elle s'inquiétait pour sa famille immédiate, pour celle de Joseph, pour ses enfants et pour Marie Braud, ainsi que pour ses frères Charles et Abraham et leurs familles. Elle se demandait aussi ce qui advenait de Martin Sauvage. Mais elle ne voulait pas que Marie Braud et les enfants se rendent compte de ses états d'âme. Joseph était très préoccupé et il se sentait responsable de tous les siens à Port Toulouse. Elle se demandait s'il ne regrettait pas de ne pas avoir suivi ses frères à Miramichi. Elle n'osait pas le lui demander. Il continuait de répondre à ses questions, mais se faisait avare de commentaires.

* * * * *

Joseph comprenait sans aucun doute ce qui se passait à plus grande échelle. Louisbourg était très importante pour le roi Louis XV : c'était la porte d'entrée vers toutes ses possessions dans les colonies. La France ne pouvait pas se permettre de perdre la forteresse, mais elle avait aussi d'énormes responsabilités dans d'autres parties du monde. À cause des incertitudes de la guerre, le commerce de la morue avait diminué et les profits qu'on en tirait ne couvraient pas les dépenses liées à l'entretien de la forteresse et à la défense dans le cas d'une nouvelle guerre. C'était à la France d'assumer ces coûts, car les colons français et les Mi'kmaq ne pouvaient pas à eux seuls se défendre contre les Anglais.

Le gouvernement français devait aussi faire face à des problèmes à Louisbourg même. La forteresse était en très mauvais état et il était de plus en plus difficile de faire parvenir du ravitaillement alimentaire dans le Nouveau Monde. On avait espéré que les Acadiens ayant immigré à l'Île-Saint-Jean puissent fournir de la viande et d'autres aliments aux habitants de l'Île Royale mais cela ne s'était pas concrétisé. Au contraire, c'était l'Île Royale qui devait fournir de la nourriture aux Acadiens. De plus, la récolte en Nouvelle-France avait été mauvaise ces dernières années, de sorte qu'il n'y avait aucun surplus. Par ailleurs, le danger que les Anglais bloquent le port de Louisbourg pour empêcher les provisions d'arriver à destination planait toujours. Entre-temps, le rassemblement et la déportation des Acadiens neutres s'étaient poursuivis durant toute l'année 1756.

CHAPITRE 21

Il était difficile de faire comme si la vie était normale à Port Toulouse, compte tenu du mauvais état des trois maisons sur la terre des Dugas, du manque de nourriture et de l'absence d'animaux de ferme, à part une vache qui avait été abandonnée. Jeanne se rendit compte qu'elle en était venue à s'attendre à vivre dans ces conditions. La famille Dugas était même fière de réussir à se tirer d'affaire. En tant qu'Acadiens aisés, ils vivaient dans le confort même quand les temps étaient difficiles, comme si cela leur était dû. C'était ainsi que la famille s'était comportée avant la chute de Louisbourg, lorsqu'ils étaient allés vivre chez la parenté à Grand-Pré, et même, à plus petite échelle, lorsqu'elle et Joseph étaient venus s'établir à Port Toulouse une fois que l'Île Royale avait été cédée aux Français. Cette fois-ci, c'était différent. Cet hiver-là, en plus d'avoir à endurer le manque de confort matériel, Jeanne avait l'impression qu'une horde de tuniques rouges rôdait autour de leur demeure, prête à bondir sur eux comme des loups. Ce fut un hiver rigoureux qui ne voulait plus finir, suivi d'un printemps qui ne voulait pas arriver : près d'un mètre de neige était tombé au début de mai 1757.

Ils avaient décidé de n'habiter que deux des maisons, une pour Jeanne, Pierre, leurs enfants et grand-père Coste, et l'autre pour Joseph, ses enfants, son beau-père et Marie Braud. La précieuse vache occupa la troisième maison. Pour se chauffer et pour faire cuire la nourriture, grand-père Coste avait réussi à trouver un peu de bois sec, qu'ils mélangaient à du bois humide pour le faire durer plus longtemps. Joseph et Pierre réussirent à attraper du poisson et quelques petits animaux sauvages. Ils trouvaient difficile de ne pas avoir de farine jusqu'à ce qu'un beau jour, Joseph revienne d'une de ses excursions avec un baril plein de farine bien préservée. « Ne me demande pas comment j'ai eu ça », dit-il.

Ils étaient à l'abri, ils avaient de la nourriture, ils étaient ensemble et Le Maigre ne s'approchait pas trop de Jeanne. Elle savait maintenant ce que c'était que d'avoir de la gratitude et de prier Dieu sincèrement pour qu'il continue de les protéger. Les premiers sur la liste de ses prières étaient Marie, Pierrot et Angélique, ensuite Pierre et grand-père Coste, puis Joseph, ses enfants et Marie Braud. Elle priait même pour Le Maigre, pour qu'il ne fasse pas de bêtises qui risquent de les mettre dans le trouble. Elle priait aussi pour le reste de sa parenté et enfin, elle demandait timidement au Bon Dieu de protéger Martin Sauvage.

Jeanne ne perdait jamais ses enfants de vue. Marie, trois ans, était tranquille et alerte, Pierrot, deux ans, était plein de vie et Angélique venait d'avoir un an. Jeanne craignait que sa petite dernière, Angélique, ait une santé fragile comme sa propre sœur. Chaque jour, pendant des heures, elle la portait sur la poitrine dans une écharpe tout en faisant son travail de maison, essayant de lui transmettre un peu de sa force. Les enfants de Joseph et Marie Braud passaient le plus clair de leur temps chez Jeanne. En étant sous le même toit, ils avaient l'impression de se sentir plus en sécurité. Les femmes chantaient de vieilles chansons pour amuser les enfants pendant que grand-père Coste leur sculptait des jouets.

Il y avait maintenant très peu d'habitants à Port Toulouse et ils étaient tous éloignés. Lorsque la saison de navigation fut terminée, à la fin de l'automne, les deux familles étaient vraiment isolées. Jeanne s'inquiétait tantôt des dangers qu'ils couraient à cause de la situation politique, tantôt de leurs chances de survivre dans de telles conditions.

Elle avait remis son baluchon de trésors dans le coffre en bois où elle avait l'habitude de le ranger. Un soir d'hiver, une fois que toute la maisonnée fut endormie, elle sortit le baluchon, l'ouvrit et s'offrit le luxe de se laisser imprégner du bonheur que chacun de ces objets lui rappelait : la belle robe de soie bleue et le collier que Joseph lui avait offert, son portrait d'elle, jeune femme portant une robe de soie, le beau châle brodé qu'elle avait confectionné au couvent, ses livres et la statuette de sainte Anne que Martin lui avait donnée. Elle se souvint du tissu de soie jaune que Pierre lui avait offert en cadeau et qui n'était plus là : il avait servi à une bonne cause. Elle caressa la statuette. Le bois était soyeux et l'attitude de sainte Anne qui, sans être provocante, regardait Dieu d'égal à égal, sembla demander à Jeanne de rester courageuse. C'est ce qu'elle voulait.

* * * * *

Jusqu'ici, elle avait cru pouvoir assurer la sécurité de ses proches en gardant un œil sur eux et en demeurant tout près de chez son frère Joseph. Elle se rendait compte maintenant qu'il était illusoire de croire que peu importe ce qui arriverait aux siens, ils pourraient toujours s'en sortir. Même s'ils avaient quitté Port Toulouse le printemps précédent, elle avait cru que d'une manière ou d'une autre, la vie des Acadiens reviendrait à la normale. Elle se sentait ridicule d'avoir envisagé ce départ comme une nouvelle aventure. Les difficultés qu'ils avaient rencontrées à l'Île-Saint-Jean et à Remshic avaient dissipé le voile d'illusions qu'elle avait eues sur la vie jusque là : la réalité brutale de leur situation lui apparut. Elle savait maintenant, sans que Joseph ait besoin de le lui expliquer, qu'il s'attendait à ce que les Français perdent Louisbourg. Il n'y avait rien que, ni lui ni personne, ne pouvait faire et tout ce qui importait désormais, c'était de savoir comment ils feraient pour survivre et pour éviter d'être déportés. Elle se souvint que sa mère s'inquiétait pour Joseph. En plus de tous leurs problèmes, elle souffrait de voir disparaître les espoirs et les rêves de son frère.

Jeanne comprenait clairement qu'ignorer ce qui était advenu des autres membres de sa parenté, ignorer où se trouvaient Charles et Abraham, les autres Dugas et les autres Bois marquait la fin d'un chapitre de sa vie.

* * * * *

Jeanne et Joseph savaient qu'ils devraient partir de Port Toulouse au printemps. Joseph et Le Maigre n'étaient pas d'accord quant à la date de leur départ. Jeanne était frustrée de constater qu'encore une fois, Pierre ne faisait pas partie des discussions. Joseph partit en quête de nouvelles dès que la glace disparut des côtes. Il parla à quelques Mi'kmaq revenus à leur campement d'été près de la mer. La plupart des familles mi'kmaq étaient restées à leur campement d'hiver, jugeant que cela était plus prudent si le conflit reprenait. D'après les renseignements généraux que Joseph réussit à obtenir, trois escadrilles de bateaux et de frégates françaises étaient arrivées à Louisbourg et au début juin, il n'y avait toujours pas de navires anglais à l'horizon. Lorsque Jeanne demanda à Joseph s'il avait vu Martin, il répondit sèchement « non ».

Ils retardèrent leur départ jusqu'à la mi-juin, naviguèrent encore une fois vers Remshic, mais cette fois, sans avoir de provisions à bord. Après une dispute que Jeanne trouva complètement ridicule, Joseph décida d'emmener la vache dans le bateau. L'autre possibilité aurait été de la tuer pour avoir de la viande à manger, mais comme ils n'avaient pas de sel, ils auraient perdu presque toute la viande de toute façon. Jeanne poussa un soupir de soulagement. Le petit Pierrot aimait la vache, qu'il avait surnommée « Moumou. »

Joseph et Le Maigre espéraient pouvoir faire du cabotage à Remshic et à Tatamagouche, mais ils furent déçus. De nombreux Acadiens avaient été déportés et ceux qui restaient étaient sans doute cachés. Le village était à moitié déserté.

Ils se logèrent dans deux maisons abandonnées et la nourriture était encore plus difficile à trouver que l'année précédente. Jeanne était contente d'avoir la vache et insista pour qu'on trouve une maison abandonnée où l'abriter.

« Au milieu de l'été, voyons donc, ce n'est pas nécessaire, Jeanne ! » s'écria Joseph. Jeanne devinait que la colère de son frère ne la visait pas. Elle était exigeante, c'est vrai, mais Moumou faisait un peu partie de la famille et Jeanne considérait qu'elle devait s'assurer qu'elle soit aussi bien traitée que possible. C'était peut-être une idée folle, mais elle était déterminée à protéger tous ses proches, y compris Moumou.

Pierre l'appuya : « On va trouver une maison pour Moumou », dit-il, et il en trouva une.

Joseph était nerveux, c'était clair. Il ne pouvait pas se livrer à ses activités de cabotage; lui et les siens risquaient d'être déportés et il avait peur d'être attaqué en mer par des corsaires, aussi bien des Français que des Anglais. Quand ils attaquaient, il était difficile de leur échapper, car leurs navires étaient plus gros que celui de leur proie et ils étaient armés. Évidemment, Le Maigre ripostait en disant à Joseph : « Je te l'avais bien dit ! »

En se vantant, il dit à Joseph : « Si seulement j'avais ma propre goélette, je te dis que je n'aurais pas peur de faire face aux pires des corsaires, moi ».

« Laisse-le donc parler, Jeanne », dit Joseph.

Ils étaient à Remshic depuis à peu près un mois lorsqu'un éclaireur mi'kmaq vint les avertir que des tuniques rouges s'en venaient vérifier s'il restait des Acadiens dans les alentours. Le

Maigre se demanda s'il ne s'agissait pas de racontars, mais Joseph avait confiance dans les Mi'kmaq, même s'il ne connaissait pas personnellement celui qui était venu les informer et les implorer de quitter Remshic immédiatement. Ils rassemblèrent donc le peu de biens qu'ils avaient et s'apprêtaient à partir quand Pierrot s'écria : « Moumou ! Moumou ! »

Joseph s'arrêta, regarda autour de lui, frustré, puis alla chercher la vache. Jeanne, Marie Braud et les autres se regardèrent, se retenant de pouffer de rire. Lorsque Joseph passa devant eux avec la vache, il dit : « Allez-y, riez ». Bientôt, ils riaient tous à gorge déployée pendant que le petit Pierrot courait derrière la vache, sourire aux lèvres en criant « Moumou, Moumou ».

* * * * *

Ils naviguèrent jusqu'à l'Île-Saint-Jean, où ils retrouvèrent l'habitation qu'ils avaient construite l'été précédent, les cabanes, elles, étaient démolies. Ils se rendirent chez Charles Haché et constatèrent que leur ferme avait été abandonnée. Il n'y avait plus d'animaux ni de jardin. Joseph décida de s'y installer en attendant de savoir ce qui s'était passé. « Ici, au moins, Moumou aura une maison », dit-il, le sourire en coin. Avec l'aide de grand-père Coste, Pierre ancra les goélettes dans une petite anse tout près, qu'on ne pouvait voir du large. Pendant ce temps, Joseph et Le Maigre partirent explorer les environs.

Cette partie de l'île était déjà isolée en temps normal ; maintenant, elle était plus que jamais vidée de toute vie, comme si la terre avait été abandonnée à elle-même. Débarqués près de la côte de Port-la-Joye, ils marchèrent à travers les champs. Tout à coup, trois hommes sortirent du bois. L'un d'eux était leur vieil ami Charles Haché, qu'ils saluèrent chaleureusement.

Charles leur raconta que lorsque les habitants de l'île avaient appris que Louisbourg risquait de tomber de nouveau aux mains des Anglais, ils s'attendaient au pire. Ceux qui en avaient les moyens s'étaient enfuis. Les autres, comme lui, n'avaient même pas fait de jardin. De toute façon, la plupart d'entre eux n'avaient rien récolté depuis deux ans. Le gouvernement français ne les avait pratiquement pas aidés. Les hommes avaient reçu des fusils et des munitions et on leur avait demandé d'envoyer leurs femmes et leurs enfants dans les bois s'ils apercevaient des tuniques rouges. « De temps en temps, un petit groupe d'hommes comme nous viennent guetter ce qui se passe. On va probablement retourner dans nos maisons pour l'hiver à moins que la guerre nous empêche de le faire, mais... »

Joseph s'empressa de dire qu'ils seraient partis de la région avant cela. « J'aimerais te donner d'autres nouvelles », ajouta-t-il, « mais je pense qu'il n'y en a pas. On te reverra avant notre départ, » et si jamais il se passe quelque chose de grave, on viendra t'avertir. Sois courageux, mon ami », dit Joseph en lui glissant quelques sous dans la main en la serrant. « Nos salutations à Cécile ». Charles fit signe que oui de la tête.

Joseph et Le Maigre retournèrent à la ferme des Haché. Joseph se demandait quoi dire à Jeanne, à Pierre et à grand-père Coste au sujet de cette rencontre.

« Je ne t'ai jamais menti, Jeanne », lui dit-il, « mais je ne t'ai pas toujours dit tout ce que je savais. »

« La situation n'est pas très bonne ici. On est peut-être plus en danger que je ne le pensais, mais à comparer aux autres, on est plutôt chanceux : on a les goélettes et il nous reste encore un peu d'argent. »

* * * * *

À la mi-septembre, Joseph apprit que les soldats Anglais avaient en effet passé au peigne fin la région de Tatamagouche et de Remshic, essayant de trouver des Acadiens errants. Il savait par ailleurs que si la colonie de l'Île Royale tombait aux mains des Anglais, ils ne déporteraient pas seulement les Acadiens de l'Île Royale, mais probablement aussi ceux de l'Île-Saint-Jean. Lui et ses proches seraient-ils moins en danger s'ils revenaient à Remshic après cette dernière déportation? Il se disait que les tuniques rouges ne reviendraient sûrement pas de si tôt, en tout cas pas avant le printemps prochain. Il leur fallut attendre jusqu'au début d'octobre avant de pouvoir revenir, car durant la troisième semaine de septembre, ils furent frappés par une des pires tempêtes à atteindre la région. Ils jetèrent l'ancre des deux goélettes dans une petite baie assez abritée, puis barricadèrent la maison des Haché du mieux qu'ils pouvaient. C'était vraiment effrayant d'entendre le vent, la pluie et la grêle frapper les murs pendant des jours et des jours. « Comme si le Bon Dieu ne nous avait pas assez éprouvés », se disait Jeanne. Les enfants aussi avaient peur et Pierre était le seul qui soit capable de les rassurer. « Au moins, j'ai un bon mari, je devrais en être reconnaissante », pensa-t-elle.

Les goélettes ne furent pas endommagées. Que disait la mère de Jeanne quand elle était petite? « Apprends à apprécier les choses qui comptent vraiment. » Jeanne se disait que s'il fallait qu'elle entende encore une fois grand-père Coste chanter *Sur le pont d'Avignon* et *Au chant de l'alouette* aux enfants, elle en crierait d'exaspération.

Joseph essaya de retrouver Charles Haché lorsque la tempête se calma, il ne le vit nulle part, ni lui ni les autres habitants. Étaient-ils réfugiés plus loin dans la forêt? Étaient-ils encore vivants? Il n'y avait pas moyen de le savoir et ils étaient à la veille de repartir.

Arrivés à Remshic, ils virent qu'il n'y avait plus personne dans le petit village, il ne restait que les corps de huit personnes en train de pourrir dans l'abandon le plus total. L'un d'eux était pendu à un arbre. Pendant que les hommes mettaient les corps en terre, Jeanne priait avec eux pour que leurs âmes reposent en paix.

* * * * *

Ils réussirent à passer l'hiver là, ne mangeant pas aussi bien que d'habitude, mais trouvant tout de même de quoi se mettre sous la dent. Jeanne était contente de voir que Le Maigre perdait du poids et ne demanda même pas pardon à Dieu d'avoir de telles réflexions. Elle et Pierrot avaient des raisons différentes de regretter que Moumou soit restée à l'Île-Saint-Jean. Ils s'étaient tous entendus pour la laisser là au cas où les Haché reviendraient y passer l'hiver.

* * * * *

Louisbourg avait résisté aux Anglais une autre année à cause de l'arrivée tardive des navires anglais au large des côtes de l'Île Royale, à cause de la force des trois escadrilles françaises qui protégeaient la forteresse et à cause de la violente tempête qui s'était abattue sur la région en septembre, endommageant les navires de guerre autant français que britanniques. Les Anglais n'avaient pas pu mettre à exécution leur plan de capturer la forteresse, puis d'attaquer Québec. Ils s'étaient retirés pour le moment, mais selon les rumeurs, huit de leurs navires de guerre étaient ancrés à Halifax pour l'hiver.

CHAPITRE 22

Pendant l'hiver 1758, ils essayaient de vivre le plus normalement possible pour que les enfants ne se rendent pas trop compte de ce qui se passait, mais c'était difficile. Les aînés de Joseph voulaient savoir pourquoi leur vie avait changé à ce point. Marguerite avait 16 ans, Anne en avait 13, les jumeaux, Ti-Jos (Joseph) et Mimi (Marie) avaient 10 ans et la cadette, Françoise, avait 8 ans. Marguerite était un peu comme sa tante Jeanne, comme l'avait remarqué son père un jour : elle voulait toujours tout savoir. « Vous deux, vous allez me faire perdre la tête », lui avait-il dit un jour à la blague.

Les enfants de Jeanne étaient trop jeunes pour comprendre ce qui se passait, mais Marie, l'aînée, sentait le stress et l'inquiétude des grands. Tranquille et renfermée, elle restait collée à la jupe de sa mère, qui souffrait de la voir ainsi. Marie Braud, elle, ne se plaignait jamais, mais semblait devenir plus pâle et plus frêle de jour en jour.

Le Maigre était inquiet et moins bavard que d'habitude, ce qui le rendait plus facile à supporter pour Jeanne. Quant à grand-père Coste, il passait des heures à raconter aux enfants des histoires de la merveilleuse Acadie qu'il avait connue lorsque la vie était plus douce pour tout le monde. Le soir, même si leurs cœurs n'étaient pas à la fête, ils chantaient de vieilles chansons aux enfants pour les aider à s'endormir.

Pierre cherchait dans tout le village quelque chose qui pourrait leur être utile ou qu'ils pourraient se mettre sous la dent, comme du bois sec pour faire du feu ou des légumes abandonnés dans les jardins potagers. Il allait également pêcher et chasser avec les autres. Jeanne savait que son mari était un soutien solide et loyal pour toute la famille et qu'elle pouvait compter sur lui comme sur un phare dans la nuit. C'était Joseph qui portait sur ses épaules la sécurité et la survie du petit groupe et Jeanne savait à quel point cette responsabilité était lourde à porter.

* * * * *

Comme d'habitude, au printemps, ils attendaient avec fébrilité des nouvelles de ce qui se passait dans leur coin de pays. Or, au printemps 1758, ce n'était pas facile d'être informé. Pourtant, c'était urgent. Ils devaient rester cachés pour se protéger contre les Anglais, mais il fallait malgré tout que quelqu'un les mette au courant de ce qui se passait. Un petit groupe d'Acadiens égarés était passé dans la région de Remshic au début du printemps, mais ils n'avaient rien à rapporter. Joseph avait dit à plusieurs hommes que si jamais ils rencontraient des Mi'kmaq, surtout Jean Sauvage, ils devraient les avertir que la famille de Joseph Dugas était dans la région de Remshic. Ils promirent de transmettre le message. Les semaines passaient et personne n'avait de nouvelles. Joseph, usant de prudence, partit explorer les alentours avec sa goélette à quelques reprises; il n'osa pas s'aventurer trop loin, de peur d'être aperçu par un navire ennemi ou un corsaire.

Jeanne comprenait très bien les possibilités qui s'offraient à eux : rester à Remshic pour un jour ou l'autre se faire tuer ou déporter par les tuniques rouges? Partir et être capturés en mer? Pour aller où de toute façon? Essayer de s'enfuir dans la région de Miramichi serait de la pure folie en ce moment-ci. Elle imaginait leurs petites goélettes entourées d'immenses navires de guerre britanniques. Ces jours-ci, elle priait autant sa mère que le Bon Dieu. Elle avait l'impression que celle-ci comprenait peut-être mieux que lui à quel point le sort de sa famille l'angoissait.

Joseph surveillait la mer de près. Au milieu de mai, il vit tout à coup un canot mi'kmaq s'approcher du rivage. Il courut à sa rencontre. À son grand soulagement, c'était son vieil ami Jean Sauvage, accompagné de son neveu Martin.

« Je suis content de voir que tu es encore ici », dit Jean. « Ça fait seulement quelques jours que j'ai eu des nouvelles de toi et de ta famille. »

Joseph emmena les hommes chez lui et tout le monde vint les accueillir. Joseph regarda Marie Braud et Jeanne, l'air désolé. Il aurait tellement voulu qu'elles offrent des rafraîchissements à leurs amis, mais ils étaient totalement démunis. Martin remarqua la tristesse de Joseph et dit : « Non. On va vous apporter de la nourriture et des provisions bientôt. C'est déjà beau que vous ayez réussi à survivre jusqu'à aujourd'hui. » Jeanne essayait de ne pas laisser paraître l'ardeur de ses sentiments envers Martin et elle avait l'impression que Martin en faisait autant.

Jean Sauvage raconta à Joseph que cinq navires français et une escadrille de cinq navires de guerre étaient arrivés à Louisbourg au mois d'avril, avec du ravitaillement. Jean pensait qu'ils avaient transporté assez de nourriture et de matériel militaire pour soutenir le siège s'il durait longtemps. Il avait entendu dire que d'autres navires s'étaient perdus en mer ou avaient été capturés. Le gouverneur Drucour ne savait pas si d'autres navires viendraient en renfort.

Les Français avaient tenté de réparer les fortifications de la forteresse et ils avaient établi des lignes de défense le long de la côte sud de la baie de Gabarus, de même qu'au nord de la rivière Miré. Ils espéraient empêcher les Anglais de débarquer le long de la Miré et d'attaquer la forteresse par derrière comme ils l'avaient fait en 1745. Évidemment, les navires de guerre des Français étaient postés dans le port de Louisbourg.

Mais depuis le début de mai, les huit navires de guerre britanniques qui avaient passé l'hiver à Halifax, circulaient d'un côté à l'autre de l'entrée du port de Louisbourg. Personne ne savait quand arriverait toute la flotte anglaise.

Le gouverneur Drucour avait lancé un appel à Charles Deschamps de Boishébert, qui était à Québec. Il prévoyait que ce dernier arriverait à Louisbourg avec une troupe de huit à douze mille hommes; non pas des soldats réguliers, mais des pêcheurs et des colons qui travaillaient comme militaires à temps partiel. Des guerriers autochtones et des volontaires acadiens devaient faire partie de la troupe.

Jean Sauvage ne pensait pas que la troupe serait aussi nombreuse que ce à quoi s'attendait le gouverneur. Il était certain que le nombre de guerriers mi'kmaq serait restreint, puisque ces derniers n'avaient pas été très impressionnés par les efforts de guerre déployés par les Anglais l'été précédent.

« Qu'est-ce qu'on devrait faire, Jean? » demanda Joseph.

« Je crois que vous devriez retourner à Port Toulouse et attendre de voir ce qui va se passer », répondit Jean. « Boishébert devrait s'arrêter là quand il arrivera dans la région et peut-être qu'il aura des nouvelles à vous annoncer. »

Le Maigre sembla sortir de la lune tout à coup. « Joseph, on pourrait se joindre à la troupe de Boishébert », dit-il.

Jeanne et Marie Braud se regardaient en se disant toutes deux « Ah, non! »

« Jeanne, Marie », implora Joseph, « ne commencez pas à vous inquiéter. On ne sait pas ce qui va arriver. Je pense que Jean nous a donné de bons conseils. »

« Oui », dit Jean. « Il y a d'autres Acadiens et des Mi'kmaq à Port Toulouse qui attendent de voir ce qui va se passer. Vous ne serez pas plus en danger là-bas qu'ailleurs. »

« Et Jeanne », ajouta Pierre, « Boishébert pourrait peut-être nous aider à nous rendre dans la Miramichi. »

Quelques jours plus tard, Jean et Martin Sauvage revenaient avec de la nourriture. Ils guidèrent les goélettes des Dugas et des Bois jusqu'à Port Toulouse en longeant de près la côte nord de la Nouvelle-Écosse.

Leurs maisons étaient toujours inhabitées. Joseph les avertit de rester toujours prêts à partir, comme à Remshic. Quelques jours après leur arrivée, deux caboteurs et leurs goélettes, de même que deux navires de marchandises avaient été capturés par les Anglais tout près de la côte. Cette nouvelle modéra les élans de Joseph et de Le Maigre.

Une vingtaine de volontaires acadiens attendaient Boishébert à Port Toulouse, la plupart s'étant enfuis de l'Île-Saint-Jean. Une douzaine de guerriers mi'kmaq étaient avec eux. Comme les Dugas et les Bois, ce curieux attroupement d'Acadiens et de Mi'kmaq mettait tout son espoir en Boishébert. Jeanne sentait que ces volontaires n'appréciaient pas tellement la présence des deux familles et des enfants.

Jean et Martin Sauvage, accompagnés de trois ou quatre autres guerriers, allaient souvent inspecter les alentours de Port Toulouse. Lorsqu'ils revenaient, Martin passait toujours les voir pour s'assurer que tout allait bien et la plupart du temps, il leur apportait de la nourriture. Cela rappelait à Jeanne les petits fruits qu'il cueillait pour elle dans le passé. Était-ce possible que ça ne faisait que six ans? Non, ça faisait une éternité.

CHAPITRE 23

Charles Deschamps de Boishébert arriva à Port Toulouse à la fin du mois de juin, épuisé, avec beaucoup moins de nourriture et d'hommes que prévu. Il avait quitté Québec avec trois navires le 8 mai, emmenant avec lui quelques officiers et cadets des Compagnies franches ainsi que soixante-dix volontaires. À cause du mauvais temps, il avait mis un mois à se rendre jusqu'à la Miramichi, où soixante-dix autres Acadiens et guerriers mi'kmaq attendaient de se joindre à lui. Il avait réussi à recruter moins de trois cents hommes en tout, bien moins que les douze cents combattants auxquels le gouverneur Drucour s'attendait.

Les hommes vinrent accueillir Boishébert. Quand Joseph se présenta, Boishébert lui dit : « Ah, Joseph Dugas. J'ai une lettre de votre frère Charles pour vous ou votre sœur, Jeanne Bois. »

« Ahh ! » s'écria Jeanne, mettant une main sur son cœur.

Joseph remit la lettre à sa sœur. « Tiens, Jeanne », dit-il d'une voix douce, « tu peux la lire ».

Elle avait envie de pleurer. Elle s'efforça de retenir ses larmes jusqu'à ce qu'elle ait lu la lettre qu'elle tenait entre les mains. Les nouvelles seraient-elles bonnes ou mauvaises? Elle ouvrit la lettre avec précaution puis, les mains tremblantes, elle lut en silence.

Cher frère et chère soeur,

J'espère de tout mon cœur qu'au moins l'un de vous recevra cette lettre et que vous êtes en bonne santé. Sachez que nous, Charles et Abraham, ainsi que nos épouses et enfants sommes tous vivants, grâce au Bon Dieu. Nos demi-sœurs et les jumeaux aussi. Nous sommes inquiets pour vous, Jeanne et Pierre et vos enfants, et pour toi, Joseph, et pour tes enfants et Marie Braud. Nous serions soulagés d'apprendre que vous êtes sains et saufs, et très heureux si vous pouviez venir nous retrouver. Nous prions pour vous et demandons au Bon Dieu de vous protéger.

Affectueusement,

Votre frère, Charles Dugas

Elle mit la lettre sur son cœur, puis, soulagée, se laissa aller à pleurer à chaudes larmes.

« Jeanne! Qu'est-ce qui se passe? » demanda Joseph, la serrant dans ses bras et la suppliant de lui transmettre les nouvelles. Elle finit par se calmer. « Excuse-moi », dit-elle, « excuse-moi. Je ne pouvais pas m'arrêter. Ils vont tous bien ». Elle lui lut la lettre à voix haute.

« Ah, Dieu merci! » s'exclama Joseph, exprimant la réaction de tous les siens.

« Il a aussi mentionné mon nom », murmura Marie Braud, souriant.

* * * * *

Boishébert regarda les volontaires acadiens et la douzaine de Mi'kmaq de Port Toulouse qui allaient se joindre à lui. De toute évidence, il n'était pas très impressionné. Le Maigre prit la parole : « Monsieur, vous avez ici trois autres volontaires : moi, Joseph Dugas et Pierre Bois, mari de Jeanne. »

Boishébert esquissa un léger sourire. « Vous avez des bateaux ? »

« On a deux goélettes, le *Marie-Josephe* de Joseph, un 32 tonnes et l'*Angélique* de Pierre, un 24 tonnes. Les deux ont été utilisés pour du cabotage. On n'a pas d'armes. »

« Vous pourrez vous joindre à mes hommes », dit Boishébert.

L'élan de joie que Jeanne avait ressenti en lisant la lettre de Charles s'était évaporé instantanément. Elle avait le cœur déchiré à l'idée de voir Joseph et Pierre se joindre aux hommes de Boishébert.

Boishébert resta silencieux quelques minutes. Il semblait inquiet et distrait.

« Eh bien », dit-il enfin, « nous traversons une situation difficile. Je viens de recevoir une lettre du gouverneur Drucour. Il s'attend à ce que je me rende à Louisbourg; étant donné les renseignements que j'ai eus dernièrement, ça me paraît impossible. La lettre de Drucour disait aussi que la cache de munitions et de provisions qui se trouvait près de la rivière Miré a été pillée par des Mi'kmaq. » Le trajet que Boishébert venait de faire à Québec l'avait épuisé et il était préoccupé par le nombre restreint de militaires et le peu de provisions dont il disposait.

« Si j'ai bien compris, les Anglais sont dans la baie de Gabarus », poursuivit-il. « Je vais me diriger vers la Miré, il devrait rester des provisions là-bas. « En passant », dit-il, le sourire en coin, « la lettre de Drucour contenait aussi l'Ordre de Saint-Louis que j'ai reçu du roi. Tout un honneur en effet. Peut-être que le roi et Drucour croient qu'avec ça, je peux faire des miracles. »

Plusieurs hommes se mirent à le féliciter. Boishébert leur demanda de se calmer. « Ce n'est pas le temps de me lancer des fleurs », dit-il.

Il s'adressa aux hommes qui l'entouraient. « Je vais prendre tous ceux qui veulent venir avec moi jusqu'à la Miré. Dugas, si vous voulez me suivre avec vos deux goélettes, je vous prendrai tous les trois comme membres de ma force irrégulière une fois qu'on sera arrivés. Vous comprenez bien sûr que je ne peux pas garantir la sécurité de vos familles, mais je ferai de mon mieux pour les protéger. »

« Ça marche », dit Joseph en serrant la main de Boishébert. Le Maigre et Pierre firent de même.

Jeanne était tourmentée. Elle avait entendu parler des exploits de Boishébert et surtout de la protection qu'il avait offerte aux Acadiens de la Miramichi. Elle était convaincue qu'il s'agissait d'un homme honorable, mais il avait tout de même comme objectif de faire la guerre. Elle savait très bien que les goélettes des Dugas et des Bois étaient bien petites à comparer à ses gros navires. Elle demanda à son frère si Jean et Martin Sauvage se joindraient aux autres guerriers mi'kmaq qui partiraient dans les navires de Boishébert. Il lui répondit que non, qu'ils étaient pour le moment plus utiles comme éclaireurs.

« Ça doit les mettre en grand danger. »

« Oui, Jeanne, c'est très dangereux, mais ils sont vraiment bons là-dedans. J'imagine qu'on va les voir quand on arrivera à la Miré. »

* * * * *

Les navires de Boishébert arrivèrent à la rivière Miré le 1er juillet, suivis des goélettes de Joseph et de Pierre. Boishébert ancra ses navires près du rivage de la baie de Miré. Guidés par grand-père Coste, qui connaissait bien l'endroit, Joseph et Pierre ancrèrent leurs goélettes dans une petite anse un peu plus à l'intérieur des terres.

Jeanne savait qu'il y avait des terres cultivables dans les alentours et que des Français et des Acadiens y avaient planté des jardins et élevé du bétail; même si les céréales, sauf le blé, réussissaient à pousser, ils n'avaient pas réussi à connaître la prospérité. Ils avaient mieux réussi avec le bétail qu'avec les légumes, mais leur production n'avait jamais été assez abondante pour satisfaire aux besoins de Louisbourg. Si Jeanne espérait y trouver un sol aussi riche qu'à Grand-Pré, sa déception serait amère.

La première chose qu'elle remarqua, c'était les lignes de défense le long de la côte, où étaient postés des militaires français. La région de la Miré était un champ de bataille habité par des civils. Les fermiers avaient essayé de s'isoler, espérant ne pas être mêlés à la bataille. Il y avait là des Français et des Acadiens démunis qui s'étaient enfuis de la forteresse, cherchant un refuge, et d'autres qui étaient arrivés de Port Toulouse. Il y avait aussi un certain nombre de guerriers mi'kmaq et leurs familles. Ces gens étaient éparpillés ici et là sur une grande étendue. Il n'y avait évidemment pas assez d'abris pour tout le monde. Jeanne remarqua que plusieurs femmes semblaient marcher ici et là, toutes seules, sans trop savoir où aller.

« Ne vous en approchez pas », dit Joseph. « Ces femmes-là ont suivi le groupe qui venait ici. Parmi elles, il y a des Anglaises, pas juste des Françaises. Certaines se comportent comme il faut et d'autres vous trancheraient la gorge pour une bouchée de pain. Il ne faut pas leur parler, vous m'entendez? »

« Oui, Joseph », dit Jeanne, « mais mon Dieu », se dit-elle, « ce sont des êtres humains, tout de même. »

« On va pouvoir se trouver de la nourriture ici », poursuivit Joseph, « mais après ça, on va retourner dans nos goélettes. On sera toujours plus en sécurité dans nos goélettes. »

Grand-père Coste, qui avait fabriqué un mât détachable pour le bateau de Pierre, suggéra de remonter le *Angélique* sur la rive, d'en enlever le mât, puis de retourner le bateau pour dormir dessous, à l'abri des intempéries.

Joseph fit signe que non. « Non, si on se fait attaquer, par un voleur ou par l'ennemi, ça prendra trop de temps pour se sauver. » Pierre montra qu'il était d'accord avec Joseph en acceptant.

Joseph se tourna vers Jeanne. Il lui prit le bras et la regarda droit dans les yeux pour avoir toute son attention. « Chère petite sœur », dit-il d'un air sérieux, « si jamais il nous arrive quelque chose pendant qu'on est avec Boishébert, grand-père Coste prendra mon bateau et vous emmènera dans la Miramichi. »

« Oui, Joseph, je comprends. » Jeanne essayait de paraître brave, la peur lui glaçait le cœur. Marie Braud semblait encore plus pâle que d'habitude et ses lèvres tremblotaient. Pas un mot ne lui sortit de la bouche.

CHAPITRE 24

À son grand désarroi, Boishébert se rendit compte que, dans les caches, il restait très peu de nourriture et de munitions pour ses troupes. Sans perdre une minute, il se mit à attaquer les lignes de défense britanniques, mais avec peu de succès. Joseph, Le Maigre et Pierre faisaient partie des forces irrégulières. Pierre était fier d'agir comme canonnier à bord d'un des navires, mais les attaques lancées en mer ne donnaient pas grand-chose. Ensuite, Boishébert lança des attaques sur terre. Il réussit à blesser quelques hommes et à capturer un ou deux prisonniers et cela eut peu de conséquences sur les forces ennemies.

Seules avec grand-père Coste et leurs enfants, Jeanne et Marie Braud avaient l'air de brebis perdues au milieu de nulle part dans un endroit qui leur était étranger. Il leur semblait devoir se méfier de tout le monde. Elles dormaient dans les goélettes; quand les trois hommes étaient partis, les deux femmes et grand-père Coste prenaient leur tour pour guetter toute la nuit. Le jour venu, Jeanne et grand-père Coste partaient à la recherche de nourriture et d'autres nécessités. Un jour, ils décidèrent d'emmener avec eux la petite Marguerite, mais ce ne fut pas une bonne idée. Marguerite, qui était jeune et jolie, suscitait toutes sortes de commentaires grossiers, autant de la part des hommes que des femmes. Elle était terrifiée. Le soir venu, elles entendaient souvent de leur goélette la voix d'hommes saouls festoyant entre eux, des militaires et des gens qui les avaient suivis.

Grand-père Coste proposa de ne pas parler de tout cela aux trois hommes pour ne pas les inquiéter. Jeanne était d'accord. La santé de grand-père Coste la préoccupait : depuis quelque temps, il s'essoufflait quand il marchait le moindrement et il n'était plus tout à fait lui-même.

* * * * *

À la brunante un soir que les hommes n'étaient pas là, Jeanne entendit un peu de bruit venant d'un des côtés de la goélette. Elle avertit les enfants de rester tranquilles, puis alla vérifier ce qui se passait : Martin Sauvage était là, dans un petit canot.

« Jeanne, tu n'as pas besoin d'avoir peur », murmura-t-il. « Je veux te parler. Peux-tu venir avec moi quelques minutes ? »

Sans hésiter, elle répondit « Oui, je vais juste avertir grand-père ».

Elle revint, fit descendre l'échelle de corde sur le côté de la goélette et avec l'aide de Martin, descendit dans son canot. Il mit un doigt sur sa bouche, la fit s'assoir en face de lui, puis rama doucement en silence le long de la rive jusqu'à ce qu'un arbre mort tombé à l'eau l'empêche d'avancer plus loin. C'est elle qui brisa le silence.

« Martin, les hommes sont avec Boishébert », murmura-t-elle.

« Oui, je sais », répondit-il.

« Ah, mon Dieu, es-tu venu ici pour m'annoncer de mauvaises nouvelles ? »

« Non, non, Jeanne. Je voulais m'assurer que tu étais en sécurité. C'est dangereux ici. »

« Oui, mais on n'a pas le choix. Est-ce que tu sais ce qui se passe? Je veux savoir, Martin ». Elle étendit la main pour le toucher, puis la retira. Il la reprit. Ses mains fortes et rudes tenaient la sienne avec tant de douceur.

« Jeanne, comprends-tu vraiment ce qui se passe? La bataille de Louisbourg est presque finie et ce sont les Anglais qui vont la gagner. Après ça, ils vont attaquer Québec. Vous allez vous faire déporter ou être obligés de continuer de vous cacher sur vos propres terres. Je ne sais pas ce qui va arriver à mon peuple. On a nulle part où aller. On va rester ici, mais je ne suis pas certain qu'on va pouvoir survivre. Je pense qu'il y en a beaucoup qui vont mourir. On ne pourra pas partager nos terres avec les Anglais comme on le faisait avec les Acadiens et les Français. Est-ce que Joseph a un plan pour vous? »

« Oui, on espère pouvoir se rendre dans la Miramichi avec Boishébert », dit Jeanne. « Charles et Abraham sont là. J'ai reçu une lettre d'eux. »

« Je sais. Boishébert est un homme bon, mais il ne sera pas capable de protéger les Acadiens de la Miramichi très longtemps. Les Anglais ont déjà détruit les habitations acadiennes le long de la baie Française et de le fleuve Saint-Jean. Ils attaquent la région de Chipoudi, de la Petitcodiac et de Memramcook. Si ça continue, ils vont finir par se rendre dans la Miramichi et détruire tous les endroits où il y a des réfugiés. Vous n'aurez plus de choix et vous devrez accepter de vous faire déporter. »

« Mais on ne veut pas partir, Martin. C'est chez nous ici. »

« Je le sais », dit-il en souriant tristement. « Les Acadiens sont presque aussi attachés à leur terre que nous, même si ça fait pas mal moins longtemps que vous êtes ici. »

Jeanne se souvint que quand elle était petite, elle pensait tout comprendre. Le monde où elle vivait aujourd'hui était tout chamboulé. Un monde hostile l'entourait. Elle hésita avant de parler. Elle n'arrivait pas à trouver les mots pour traduire ses pensées, mais se disait qu'il comprendrait de toute façon.

« Tu sais, Martin, je me sens toujours en sécurité quand tu es avec moi », dit-elle en souriant tristement.

« Et moi, je me sens un meilleur homme quand tu es là », dit-il. « Il faut que je te ramène à ton bateau maintenant. Je dois partir. Je t'ai apporté de la nourriture et des petits fruits », dit-il en souriant.

« Ah, Martin. » Des larmes coulaient le long de ses joues. « Merci. Pour les petits fruits surtout », ajouta-t-elle, en souriant à travers ses larmes.

Il rama tout aussi silencieusement en retournant à la goélette. Grand-père Coste attendait, anxieux. Jeanne grimpa dans la goélette avec ses cadeaux. Personne ne dit un mot de ce qui s'était passé.

* * * * *

Les hommes de Boishébert se fatiguèrent et se découragèrent rapidement. Lorsque certains tombèrent malades, plusieurs décidèrent de déserter. Les Acadiens de Port Toulouse et les guerriers mi'kmaq furent les premiers à s'enfuir. Il ne resta bientôt plus à Boishébert qu'environ cent quarante hommes. Voyant que sa mission était vouée à l'échec, il écrivit une lettre au gouverneur Drucour. Il dit aux hommes qui restaient qu'il prévoyait se rendre dans la Miramichi dès qu'une occasion favorable se présenterait et invita ceux qui désiraient le suivre à le faire. Les hommes étaient démoralisés, y compris ceux qui espéraient le suivre pour fuir les dangers. C'était comme si le temps s'étirait, comme si les journées s'allongeaient et que les mouvements des hommes devenaient plus lents et plus pénibles. Boishébert risqua encore quelques attaques contre des postes anglais. Ses hommes n'avaient plus le cœur à l'ouvrage, ils se comportaient comme s'il s'agissait d'un exercice. Même Joseph avait honte de ne pas y mettre plus d'ardeur. Le Maigre n'était pas du tout content d'abandonner la bataille.

Jeanne entendit Le Maigre marmonner que les rumeurs selon lesquelles Boishébert était seulement venu pour faire du commerce et se remplir les poches étaient peut-être vraies. Joseph, fâché de l'entendre parler ainsi, s'empressa de défendre Boishébert.

« Vous savez très bien que Boishébert est un homme bon. Ce n'est pas pour rien, vous savez, que le roi lui a remis l'Ordre de Saint-Louis l'été passé. » C'était en effet tout un honneur que le roi de France ne décernait qu'aux hommes les plus méritants.

* * * * *

Les tensions et les tracas ne faisaient qu'augmenter pour les Bois et les Dugas, qui vivaient toujours dans leurs goélettes ancrées dans une anse de la Miré. C'était de plus en plus dangereux de trouver de quoi manger. Jeanne gardait un œil sur grand-père Coste : il allait de moins en moins bien, même s'il prétendait le contraire. Elle constatait aussi que Joseph était très inquiet et à bout de nerfs. Elle le connaissait tellement bien qu'elle pouvait lire dans son cœur comme dans un livre de sa Bibliothèque bleue. Elle avait mis la sécurité de toute sa famille entre ses mains et commençait à se demander si ce n'était pas un peu injuste de lui en demander autant. Était-ce trop pour lui?

De toute façon, ils n'eurent pas à attendre très longtemps. Dans l'après-midi du 27 juillet, Jean Sauvage, son neveu Martin et plusieurs autres éclaireurs mi'kmaq vinrent leur annoncer que Louisbourg était tombé aux mains des Anglais. La magnifique forteresse avait connu une fin ignoble. Elle avait été forcée de se rendre sans même se voir accorder les honneurs traditionnels de la guerre. La garnison entière avait été emprisonnée. Rien n'avait été dit quant au sort des habitants de l'Île Royale et de l'Île-Saint-Jean, mais on savait très bien que l'intention des Anglais était de les déporter.

CHAPITRE 25

Durant les jours qui suivirent, ils étaient plongés dans le tourbillon des préparatifs du départ. Boishébert voulait quitter la région de la Miré avant que les Anglais ne viennent la vider de toute vie.

Joseph rassembla ses deux familles. Il les surprit en leur annonçant qu'il s'en allait à Québec dans le but d'obtenir des lettres de marque du gouverneur français l'autorisant, lui et quelques autres, à devenir corsaires.

Jeanne mit aussitôt la main sur sa bouche pour retenir son souffle.

« Je pars dans ma goélette avec mon beau-père », ajouta-t-il. « Jeanne, toi et les autres, vous allez embarquer dans le *Angélique* avec Pierre et grand-père Coste et vous rendre dans la Miramichi. »

Ti-Jos demanda s'il pouvait aller à Québec avec son père. Sur le coup, Joseph lui répondit que non, puis il regarda pensivement son fils de douze ans et changea d'idée. Peut-être se rappelait-il qu'à cet âge-là, il voulait lui aussi suivre son père. « Bon, ça marche, tu peux venir, Ti-Jos. Un autre homme à bord de la goélette, ça ne sera pas de trop. »

Ti-Jos était ravi, évidemment, mais Jeanne, elle, en avait des frissons dans le dos.

« Ça va bien aller, Jeanne », dit son mari. « Grand-père va rester avec nous et on aura juste à suivre les bateaux de Boishébert. »

« Je le sais, Pierre, je le sais. » Marie Braud était pâle comme une morte. Jeanne la réconforta et mit son bras autour d'elle. Joseph partit pour Québec la veille du départ de Boishébert.

Ils regardèrent partir le *Marie-Josephe*. Ti-Jos semblait heureux et fier de prendre le large avec son père. Jeanne ne voyait pas les choses du même œil. Elle le voyait petit et vulnérable. « Mon Dieu », priait-elle en silence, « protégez-le, protégez-les tous. » Grand-père Coste, debout derrière elle, posa la main sur son épaule pour la rassurer.

Plus tard ce jour-là, pendant que Pierre et grand-père Coste étaient partis chercher des provisions pour le voyage, Martin Sauvage s'approcha de la goélette. Il portait dans les bras un petit garçon d'environ l'âge de Pierrot. Le bambin regardait tout autour de lui avec de grands yeux bruns sans dire un mot et restait accroché à Martin si fort que ses petits doigts étaient tout blancs.

« C'est qui, ce petit garçon? »

« Je ne sais pas. Il est avec nous depuis quelques jours. Je n'ai pas réussi à trouver ses parents. Je pense qu'ils se sont fait tuer. J'ai essayé de trouver une famille qui accepterait de s'en occuper. D'habitude, les Acadiens sont généreux, mais deux familles m'ont déjà dit que comme c'était un huguenot, il n'était pas question qu'ils le prennent. » Au bout d'un moment il ajouta : « Des fois, Jeanne, je trouve que votre dieu est difficile à comprendre. »

« Ah, Martin, moi non plus, des fois, je ne le comprends pas trop. »

« On peut bien le garder, mais je pense qu'il serait plus en sécurité parmi ses semblables. Comme tu sais, on ne sait pas trop ce qui va nous arriver. »

« Est-ce que tu nous demandes de nous en occuper, Martin ? »

« Je te le demande à toi, Jeanne », répondit-il en la regardant droit dans les yeux.

Elle tendit les bras vers le petit garçon. « C'est quoi, son nom ? »

« Je ne sais pas. Il est assez grand pour parler, mais il n'a pas encore dit un seul mot depuis qu'on s'en occupe et je ne sais pas ce qui l'empêche. » L'enfant se cacha le visage dans le cou de Martin et le serra encore plus fort sans réagir aux bras que Jeanne lui tendait. Martin murmura quelque chose à l'oreille du petit garçon, qui desserra doucement ses doigts.

« Viens, mon petit », dit Jeanne. Il leva enfin la tête, regarda Jeanne, puis Martin, puis encore Jeanne. Il jeta un dernier regard sur Martin avant d'accepter d'aller dans les bras de Jeanne, la serrant aussi fort qu'il avait serré Martin. Jeanne le serra dans ses bras et lui fredonna une chanson.

Marie, qui était agrippée au tablier de sa mère, s'approcha de Martin. « Oncle Martin », dit-elle, « je vais aider maman à prendre soin de lui et je serai gentille avec lui. Je le promets. »

Martin mit la main sur la tête de la fillette. « Merci, Marie. Un jour, tu seras une femme merveilleuse et une maman extraordinaire. Comme la tienne.

« Jeanne... »

« Je comprends, Martin. Merci de me l'avoir apporté. »

« Le petit était nu-pieds quand je l'ai trouvé, on lui a donné des mocassins. J'en ai apporté d'autres qui devraient faire à tes enfants. Vous en aurez peut-être besoin plus tard. J'ai aussi de la viande séchée et des fayots pour vous. »

« Merci. Est-ce qu'on va se revoir, Martin ? » Elle était au bord des larmes.

« Oui, je ferai de mon mieux pour savoir où vous êtes. Si..., si ça va mal et que vous avez besoin de moi, tu peux demander à n'importe quel Mi'kmaq de me passer un message et je viendrai vous aider. » Il l'enserra doucement, elle et le petit garçon, puis disparut dans la nature.

* * * * *

Ils levèrent l'ancre le lendemain. Les navires de Boishébert transportaient ce qui restait des troupes et des Acadiens démunis et sans abri. Un des navires fit escale à Port Toulouse, le temps de prendre des passagers. C'était un geste courageux de la part de Boishébert. Jeanne comprenait pourquoi Joseph admirait tant cet homme, mais elle restait craintive. Il y avait deux côtés à cette aventure audacieuse : elle avait très hâte de quitter l'Île Royale, en même temps, elle était vraiment inquiète de ce qui les attendait dans la Miramichi.

Le *Angélique* était plus bondé que jamais. Dans la goélette, il y avait la famille de Jeanne et grand-père Coste, Marie Braud et les quatre enfants de Joseph, le petit orphelin et un homme errant qui s'était joint à eux à la dernière minute. Il s'appelait Michel Benoist, était Acadien et avait vécu presque toute sa vie à l'Île Royale. Grand-père Coste croyait se souvenir de sa famille et était d'avis qu'il devrait embarquer avec eux.

Le nouveau passager fut une vraie bénédiction, au point que Jeanne en conclut que Dieu était peut-être vraiment bon pour eux après tout. Pierre se rendit vite compte que son grand-père n'était plus capable de l'aider, Michel prit sa place. Pour qu'il ne perde pas la face, grand-père Coste fut nommé capitaine et surveillant.

Jeanne ne savait plus où donner de la tête. Le plus urgent était l'attention à accorder au petit orphelin, qui restait agrippé à elle comme à une bouée de sauvetage. Marie et les autres enfants avaient beau essayer de l'amuser, c'était peine perdue. Pierre demanda à Jeanne de le mettre par terre et de le laisser se débrouiller. Elle n'osa pas.

Lorsqu'elle avait parlé de lui aux autres en précisant qu'il s'agissait probablement d'un huguenot, personne n'avait réagi négativement, mais Pierrot était frustré de ne pas savoir comment l'appeler. Il dit « hu...no...guenot... », puis il proposa : « Nono, on va l'appeler Nono », dit-il d'une voix triomphale. Il aimait les petits mots comme cela, alors pour le meilleur et pour le pire, l'orphelin prit le nom de Nono. L'enfant mangeait seulement si Jeanne lui mettait de la nourriture dans la bouche et ne dormait que si elle restait à son côté. Cela ne rendait la vie facile pour Jeanne. Lorsqu'ils partaient en mer, les plus jeunes enfants étaient habitués de rester attachés au mât pour ne pas se faire projeter brusquement hors du bateau quand la mer était houleuse; quand Jeanne voulut attacher Nono, il réagit si violemment qu'elle n'insista pas. Jeanne et Nono étaient donc inséparables.

Si tout allait bien, ils arriveraient dans quelques jours et peut-être qu'une fois sur la terre ferme, Nono serait moins craintif. Les nouvelles que Michel Benoist avait rapportées étaient par ailleurs très inquiétantes. Grand-père Coste lui avait demandé s'il connaissait l'endroit où ils allaient, la Miramichi. Sa réponse fut tellement angoissante que Jeanne regrettait que la question lui ait été posée.

Michel expliqua que quelques années avant la déportation de 1755, plusieurs familles acadiennes, inquiètes de la situation politique, s'étaient réfugiées le long du fleuve Saint-Jean, dont celle de Michel. Ils s'étaient installés par petits groupes et survivaient en cultivant de petites parcelles, en chassant et en pêchant. En 1754, les Français avaient construit un petit fort à Ménagoèche, à l'embouchure du fleuve, et avaient désigné Boishébert commandant du fort. L'année suivante, les Anglais avaient capturé le Fort Beauséjour, puis envoyé des troupes attaquer le Fort Ménagoèche. Ayant appris cela, Boishébert se dépêcha de mettre le feu au fort avant l'arrivée des Anglais, emmenant avec lui des centaines de réfugiés vers la côte nord. Il s'installa sur une île qui se trouvait dans la baie de Miramichi. L'endroit était apparemment propice à la chasse et à la pêche et les familles acadiennes qui s'y étaient établies étaient remplies d'espoir à l'idée d'y trouver la paix, si bien qu'elles avaient nommé cette île camp d'Espérance. Michel cessa de parler un moment et jeta un coup d'œil au loin.

« Eh bien », poursuivit-il, la voix pleine d'émotion, « ce n'était pas ça. Un camp d'espérance, je veux dire. Le gouvernement de la Nouvelle-France était censé fournir de la nourriture et du soutien à Boishébert, à ses hommes et aux réfugiés, mais des officiers corrompus ont volé l'argent destiné à acheter la nourriture. On a été obligés de se débrouiller tout seul. Des centaines d'Acadiens sont morts au camp d'Espérance durant l'hiver de 1757. De faim ou de la variole. Tous nos enfants sont morts. Pour survivre, on mangeait n'importe quoi. À la fin, on mangeait même le cuir de nos bottes. Finalement, il ne restait plus rien. On était là, couchés par terre avec Boishébert, ses officiers et ses soldats, à attendre la mort. Enfin, au début de mai, un bateau a brisé les glaces du fleuve pour nous apporter de quoi manger. On était sur le point de mourir. Seuls les plus forts d'entre nous ont survécu. » Il s'arrêta, secoua la tête, regardant la mer au loin.

« Je ne voulais pas vous le dire », ajouta-t-il, « je me sens si coupable d'être encore en vie. Ma femme et mes deux garçons sont enterrés là-bas. Maintenant, vous savez l'histoire. »

« Ah mon Dieu », s'écria Jeanne, « mon pauvre homme ! »
Elle hésita. « Et vous retournez là-bas ? »

« Où voulez-vous que j'aille ? » demanda-t-il gentiment.

« Je pense que mes frères étaient là à ce moment-là... On a reçu une lettre d'eux disant qu'ils allaient bien. »

« Je regrette, Jeanne, je n'aurais pas dû vous parler de tout ça. Ça se peut bien que vos frères n'étaient pas au camp d'Espérance quand tout ça est arrivé. Ils se cachaient peut-être dans les alentours. Il y a des Acadiens qui sont partis dans le bois, certains avec des Mi'kmaq. Ne vous inquiétez pas, Jeanne, je suis sûr que c'est ce qui est arrivé. » Elle fit signe que non de la tête. Comment pouvait-elle ne pas s'inquiéter ?

« J'ai entendu dire que le camp d'Espérance était un endroit où les réfugiés de Louisbourg et de l'Île Saint-Jean s'arrêtaient avant de repartir vers la Ristigouche ou vers Québec. Je ne sais pas où Boishébert va nous emmener au juste », ajouta-t-il.

Jeanne se demandait si cela voulait dire qu'ils ne se trouveraient peut-être pas au même endroit que Charles et Abraham après tout.

CHAPITRE 26

Le *Angélique* était un des derniers bateaux à atteindre le rivage de la Miramichi. Jeanne se demandait s'ils allaient se rendre sur l'île de Boishébert ou sur la terre ferme. Pierre lui fit savoir qu'il allait suivre les autres bateaux. Lorsque la goélette s'approcha de l'île, plusieurs navires arrivaient en même temps qu'eux et des chaloupes étaient là pour transporter les passagers jusqu'au rivage. Pierre jeta l'ancre. Debout face au rivage, ils attendirent qu'une chaloupe vienne les chercher. Jeanne portait Nono à un bras et Angélique à l'autre. Marie s'agrippait à son tablier. Pierrot, qui n'avait peur de rien, se tenait au bout de sa corde, le plus près possible du côté du bateau. Jeanne entendait des cris venant du rivage et des autres navires. À bord du *Angélique*, c'était le silence, comme s'ils étaient tous figés sur place.

Jeanne jeta un coup d'œil sur grand-père Coste : il était pâle comme un drap. Pierre, anxieux, restait debout à côté de lui. Marguerite, à côté de ses sœurs, tenait par le bras Marie Braud, qui tremblait. Quant à Michel Benoist, il regardait le rivage comme les autres, mais ses yeux vitreux semblaient refuser de voir.

Le son doux d'une chaloupe touchant le côté du *Angélique* vint rompre le silence. Une voix rauque leur cria : « C'est quoi votre nom ? »

Pierre répondit : « Dugas... et... Bois. Dugas et Bois. »

L'homme se retourna et répéta les noms d'une voix forte pour que d'autres les répètent jusqu'à ce qu'on les entende sur le rivage.

« Dugas ! Bois ! »

« Dugas ! Bois ! »

« Dugas ! Bois ! »

Tout à coup, Jeanne vit un homme sautiller sur le rivage en agitant les bras de toutes ses forces. Mon Dieu, est-ce que ça serait Charles ou Abraham ? Il était trop loin pour qu'elle sache qui c'était. Elle demanda à tout le monde de saluer cet homme. Elle déposa Angélique par terre pour agiter le bras elle aussi. Tout à coup, Nono voulut descendre par terre lui aussi pour faire comme les autres.

Les femmes et les enfants descendirent vite dans la chaloupe. On reviendrait chercher les hommes après. Jeanne regarda grand-père Coste, inquiète. Il était assis sur un tonneau et Pierre le soutenait. Pierre salua Jeanne de la main comme pour lui dire de ne pas s'inquiéter, qu'elle pouvait partir. Elle fixait l'homme sur le rivage. Il les surveillait pour voir où la chaloupe allait se poser. Finalement, elle reconnut Charles. Elle essaya de crier, mais elle resta muette. Elle lui sourit ; il le lui rendit tout en la saluant de la main. Personne à bord de la chaloupe n'avait encore prononcé un seul mot. Les deux rameurs étaient silencieux eux aussi, comme s'ils sentaient quelque chose de particulier au sujet de ces passagers. Des hommes musclés vinrent aider Charles à haler la chaloupe sur le sable. Charles s'approcha de Jeanne. « Ah ! Jeanne ! » Il l'aida à sortir de la chaloupe ; comme ils remontaient la plage, Nono se mit à pleurnicher. Jeanne retrouva la voix. « Ah, mon Dieu, ce petit garçon-là pense que tu vas m'éloigner de lui, il faut que je l'emmène avec moi. » Elle courut le chercher pendant que les hommes aidaient les autres à débarquer. Charles tendit les bras vers eux, comme s'il voulait tous les prendre dans ses bras en même temps.

« Où sont les hommes ? » demanda-t-il.

« La chaloupe va retourner les chercher. Il y a mon mari, Pierre Bois, son grand-père, Jean Coste et un autre Acadien, Michel Benoist. »

« Et Joseph ? » Charles semblait paniquer.

« Non, non, Charles, ne t'inquiète pas, il va bien. En tout cas, c'est ce qu'on pense. Il est parti à Québec en espérant que le gouverneur français lui donne des lettres de marque qui lui donneraient le droit de devenir corsaire. »

Charles tourna la tête en éclatant de rire. « Il n'a pas changé, hein ? Est-ce qu'il est parti tout seul ? »

« Non, son beau-père Joseph Leblanc dit Le Maigre est avec lui, et il a emmené son fils de douze ans Ti-Jos aussi. Tu as raison, Joseph n'a pas changé. »

« Et les autres sont tous sains et saufs ? Dis-moi donc, Jeanne, c'est qui, tout ce monde-là ? Ça fait tellement longtemps que je ne vous ai pas vus. » Jeanne lui présenta les enfants de Joseph, Marguerite, Anne, Mimi et Françoise. « Mimi et Ti-Jos sont jumeaux, tu te rappelles ? Ils sont nés à Grand-Pré. Et Marie Braud est venue de Grand-Pré à Port Toulouse avec nous. »

« Bien sûr que je m'en souviens. »

« Ça, ce sont mes enfants, Marie, Pierrot et Angélique. Et il y a un petit nouveau dans la famille, Nono. On l'a adopté. »

Charles les serra tous dans ses bras en les embrassant. Jeanne se demandait comment Nono réagirait : il décida qu'il n'avait pas de choix et accepta l'affection qu'on lui donnait.

Pendant ce temps, la chaloupe revenait avec les hommes. Jeanne dit à Charles qu'elle était très inquiète pour grand-père Coste. Elle savait qu'il était malade, mais ne savait pas ce qu'il avait au juste.

« On va prendre soin de lui, Jeanne. » Charles posa un bras sur l'épaule de Jeanne et regarda arriver la chaloupe. « Il paraît fort et déterminé », pensa Jeanne. Il semblait avoir une meilleure estime de lui-même. Peut-être était-ce à cause de toute la misère qu'ils avaient endurée, pensa-t-elle.

Quand les hommes débarquèrent de la chaloupe, Pierre et Michel durent aider grand-père Coste à marcher. Ils le soutenaient chacun d'un bras, le portant à moitié. Il était blanc comme la neige et semblait ne pas comprendre ce qui se passait autour de lui. Ils l'aidèrent à s'asseoir sur un banc que quelqu'un avait apporté.

« Charles, je te présente mon mari, Pierre Bois », dit Jeanne.

Charles serra la main de Pierre et lui fit une accolade. « Content de te rencontrer. »

« Moi aussi, Monsieur », dit Pierre.

« Pas de monsieur, juste Charles. »

« Je te présente Michel Benoist, un Acadien de Port Toulouse », dit Pierre. « Et mon grand-père, Jean Coste, qui est malade. Je ne sais pas combien de temps il va pouvoir continuer comme ça. Est-ce que c'est ici qu'on reste ? »

« Non. Étant donné que Louisbourg est tombé, on est pas mal certains que les Anglais vont attaquer la région de la Miramichi et surtout l'île du camp d'Espérance. La plupart des réfugiés qui sont venus ici et qui ont survécu sont soit partis à Québec ou à La Petite Rochelle, au poste de la Ristigouche », ajouta-t-il. « C'est là qu'on s'en va. Mon plan était de partir avec vous aujourd'hui si vous arriviez de bonne heure, mais si votre grand-père est trop malade, on peut attendre encore quelques jours. Est-ce que votre grand-père est le Jean Coste qui est reconnu en Acadie pour son expertise en construction de bateaux et en navigation ? »

« Oui », répondit fièrement Pierre. « On a été chanceux de l'avoir avec nous ces dernières années. »

« C'est un homme extraordinaire », ajouta Jeanne.

Pendant que les autres parlaient, Michel Benoist surveillait grand-père Coste. Il demanda à Pierre de venir. Grand-père Coste était tombé du banc et Michel essayait de le relever. Pierre courut vers lui. Ils le couchèrent sur le sable. Il ouvrit les yeux, regarda Pierre et essaya de parler.

« Ne vous inquiétez pas, grand-père. Reposez-vous. On est là, avec vous. »

Ils emmenèrent le malade dans une cabane inhabitée et le déposèrent sur une paillasse. Boishébert alla le voir. En sortant de la cabane, il secoua la tête en disant : « J'ai déjà vu d'autres hommes dans son état. J'ai bien peur que même un chirurgien ne pourrait rien faire pour lui. » Pierre resta au chevet de son grand-père.

Pendant ce temps, Charles leur trouva un endroit sur l'île de Boishébert où ils pourraient manger et dormir.

Dans l'après-midi, Jeanne vint apporter de la nourriture à Pierre, elle le trouva assis par terre près du corps, la tête baissée et les yeux fermés.

« Ah, Pierre ! » Les larmes aux yeux, elle dit : « Ça me fait beaucoup de peine à moi aussi. Quand est-ce que c'est arrivé ? »

« Tantôt. J'ai voulu rester avec lui pour lui dire adieu. »

Elle s'agenouilla près du grand-père et posa sa main sur son front. Il était encore tiède. « Merci, grand-père, de nous avoir tant aimés et tant aidés », murmura-t-elle.

« Je vais aller avertir les autres, Pierre. »

Charles et Boishébert revinrent avec elle dans la cabane.

« Pierre, ça me fait beaucoup de peine que vous ayez perdu votre grand-père et que ça soit arrivé si loin de chez lui », dit Charles.

« Merci, Charles. Je pense que grand-père trouverait qu'il a tout de même eu une belle vie. Il a navigué jusqu'à la fin sur la mer qu'il aimait tant et en se rendant utile. Un vrai Acadien. »

« Vous avez bien raison. Votre grand-père était un grand Acadien », dit Boishébert. « Si vous voulez, on va l'enterrer sur l'île avec les autres patriotes acadiens. Il y a de bonnes chances que l'abbé Manach arrive demain. Votre grand-père sera alors enterré avec toute la dignité chrétienne qu'il mérite. »

« Merci, Monsieur. »

« Si vous voulez, Pierre, on va le veiller toute la nuit », dit Charles.

« Je pense que grand-père aimerait ça. »

L'abbé Jean Manach arriva le lendemain matin. Il célébra les funérailles de grand-père Coste et présida à l'enterrement au cimetière du côté est de l'île de Boishébert. L'endroit était complètement dénudé, sans le moindre petit arbuste pour enrayer la tristesse du paysage. Les tombes étaient marquées d'une simple croix en bois sur laquelle était écrit le nom du défunt. Jeanne se demanda combien de temps ces inscriptions et ces croix pourraient résister aux intempéries.

Après la cérémonie, Michel Benoist demanda à l'abbé Manach s'il voulait bien dire une prière devant la tombe de sa femme et de ses fils. Les Bois et les Dugas vinrent prier avec lui.

En quittant le cimetière, Jeanne mentionna à quel point elle trouvait que le vent de la mer qui soufflait sur ces tombes était glacial.

« Ce n'est pas grave, Jeanne, grand-père aimerait ça », dit Pierre en retenant ses larmes.

Elle marcha avec lui en le prenant par le bras.

« Je pense que tu ne comprends pas, Jeanne. Toi, tu as toute ta parenté avec toi. Moi, j'avais seulement mon grand-père. »

« Mon Dieu », pensa-t-elle, « c'est vrai. » Elle aurait dû s'en rendre compte avant et être plus attentionnée envers son mari. « Pierre, tu sais bien que ma famille, c'est aussi la tienne. »

Le jour même, ils partaient pour La Petite Rochelle, dans la baie des Chaleurs. La mort de grand-père Coste et leur départ précipité après l'enterrement jetaient un voile sombre sur leur départ.

CHAPITRE 27

Le *Angélique* suivit la goélette de Charles, le *Saint-Charles*, dans la baie des Chaleurs le long de la côte nord jusqu'à l'embouchure de la rivière Ristigouche. Jeanne ne savait pas à quoi s'attendre. Elle n'avait pas eu le temps d'en parler avec Charles après les funérailles de grand-père Coste. Il s'était contenté de lui dire « On va vous expliquer tout ça une fois qu'on sera arrivés dans la Ristigouche. »

* * * * *

Il y avait presque dix ans que Jeanne était partie de Grand-Pré avec Joseph pour aller à Port Toulouse. Les enfants de Charles et d'Abraham se souviendraient-ils d'elle? Il y en avait qu'elle n'avait même pas encore rencontrés. Auraient-ils de la difficulté à trouver de quoi se nourrir et se loger? Dans quelles conditions allaient-ils se retrouver?

« Ah mon Dieu », pensa-t-elle tout à coup, « où est Nono? » Absorbée par ses tracas, elle l'avait oublié momentanément. Elle se retourna pour le chercher et vit Marie, tenant Pierrot au bout d'une corde et Nono au bout de l'autre, arpentant le pont du bateau.

« Tout va bien, maman, je vais les attacher au mât dans une minute. » Marie était tout sourire, de même que Pierrot et Nono. C'était une vraie merveille de les voir!

Jeanne ne put s'empêcher de rire. « Merci, Marie, ma grande fille. »

* * * * *

La nuit tombait lorsqu'ils purent enfin amarrer la goélette à un quai improvisé sur la rive nord de la rivière Ristigouche, à Pointe-à-Bourdon. Tous debout sur le pont, portant quelques effets personnels dans un baluchon, ils étaient à la fois inquiets et contents d'être arrivés. Charles, qui les avait devancés, vint les aider à débarquer.

« Regarde, Jeanne », dit-il en pointant un groupe impressionnant de personnes assemblées près du quai.

« Ah mon Dieu ! Toute la famille est là ! »

« Oui, les passagers d'un bateau les ont avertis qu'on arrivait. » Son visage rayonnait de bonheur.

Dès qu'ils furent sur le quai, la famille de Charles et d'Abraham courut les accueillir. Il y avait l'épouse de Charles, Anne, celle d'Abraham, Marguerite et tous les enfants. Les demi-sœurs de Jeanne, Marie et Louise, les jumelles, Charlotte et Anne, étaient maintenant des jeunes femmes. Tout le monde pleurait de joie en riant, se serrant les uns les autres et s'embrassant. Jeanne était fière de présenter Pierre, leurs enfants et Nono, de même que les enfants de Joseph bien sûr, ainsi que Marie Braud et Michel Benoist. Abraham attendit un peu, puis il dit : « Eh, Jeanne, tu as un autre frère ici aussi ! » Ils se mirent tous à rire et à pleurer de nouveau pendant qu'Abraham serrait sa sœur dans ses bras.

Charles ajouta : « Au cas où vous ne l'auriez pas remarqué, Joseph n'est pas avec nous. Notre aventurier de frère est parti à Québec chercher des lettres de marque, il veut être corsaire ! Son garçon, Ti-Jos, est avec lui. C'est le jumeau de Mimi. »

Jeanne reprit enfin son souffle. « Charles, vas-tu être capable de t'occuper de toute notre bande ? »

« Voyons donc, Jeanne, on est une famille, non ? On est des Acadiens. On n'a pas autant les moyens que quand on était à Grand-Pré, mais on a survécu jusqu'à aujourd'hui. Regarde comme on est nombreux ! » Lui et Abraham avaient chacun huit enfants. « Avec ta famille et celle de Joseph, la famille est réunie au complet. Prions pour que Joseph s'en revienne sain et sauf. C'est ce que je lui souhaite en tout cas. Sacré Joseph, je vous dis qu'il n'a pas froid aux yeux, celui-là ! »

« Jeanne, tu dois être épuisée », dit Anne. « Toi, tu vas venir avec Pierre et vos enfants et Michel Benoist. Vous allez rester chez nous. Abraham et Marguerite vont s'occuper des enfants de Joseph et de Marie Braud. Demain, on reviendra tous ensemble se raconter nos histoires. » Anne leur avait préparé un repas, un vrai festin, pensa Jeanne.

« Mon Dieu, vous avez du pain ! » s'exclama-t-elle.

« Oui, il y a deux fours près du fort, » répondit Anne. « À condition que les bateaux puissent se rendre jusqu'ici, le fort nous fournit de la farine et des provisions. »

* * * * *

Le fort de Ristigouche à Pointe-à-Bourdon était une simple construction en bois comprenant un entrepôt, des casernes, des magasins de provisions, une forge et quelques autres bâtiments. Les fortifications avaient quatre batteries de canons installées à des endroits stratégiques le long de la rivière. La Petite Rochelle était un regroupement temporaire de réfugiés acadiens installés ici et là de chaque côté de la rivière aux abords du fort. Le village s'étendait de Pointe-à-la-Mission, où il y avait un campement de familles mi'kmaq, jusqu'à Pointe-à-Bourdon à l'ouest. Les habitations que les Acadiens y avaient construites en toute hâte étaient très simples et n'avaient pas de fondations. La plupart avait un petit jardin potager. Plusieurs réfugiés étaient devenus pêcheurs et certains même, corsaires.

Le commandant de Ristigouche était Jean-François Bourdon de Dombourg. Né en France, Bourdon était arrivé à Louisbourg à treize ans. Comme il se débrouillait bien dans l'apprentissage des langues, il avait appris le mi'kmaq et était interprète. En 1758, il avait reçu l'ordre de se joindre aux forces irrégulières de Boishébert. Il était donc à la tête d'une poignée de soldats et de plus de mille réfugiés.

Le responsable du magasin du fort, qui s'occupait de distribuer les provisions aux militaires et aux réfugiés acadiens, s'appelait Pierre du Calvet. Récemment arrivé de France, il avait voulu faire fortune dans le Nouveau Monde en devenant commerçant. Malheureusement, son navire avait fait naufrage et il avait perdu toutes les marchandises qu'il avait l'intention de vendre. Incapable de lancer sa propre entreprise, il avait accepté le poste de garde-magasin au poste de Ristigouche.

* * * * *

Il y avait longtemps que Jeanne n'avait pas reçu l'aide d'une femme plus âgée qu'elle. Anne, l'épouse de Charles, la prit sous son aile. Elle remarqua que Jeanne avait l'air tendue, inquiète et méfiante et qu'elle paraissait vieille pour son âge. Le lendemain de leur arrivée, Anne lui demanda gentiment ce qui n'allait pas. Jeanne éclata en sanglots. Anne la prit dans ses bras.

« Ce n'est rien », dit Jeanne en pleurant. « Ce n'est rien et c'est tout en même temps. » Puis, elle se vida le cœur. Elle parla à Anne de ce qu'elle avait vécu à Port Toulouse, de son mariage avec Pierre, de son premier accouchement alors qu'elle était toute seule (elle ne parla pas de Martin), de leur déménagement de Port Toulouse à l'Île-Saint-Jean, puis à Remshic, puis à Port Toulouse, puis à Remshic, puis de nouveau à l'Île-Saint-Jean, à Port Toulouse, à la Miré et enfin à Ristigouche. Ils n'étaient restés que quelques mois dans chaque endroit, s'installant dans des abris rudimentaires ou des maisons abandonnées, quand ce n'était pas carrément dans la goélette. La peur ne les avait jamais quittés tout ce temps.

« Je t'en prie, Anne, ne va pas penser que je regrette d'avoir suivi mon frère Joseph à Port Toulouse. Ce n'est vraiment pas le cas. »

« Je ne te blâmerais pas de le regretter, Jeanne », dit Anne en soupirant. « Mais j'ai l'impression que tu ne m'as pas tout dit. »

« Tu trouves que ce n'est pas assez? » demanda Jeanne. Elle essaya de sourire. Elle n'osait pas avouer à quel point elle était déçue de Pierre, ni parler de l'attachement qu'elle avait pour Martin (c'est comme cela qu'elle appelait les sentiments qu'elle éprouvait envers lui), ni du ressentiment qu'elle éprouvait envers Le Maigre et l'influence qu'il semblait exercer sur Joseph. Elle ne savait pas comment expliquer son attachement ridicule envers son baluchon de trésors, les reliques de son enfance qu'elle était incapable d'abandonner.

« Ah, Anne, tu dois me trouver si... si faible. »

« Mais pas du tout, Jeanne, tu es très forte, au contraire. Tu essaies de porter le fardeau de tout le monde sur tes épaules, mais toi, il n'y a personne pour te soutenir. À partir d'aujourd'hui, tu peux compter sur moi. Là, c'est l'heure de manger, puis d'aller dormir sans avoir à t'inquiéter de quoi que ce soit. On va s'occuper de tes enfants et de ceux de Joseph. On ne sait pas trop ce que l'avenir nous réserve, mais plus on prendra de forces, plus on sera capables de s'en sortir. »

* * * * *

Ils passèrent les jours suivants à se raconter ce qui leur était arrivé pendant toutes les années qu'ils s'étaient perdus de vue. Jeanne supplia Charles de lui dire honnêtement à quoi ils pouvaient s'attendre à La Petite Rochelle. « Ça fait trois ans qu'on se promène ici et là et qu'on repart au bout de quelques mois », dit-elle. « Est-ce qu'on est en sécurité ici, Charles ? Quelqu'un nous a dit que Boishébert était à la tête d'une bande de résistants acadiens des alentours. Ça ne t'inquiète pas ? Où est-ce qu'il pense que ça va le mener, tout ça ? »

« Ah, Jeanne, tu n'as pas changé. Tu es la même petite fille qui s'assoyait doucement chez mon oncle Abraham, à Grand-Pré, pour entendre les hommes parler de politique, hein ? » Il lui souriait tendrement.

« Laisse-moi te parler sérieusement », ajouta-t-il d'un ton grave. « C'est vrai que Boishébert dirige un groupe de soldats irréguliers, des réfugiés acadiens, des guerriers mi'kmaq et une poignée de soldats français. On les appelle les résistants. Ils mènent une petite guerre contre les bateaux et les militaires anglais, quand ils les trouvent et ils n'ont pas vraiment réussi à leur nuire jusqu'ici. Mais tu as raison, ça m'inquiète. La plupart des réfugiés veulent juste continuer à vivre ici en paix, dans ce petit coin de pays. Jamais je ne croirai que les Anglais ne peuvent pas nous laisser au moins ce petit lopin de terre. On ne veut pas les déranger, on veut juste vivre en paix avec les Mi'kmaq et donner un toit à nos enfants. Je ne sais tout simplement pas ce qui va arriver. Mais je crois que c'est ici que vous êtes le plus en sécurité pour le moment. »

Elle se retourna pour jeter un coup d'œil à son mari. Pierre tenta de la rassurer et lui confirma : « Il a raison, Jeanne. »

Charles se leva en se frottant les mains. Avec le temps, elle comprit que cela voulait dire qu'il avait un plan. « Les gens viennent ici un bout de temps, puis ils s'en vont », dit-il. « Quand quelqu'un part, ça veut dire qu'une des maisons se vide. Venez, on va voir si on peut vous en trouver une. Il y a de bonnes chances que oui. »

Charles les emmena s'inscrire au fort, puis ils partirent vers la maison qu'il avait en tête. C'était une habitation toute simple avec un foyer et quelques meubles. Elle serait disponible dans à peu près une semaine. Elle n'était pas très loin de la maison de Charles et Anne et ferait très bien l'affaire. Jeanne était ravie.

* * * * *

Joseph arriva au début de septembre avec quelques lettres de marque et suffisamment de petits canons, de mousquets, de couteaux et de hachettes pour armer les hommes à bord de plusieurs goélettes. Ti-Jos avait tellement d'histoires à raconter au sujet du voyage qu'il sut captiver l'attention des enfants pendant des journées entières.

Joseph et Le Maigre avaient des nouvelles plus sérieuses à rapporter. Les Anglais avaient commencé à déporter les Acadiens de l'Île-Saint-Jean, mais cela prenait plus de temps que prévu à cause du grand nombre de réfugiés. Au même moment, plusieurs Acadiens se rendaient sur la côte nord de l'île dans l'espoir qu'une goélette française passe les chercher pour les emmener vers la baie des Chaleurs ou le Québec. Le Maigre trouva vite des sympathisants à La Petite Rochelle et partit avec eux vers l'Île-Saint-Jean. Jeanne n'était pas attristée de le voir repartir.

* * * * *

Les déportations de l'Île-Saint-Jean faisaient partie d'une grande stratégie de la part des Anglais, visaient à éliminer tous les résistants acadiens cachés le long des côtes du fleuve Saint-Laurent et allaient aboutir à une attaque contre Québec l'année suivante. Durant l'automne 1758, ils attaquèrent les établissements acadiens et mi'kmaq de la Miramichi. Ils n'y trouvèrent que quelques réfugiés affamés et mirent quand même le feu à l'ensemble des bâtiments. Ils semèrent également la désolation le long du fleuve Saint-Jean, de la Chépoudi et de la Petitcodiac, détruisant tout sur leur passage. Parfois, les réfugiés acadiens avaient le temps de disparaître dans la forêt avant l'arrivée des troupes anglaises. Quand celles-ci les trouvaient, elles tuaient et scalpaient tout le monde, même les femmes et les enfants. Chaque fois, les bâtiments, les animaux de ferme et les jardins étaient détruits. Les survivants, n'ayant plus rien à manger, étaient de plus en plus nombreux à vouloir se rendre à La Petite Rochelle.

Le travail de corsaire était un moyen de survie pour un grand nombre de réfugiés de La Petite Rochelle. Leur seul moyen de se nourrir était d'attaquer des navires de ravitaillement anglais chargés de provisions. Joseph Dugas et ses frères Charles et Abraham étaient parmi les corsaires qui se tiraient le mieux d'affaire. Parmi les autres chefs de la résistance se trouvaient Joseph Broussard dit Beausoleil, Joseph et Pierre Gautier et bien sûr, Joseph Leblanc dit Le Maigre. En quelques mois à peine, ils avaient réussi à capturer dix-sept navires de ravitaillement anglais. C'est grâce à leur compétence et à leur audace qu'ils réussissaient à venir à bout de navires beaucoup plus gros que les leurs, ce qui irritait au plus haut point Charles Lawrence, le gouverneur anglais de la Nouvelle-Écosse.

Joseph lançait ses attaques tantôt à partir de Richibucto, tantôt à partir de La Petite Rochelle. Pierre faisait partie de l'équipage de la goélette de Joseph. En plus du *Marie-Josephe*, Joseph était copropriétaire avec Le Maigre d'une autre goélette.

En revenant d'un de ses périples, Le Maigre avait ramené avec lui son épouse Anne et son fils Paul, ainsi que d'autres réfugiés. Plusieurs de ses enfants étaient morts et il ne savait pas où les autres se trouvaient. Anne était devenue petite et flétrie : elle n'était plus que l'ombre d'elle-même. Malheureusement, elle mourut peu de temps après son arrivée à La Petite Rochelle.

CHAPITRE 28

La vie à La Petite Rochelle offrait à Jeanne un répit dont elle avait grandement besoin. Elle profitait des attentions, de la bonne nourriture et du repos que lui offrait sa belle-sœur Anne. Elle avait sa propre maison et était entourée des siens. Dès qu'ils furent tous installés, elle demanda à Pierre d'aller dans le bateau chercher son fameux baluchon.

La famille de Joseph avait sa propre maison elle aussi. Michel Benoist alla habiter chez eux en attendant son retour, puis il décida de rester là. Même Marie Braud paraissait en meilleure forme : son visage était moins pâle. Le petit Nono commençait tranquillement à se comporter comme un enfant normal. S'il fallait qu'il se mette à suivre l'exemple de Pierrot, il ne serait pas de tout repos, lui non plus! Jeanne était reconnaissante pour tout cela, mais elle ne pouvait s'empêcher de s'inquiéter et d'avoir peur. Combien de temps pourraient-ils vivre en sécurité dans ce nouveau refuge?

Les deux familles prenaient plaisir à s'adapter au rythme de vie du village. Les enfants étaient heureux de courir dans les champs et de s'amuser avec leurs cousins. Petits et grands rencontraient les autres familles de réfugiés et de Mi'kmaq qui venaient régulièrement faire un tour au fort.

Un jour, Anne demanda à Jeanne de l'accompagner chez un voisin où une Acadienne, Marie Landry, était en train d'accoucher. Dès leur arrivée, Anne se rendit compte qu'il s'agissait d'un siège et que la vie de la mère était en danger. Elle demanda au mari d'aller voir si Maman Mimikej, la sage-femme mi'kmaq, pouvait venir les aider. Heureusement, la sage-femme était au fort avec son mari et elle accourut les assister.

Elle arriva au chevet de Marie. Elle ne parlait pas très bien français. « Tu vas aller bien, tout va bien aller, Maman », dit-elle. L'aura de calme et de sérénité que cette femme dégageait remplaça la peur et l'anxiété qui envahissaient la petite pièce. Pendant qu'Anne et Jeanne tenaient chacune une main de la femme effrayée, la sage-femme massa doucement et patiemment le ventre de la mère jusqu'à ce que le bébé se retourne pour sortir la tête comme il se devait. Jeanne en avait les larmes aux yeux.

« Pourquoi tu pleures ? » demanda Maman Mimikej.

« Ah, c'est parce que mon premier bébé est né grâce à une femme extraordinaire comme vous », répondit-elle. « À Port Toulouse—Potlotok. »

« Tu es sensible à la souffrance des autres. Tu feras une bonne sage-femme. Je vais te montrer comment on fait. »

« Oui, s'il vous plaît. » Jeanne était contente. Elle se rendrait utile en aidant les femmes à accoucher. Une belle amitié s'installa ainsi entre elle et Maman Mimikej.

À partir de ce jour-là, quand une réfugiée demandait l'aide de la sage-femme mi'kmaq, Jeanne l'accompagnait. Bientôt, elle se rendit compte que lorsque Maman Mimikej arrivait en retard, elle était capable de se débrouiller. Un jour, elle venait pour la première fois d'aider toute seule une femme à accoucher lorsque Maman Mimikej arriva. Voyant le visage rayonnant de Jeanne, la sage-femme se mit à rire de joie.

« Tu es prête », dit-elle.

Jeanne avait déjà appris comment utiliser certaines herbes et plantes pour soigner les gens. Maman Mimikej lui montra comment utiliser le foin d'odeur, l'épinette blanche, l'aulne, le cerisier, la racine sucrée et la savoyane. Après un bout de temps, Jeanne osa lui demander si elle connaissait, parmis les Mi'kmaq de la région de Potlotok, Jean Sauvage et son neveu Martin. Maman Mimikej répondit qu'elle les connaissait, qu'ils venaient parfois dans la région comme éclaireurs. « La prochaine fois que je les verrai, je dirai que tu m'as parlé d'eux », dit-elle.

* * * * *

Au printemps 1759, comme la plupart des réfugiés, Jeanne et Pierre semèrent un petit jardin potager près de leur maison. Les enfants donnaient un coup de main, si on considère qu'en courant aux alentours, Pierrot et Nono les aidaient. Quoi qu'il en soit, Jeanne se disait qu'elle n'avait jamais été aussi heureuse depuis leur premier départ de Port Toulouse en 1756. En juin, il y eut un mariage à célébrer.

En effet, une idylle s'était nouée entre Marie Braud et Michel Benoist. Cela expliquait peut-être pourquoi Marie semblait moins farouche et timide qu'avant, pensa Jeanne, qui fut tellement heureuse de la nouvelle qu'elle en pleurait de joie. Quel bonheur pour Michel aussi : il semblait reprendre vie. Les familles Dugas décidèrent d'organiser le plus beau mariage possible, compte tenu des circonstances. Marie Braud insista pour que la cérémonie reste simple; Jeanne, Anne et Marguerite répondirent qu'elles feraient de leur mieux pour que ce soit le plus beau possible. Lorsque Marie mentionna qu'elle n'avait même pas de robe convenable, Jeanne pensa à la belle robe de soie bleue qu'elle conservait dans son baluchon de trésors et qu'elle n'allait plus porter de toute façon. Elle la montra à ses belles-sœurs et à Marie. Toutes en eurent le souffle coupé. Marie Braud n'en revenait pas. Jeanne insista pour qu'elle l'essaye. Il n'y avait plus de cerceau à la jupe, mais de toute façon, cela aurait été ridicule dans les circonstances.

Un beau jour du mois de juin, l'abbé Manach célébra le mariage de Marie Braud et de Michel Benoist dans un champ près de la maison de Jeanne. La timide mariée était resplendissante et le marié, stupéfait. Ils fêtèrent tous ensemble, partageant un repas frugal, chantant et dansant au son de la musique comme quand ils étaient jeunes, en Acadie. Pendant ces quelques heures, il n'y eut ni peur ni tracas dans les esprits. Les célébrations se prolongèrent jusqu'à la tombée de la nuit, comme si personne ne voulait plus revenir à la réalité.

CHAPITRE 29

Maintenant, les frères Dugas et Pierre Bois faisaient officiellement partie de la milice de Boishébert. Charles et Joseph étaient majors, Abraham était capitaine et Pierre, lieutenant.

Au printemps 1759, Boishébert et une petite troupe de volontaires acadiens mettaient le cap sur Québec pour aider à défendre la ville contre les Anglais. La troupe de Boishébert était sur les plaines d'Abraham lors de la chute de Québec. Boishébert revint au poste de Ristigouche en septembre. Il avait reçu l'ordre du commandant des forces armées françaises de retourner défendre Montréal au printemps avec une troupe plus nombreuse de volontaires acadiens. Or Boishébert savait que la défaite de Québec avait détruit l'esprit de résistance des Acadiens. Il ne restait plus que deux endroits sous le contrôle des Français : Montréal et La Petite Rochelle.

Au lieu d'accompagner Boishébert à Québec, les frères Dugas et Pierre Bois avaient décidé de poursuivre leurs activités de corsaire. Durant l'été, en faisant leurs raids, ils avaient capturé trente prisonniers anglais et les avaient détenus au poste. Du Calvet, le garde-magasin, voulait que ces Anglais soient envoyés à Halifax. Les leaders de la résistance acadienne et les Mi'kmaq s'y opposaient fermement, sachant que dès qu'ils seraient libérés, ces détenus révéleraient aux Anglais où se trouvait La Petite Rochelle. Finalement, Du Calvet insista tellement que son opinion finit par l'emporter.

Jeanne n'avait jamais vu Joseph aussi fâché. « C'est de la folie! Qu'est-ce que Du Calvet essaye de nous faire? » s'écria-t-il. Joseph avait repris l'habitude de se confier à Jeanne et elle lui en était reconnaissante. C'était beaucoup moins inquiétant de savoir ce qui se passait et d'avoir une idée des conséquences possibles que de rester dans l'ignorance, mais Joseph n'avait pas grand-chose d'encourageant ou de rassurant à lui dire.

La chute de Québec angoissait les réfugiés au plus haut point. Ils comprenaient très bien qu'il y avait peu de chance que Montréal puisse résister aux attaques des Anglais. De toute façon, même si les troupes de Montréal réussissaient à maintenir le fort, combien de temps les Acadiens pourraient-ils, eux, continuer de vagabonder ainsi sans l'aide des Français? Même les plus entêtés des leaders de la résistance acadienne étaient forcés de s'avouer vaincus. Nombreux étaient ceux qui crevaient de faim parmi les regroupements de réfugiés parsemés ici et là le long de la côte nord. Le peu de nourriture qu'il restait à La Petite Rochelle disparaissait à vue d'oeil. Ils ne pourraient pas continuer indéfiniment à compter sur le travail des corsaires pour se ravitailler.

CHAPITRE 30

À l'automne 1759, les Anglais se préoccupèrent de la présence de groupes de résistants acadiens dispersés ici et là dans la région de la Miramichi et de la baie des Chaleurs. En octobre, le général Edward Whitmore, gouverneur anglais de Louisbourg, émit une proclamation offrant une branche d'olivier aux réfugiés acadiens. Il affirmait que si les résistants se rendaient pacifiquement, il avait reçu « l'ordre de Sa Majesté de vous assurer que vous pourrez conserver vos biens et vos terres et que vous pourrez pratiquer librement votre religion. » Mais si ils refusaient cette offre, ils feraient face à « une guerre sans pitié : aucun gîte, aucun prisonnier, aucune rançon. »

Même s'ils se méfiaient de l'offre qu'on leur faisait, plusieurs réfugiés se sentaient obligés de l'accepter. Les trois missionnaires qui se trouvaient dans la région, l'abbé Maillard, l'abbé Manach et le père Charles Germain les encourageaient à se rendre aux Anglais. L'abbé Maillard essayait même d'organiser une trêve entre les Anglais et les Mi'kmaq. En novembre, plusieurs délégations acadiennes, dirigées par des leaders de la résistance acadienne comme Joseph Broussard dit Beausoleil, son frère Alexandre, ainsi que Jean Basque et Simon Martin se rendaient au fort Cumberland pour se soumettre aux autorités anglaises. Plusieurs centaines d'Acadiens installés dans des campements le long de la côte de la baie des Chaleurs les suivaient. Certains se rendirent aussi au fort anglais qui se trouvait à l'embouchure du fleuve Saint-Jean.

Plusieurs leaders acadiens ne voulaient pas accepter l'offre des Britanniques. Joseph Dugas, ses frères et Le Maigre faisaient partie de ce groupe. Boishébert, qui était encore à La Petite Rochelle, était furieux d'apprendre qu'autant d'Acadiens s'étaient soumis aux autorités anglaises. Lui, Joseph Dugas et Bourdon, le commandant du poste de Ristigouche, écrivirent chacun une lettre à l'abbé Manach afin de protester vigoureusement contre cette décision, allant jusqu'à remettre en question le patriotisme de l'abbé. Celui-ci répondit dans un premier temps que les réfugiés devaient s'adapter à la situation dans laquelle ils se trouvaient. Plus tard, il se mit à douter lui aussi de la bonne foi des Anglais.

Que le général Whitmore ait agi de bonne foi ou non, Charles Lawernce et ses conseillers avaient décidé, eux, que ces Acadiens seraient déportés vers l'Angleterre. Les déportations commencèrent dès la fin de l'hiver. La nouvelle se répandit vite parmi les réfugiés de la côte nord. Leurs leaders jurèrent de continuer à résister aux Anglais et partirent rejoindre Boishébert à La Petite Rochelle.

CHAPITRE 31

Jeanne connaissait trop bien le sentiment d'angoisse et d'inquiétude qui accablait les habitants de La Petite Rochelle durant l'hiver 1759-1760. C'était comme une répétition de ce qui s'était passé à Grand-Pré juste avant la première chute de Louisbourt en 1745; cela lui rappelait aussi le dernier hiver à Port Toulouse au lendemain de la déportation de 1755 et les deux hivers où ils avaient dû se cacher, craignant la deuxième chute de Louisbourt en 1758. Ils attendaient à nouveau avec impatience l'arrivée du printemps pour savoir ce qui leur arriverait. Le répit que Jeanne avait eu à La Petite Rochelle avait été de courte durée.

Au début du printemps, Pierre Du Calvet, le garde-magasin du fort, embarqua discrètement à bord d'un navire à destination de Montréal. Il mentionna à un des soldats qu'il ne restait presque plus de provisions au magasin de toute façon. Boishébert partit à son tour peu de temps après.

* * * * *

À la mi-mai, trois navires de marchandises français, le *Machault*, le *Bienfaisant* et le *Marquis de Malauze* entraient dans la baie des Chaleurs, chargés de provisions et de munitions destinées à Québec et à Montréal. Le chef de l'expédition, Français-Gabriel d'Angeac, sachant que les navires anglais les avaient devancés et qu'ils les attendaient, dirigea les navires français vers l'embouchure de la rivière Ristigouche. Ils débarquèrent à Pointe-à-la-Batterie et y installèrent un camp. Lorsque d'Angeac vit que les Acadiens de La Petite Rochelle étaient en train de crever de faim, il accepta de leur donner des provisions.

Tout en appréciant cette aide dont ils avaient grandement besoin, les résistants acadiens savaient que la présence des navires français attirerait l'attention des Anglais. Les frères Dugas, d'autres leaders de la résistance et les leaders mi'kmaq en discutèrent longuement entre eux. Cela rappelait à Jeanne les vives discussions dont elle avait été témoin chez les de la Tour lorsqu'ils étaient à Louisbourg, puis chez les Dugas à Grand-Pré. Cette fois-ci, elle était encore plus inquiète. Elle savait que si la bataille avait lieu dans la baie des Chaleurs, ses trois frères et son mari y seraient mêlés directement puisqu'ils faisaient partie de la milice. Cette fois-ci, la guerre ne se déroulerait pas ailleurs mais pratiquement devant ses yeux.

Les Mi'kmaq apprirent que la flotte anglaise était en route. Effectivement, le capitaine John Byron, surnommé 'Mad Jack', était parti de Louisbourg avec trois grands navires de guerre anglais. Il avait reçu l'ordre de détruire les forces françaises de la baie des Chaleurs.

À ce moment-là, en incluant les miliciens, les familles de réfugiés acadiens et les familles mi'kmaq, la Petite Rochelle comptait à peine mille cinq cents personnes. Tout le monde s'était entendu pour que, si la bataille éclatait, les femmes et les enfants s'enfuient dans la forêt avec autant de nourriture que possible.

« Mon Dieu, Joseph, comment est-ce qu'on va pouvoir survivre ? » demanda Jeanne.

Il la regarda, le regard vide. Elle se sentit gênée tout à coup et elle rougit. Comment osait-elle lui poser une pareille question? Elle n'était plus une enfant. « Je m'excuse, Joseph », bredouilla-t-elle.

Il se contenta de secouer la tête tristement.

* * * * *

À la fin juin, les navires de guerre anglais apparurent à l'horizon. La confrontation commença le 3 juillet, lorsqu'ils entrèrent dans le chenal principal de la Ristigouche. Le 8 juillet, au bout d'à peine cinq jours, malgré plusieurs revirements de situation, le commandant français s'avoua vaincu. Il fit couler deux de ses navires, le *Machault* et le *Bienfaisant* afin d'empêcher les Anglais de prendre possession des précieuses marchandises qui s'y trouvaient. Le troisième navire, le *Marquis-de-Malauze*, fut épargné, car il avait à son bord des prisonniers anglais. Les Anglais finirent par le détruire, de même qu'une vingtaine d'autres bateaux, surtout des goélettes, des chaloupes et de petits navires-corsaires appartenant aux Acadiens. Les forces françaises sous le commandement de d'Angeac ne comprenaient que deux cents soldats de la marine, trois cents Acadiens et deux cents Mi'kmaq : elles ne pouvaient rien contre les forces imposantes des Anglais.

* * * * *

L'arrivée des navires de guerre anglais avait alarmé les Acadiennes de La Petite Rochelle. Certaines avaient pris la fuite sur-le-champ, d'autres attendaient de voir ce qui se passerait. Quelques-unes, trop malades ou trop faibles, s'étaient tout simplement résignées à attendre la mort. Jeanne se disait qu'il devait bien y avoir quelque chose à faire pour aider celles qui ne pouvaient se déplacer toutes seules. L'épouse de Charles,

Anne, lui dit avec gentillesse mais fermeté que tout ce qu'elles pouvaient espérer, c'était de pouvoir se sauver elles-mêmes. « Tu penses peut-être que je n'ai pas de coeur, mais de grâce, écoute-moi. », dit-elle.

Anne et Marguerite rassemblèrent les autres femmes et les enfants des Dugas et des Bois, puis s'enfuirent discrètement dans la forêt dès le début de la bataille navale. Au dernier moment, Anne et Jeanne partirent chercher Marie Braud, qui refusait de partir. Son mari Michel travaillait au fort et elle ne voulait pas quitter le village sans lui. Anne insista : « On part toutes sans nos maris », dit-elle. « Il faut que tu t'en viennes, toi aussi, Marie. » Il n'y eut rien à faire, Marie refusait. Comme Jeanne voulait rester avec elle, Anne l'attrapa par le bras et lui dit fermement « Non! »

En quittant le village, chaque femme portait un baluchon. Celui de Jeanne comprenait entre autres les trésors de son passé. Les enfants plus âgés portaient les tout petits dans leurs bras. Anne avait de toute évidence réfléchi à tout cela auparavant, peut-être avec l'aide de son mari Charles. « On va prendre le sentier qui mène au sud-est », dit-elle, « et faire de notre mieux pour rester cachés. On va essayer de se rendre à Nipisiguit. C'est là que nos maris viendront nous chercher. » Jeanne regarda sa belle-sœur, étonnée de la voir aussi forte. Elle la suivit.

CHAPITRE 32

C'était un groupe complètement démoralisé qui marchait dans la forêt à la brunante; une trentaine de femmes et d'enfants appartenant aux familles Dugas et Bois, ainsi que les quatre filles de la Tour. Ils avançaient en silence; même les enfants comprenaient qu'ils laissaient derrière eux un bien-être qu'ils n'étaient pas à la veille de retrouver. La famille d'Amalie Boudreau, une amie qu'Anne connaissait depuis longtemps, s'était d'abord jointe au groupe. À la dernière minute, elle n'avait pas trouvé le courage de laisser son vieux père fragile mourir tout seul, ni de laisser ses enfants partir sans elle. Amalie avait donc serré Anne dans ses bras, puis, retenant ses larmes, était retournée au fort avec ses enfants.

Anne savait qu'ils ne pourraient pas se rendre très loin ce soir-là. Pour le moment, l'important, c'était qu'ils s'éloignent de La Petite Rochelle. Comme elle avait passé presque cinq ans le long de la côte nord, elle connaissait assez bien les alentours. Elle savait qu'un sentier mi'kmaq les mènerait tout près de Nipisiguit. Si seulement elle pouvait le trouver, ce sentier! Il y avait ici et là le long du sentier des campements abandonnés où ils pourraient peut-être trouver un abri. Ils avaient apporté le peu de provisions qu'ils avaient. Comme c'était l'été, ils pourraient cueillir de petits fruits sauvages et des racines et boire l'eau des ruisseaux.

Anne savait que ses enfants étaient résistants, Marguerite et les siens aussi, mais Jeanne, elle, serait-elle assez forte? Anne avait beau apprécier sa belle-sœur, il fallait voir la réalité en face.

Sa mère lui aurait dit : « Laisse ça dans les mains du Bon Dieu. » « Maman », pensa-t-elle, « j'espère qu'elle va s'en sortir. »

Malgré toutes les épreuves qu'elle avait traversées jusque là, Jeanne n'avait jamais eu coucher à la belle étoile. Elle voulait être aussi forte que les autres et les aider autant que possible, mais elle dut vite se rendre à l'évidence qu'elle en était incapable. Elle se contenta de s'occuper de sa marmaille et de suivre. L'aptitude qu'avait Anne à prendre la tête du groupe et à gérer la situation l'impressionnait, de même que le peu de supervision dont les enfants avaient besoin.

Lorsqu'ils s'arrêtaient pour dormir près d'un ruisseau le soir venu, les plus âgés des enfants coupaient des branches de pin ou d'épinette pour en faire des paillasses où s'étendre. Lorsqu'ils voyaient de petits fruits ou des racines bonnes à manger, ils les ramassaient. Les garçons attrapaient parfois des truites dans les ruisseaux. Anne distribuait les rations, une bouchée à la fois. Les enfants en recevaient une plus grande part que les adultes et Jeanne se demandait si Anne ne se privait pas carrément de nourriture.

Anne était inquiète. Elle avait de la difficulté à trouver le sentier qui les mènerait vers Nipisiguit. Jeanne se demandait s'ils arriveraient à destination sans suivre le sentier, mais ne dit pas un mot. C'est par hasard que le troisième jour, la chance leur sourit. Ils l'avaient trouvé. C'était beaucoup plus facile de marcher le long du sentier qu'à travers la forêt. Ils pourraient avancer plus vite dorénavant. Ce soir-là, ils arrivèrent à un campement abandonné où ils s'installèrent pour la nuit. Les enfants, en fouillant dans un jardin abandonné, trouvèrent même quelques vieux légumes ratatinés.

Les jours suivants furent semblables. Au moment où ils allaient reprendre leur marche, le dernier jour, ils rencontrèrent un Mi'kmaq. Il ne venait pas de La Petite Rochelle, mais il les salua comme s'il les connaissait. Il ne savait pas comment la bataille dans la baie des Chaleurs s'était terminée et il confirma qu'ils n'étaient pas loin de Nipisiguit. Jeanne lui demanda d'avertir Jean Sauvage ou son neveu Martin qu'il avait rencontré les familles Dugas et Bois.

Ils arrivèrent dans l'après-midi à Nipisiguit, où ils furent accueillis par d'autres Acadiens de La Petite Rochelle. Une sorte d'ordre s'était établi parmi tout le désordre qui régnait. Jeanne n'en revenait pas de voir la force et la compétence de ces épouses et de ces mères acadiennes. Elle était impressionnée de voir Anne et Marguerite s'intégrer si vite aux autres femmes qui dirigeaient leurs groupes. Elles s'étaient organisées pour que chaque famille dispose d'un endroit bien à elle. Elles étaient installées dans trois campements abandonnés et avaient construit des abris rudimentaires avec des branches pour plusieurs autres familles. Elles avaient mis en commun la nourriture, avaient formé des groupes chargés de cueillir des fruits sauvages et des racines et de pêcher. Un troisième groupe fouillait dans les jardins abandonnés pour trouver de quoi manger. Elles faisaient cuire la nourriture dans le foyer d'une maison à moitié détruite. Étant donné que les campements étaient déjà occupés, Anne dit que les abris rudimentaires feraient l'affaire et que certains jeunes pourraient dormir à la belle étoile.

Marie-Cécile Landry, une petite femme au visage tanné, semblait être à la tête des mères réfugiées. Elle demanda à Anne s'il leur restait des provisions. Anne lui remit le peu qui restait. Marie-Cécile leur fit un repas qu'elles auraient considéré insuffisant en temps normal, mais qui était plus que satisfaisant vue les circonstances.

Après avoir mangé, une sorte de léthargie s'empara d'eux, peut-être à cause de la grande fatigue qu'ils avaient accumulée, peut-être à cause des tensions dont ils pouvaient enfin se libérer maintenant qu'ils avaient trouvé un refuge. Anne décida que c'était le temps d'aller coucher les enfants. Marie-Cécile demanda aux femmes de revenir la voir plus tard.

Jeanne s'était sentie comme une enfant durant tout ce périple. Même si elle avait passé un an à La Petite Rochelle, elle savait que la vie des autres femmes avait été plus éprouvante que la sienne et que c'était cela qui les rendait si fortes. Lorsque les enfants furent couchés, Anne suggéra à Jeanne de rester pour les surveiller. Elle refusa. Elle savait que les aînés pouvaient très bien s'occuper des plus jeunes. Elle retourna donc au campement principal avec Anne et Marguerite.

Marie-Cécile leur offrit une tisane. « Ah », dit Marguerite, « c'est ce que ma mère faisait quand elle avait une mauvaise nouvelle à nous annoncer. » Elles regardèrent toutes Marie-Cécile, qui sursauta légèrement. Elle ne parla pas tout de suite. Elle but tranquillement sa tisane et les trois autres femmes firent de même. Finalement, elle prit la parole.

« On a eu la visite d'un guerrier mi'kmaq hier », dit-elle d'une voix douce. « Il nous a dit que les Anglais avaient gagné contre les Français dans la baie des Chaleurs. Les Français ont perdu leurs trois bateaux. Je suis certaine que ça ne vous surprend pas. Les Anglais ont aussi ravagé et brûlé La Petite Rochelle. Ils ont tué tous les Acadiens, tous les Français et tous les Mi'kmaq qu'ils ont trouvés. Ils n'ont fait aucun prisonnier. »

Les trois femmes Dugas restèrent silencieuses. Elles écoutaient attentivement ce que Marie-Cécile avait à leur dire.

« Le guerrier a aussi dit que certains soldats et chefs de la résistance ont réussi à s'échapper. Ils ont pu remonter la rivière Ristigouche dans de petits bateaux, à un endroit où les gros navires de guerre des Anglais ne pouvaient pas passer. On a demandé des nouvelles de tous ceux qu'on connaissait. C'est là que j'ai su que mon mari et mon... le dernier garçon qu'il me restait », dit-elle en sanglotant, « sont morts ». Le Mi'kmaq n'était pas sûr, mais il pensait que les frères Dugas avaient réussi à se sauver. « J'ai demandé des nouvelles de Marie Braud », ajouta-t-elle en soupirant. « Je la connaissais. Il a dit qu'elle et son mari Michel Benoist se sont fait tuer et scalper. Je ne vous l'avais pas encore mentionné, je pense, mais ils scalpaient tous ceux qu'ils tuaient. »

En entendant cela, Jeanne eut l'impression de se transformer en statue. Lorsque Anne et Marguerite se levèrent pour partir, elle les suivit machinalement sans trop savoir ce qu'elle faisait. Elle se rendit à son abri et alla se coucher sur la paillasse qui lui était réservée, près de Marie, Pierrot, Angélique et Nono, mais elle n'arriva pas à fermer l'œil. À l'aube, elle embrassa chacun de ses enfants encore endormis. Impulsivement, elle attrapa son baluchon. Mettant un pied devant l'autre, elle se mit à marcher dans la forêt. Elle ne pensait plus à rien. Elle ne ressentait plus rien. Elle aurait cessé de respirer si elle l'avait pu.

CHAPITRE 33

Martin Sauvage trouva Jeanne à la brunante, alors qu'elle s'enfonçait dans le bois. Elle était debout près d'un ruisseau, regardant la lune presque pleine se lever au-dessus de la cime des arbres. Il marcha doucement vers elle et posa la main sur son épaule en murmurant « Jeanne » d'une voix douce. En se retournant, elle aperçut dans la pénombre la silhouette d'un Mi'kmaq, le visage peint en guerrier, armé d'un mousquet et d'une hachette. La terreur se lisait sur son visage.

« Jeanne, c'est Martin. Je ne voulais pas te faire peur », dit-il, d'une voix rassurante. Elle reprit son souffle. Elle essaya de parler, aucun mot ne sortait de sa bouche. Elle agita la main comme pour éloigner d'elle un fantôme.

« Jeanne, viens avec moi. »

Elle secoua la tête. Elle fit quelques pas pour s'éloigner du ruisseau, essaya de s'enfuir en courant, tomba en s'enfargeant dans des racines. Elle se recroquevilla et lui tourna le dos sans rien dire. Martin s'agenouilla près d'elle. « Jeanne, tout le monde s'inquiète pour toi. Ils ont peur que quelque chose te soit arrivé. Viens, suis-moi. » Elle ne bougea pas.

Martin coupa vite des branches de pin et les posa par terre, puis déposa sa cape par-dessus les branches. Il se rendit au ruisseau afin d'enlever la peinture de son visage, porta Jeanne dans ses bras et la déposa doucement sur la paillasse. « Peux-tu me parler, Jeanne? » demanda-t-il.

Elle essaya, mais n'y arriva pas. Elle tremblait comme une feuille. Il savait qu'elle était en état de choc. Il vint se coucher à ses côtés et l'entoura de ses bras pour l'arrêter de trembler. Elle s'agrippa à lui. Martin continua de l'enlacer silencieusement pendant un moment, puis se mit à murmurer.

« Jeanne, tu as eu un choc terrible. Anne m'a tout expliqué. Comment ils sont morts. Comment c'est arrivé. Et tout ça, après avoir traversé bien d'autres épreuves, d'après ce que j'ai compris. Ma pauvre Jeanne. Ma douce Jeanne. » Elle était toujours incapable de parler. Tout à coup, un spasme fit vibrer tout son corps et des larmes se mirent à couler. Elles coulaient comme un ruisseau. Martin la tenait fermement pour amortir les sanglots.

Il fredonna doucement une chanson dans sa langue comme il l'avait fait pour Nono quand il l'avait emmené à Jeanne. Après un long moment, elle cessa de pleurer et sa voix revint. « Je m'excuse, Martin », dit-elle en essayant de reprendre son souffle.

« Tu n'as pas à t'excuser, voyons. Tu peux me parler maintenant ? » Un autre sanglot l'étouffa.

« C'est parce que Marie et Michel se sont fait tuer et puis... mon Dieu ! Puis scalper ! » Elle parlait d'une voix basse et enrouée, comme si elle avait peur que la forêt ou Dieu ne l'entende.

« Marie n'avait jamais vraiment encore vécu. Quand elle a rencontré Michel, elle était si heureuse... Michel l'aimait. Il l'aimait tellement. » Jeanne hoquetait entre les sanglots. « Je voulais rester avec elle au poste, Anne a refusé... Et ils se sont fait scalper ! Marie, qui n'avait jamais fait de mal à une mouche ! Elle s'est fait scalper ! Si on ne vivait pas dans un monde aussi épouvantable, ça ne serait pas arrivé... » Elle s'arrêta pour reprendre son souffle.

« C'est terrible de scalper quelqu'un, Jeanne. » Martin hésitait. « Mais mon peuple le fait, les Français le font et les Anglais le font aussi. »

« Mais pourquoi faire ça à Marie, elle qui était si bonne, si inoffensive? Pourquoi l'ont-ils tuée, elle, quand elle venait à peine de trouver le bonheur? » Elle se remit à pleurer en secouant la tête. La colère montait en elle comme un volcan. Après un long moment, elle reprit une respiration saccadée.

« Dis-moi, Martin » demanda-t-elle d'une voix plus calme, mais encore fâchée, « si nos enfants et nos petits-enfants survivent et qu'ils racontent notre histoire, est-ce qu'ils vont penser à tout ce que les femmes et les enfants ont enduré? Est-ce qu'ils vont juste parler des rois, des gouverneurs, des soldats et des guerriers? Est-ce qu'ils vont se rappeler que des femmes et des enfants innocents se sont aussi fait scalper? Réponds-moi, Martin », implora-t-elle d'un ton fâché.

Martin était content de voir Jeanne en colère. L'énergie qu'elle en tirerait lui serait plus utile que celle du désespoir.

« Je ne sais pas, Jeanne. Mais je sais que ceux qui vont survivre vont être obligés de continuer à avancer. La mort de Marie Braud et de Michel te chagrine. C'est normal, mais il faut que tu penses aussi à Marie, à Pierrot, à Angélique et au petit orphelin. À Pierre, à toute ta famille. »

En larmes, elle répliqua : « Non, ce n'est pas important. Ils n'ont plus besoin de moi. »

« Ne dis pas ça. Ce n'est pas vrai. »

« Oui, c'est vrai. Anne est la femme la plus forte de la famille. Elle est capable de s'occuper de tout le monde. Mes enfants et Nono l'adorent. Savais-tu que Pierrot a appelé ton orphelin Nono? Anne va bien s'occuper de lui. Elle a été une mère extraordinaire pour les filles de la Tour et les jumeaux. Moi, je n'aurais pas été capable de trouver mon chemin jusqu'ici sans elle. Je ne suis plus bonne à rien. »

« Jeanne, tu as eu tellement de misère dernièrement. Tu as perdu tout espoir. Demande à ton dieu de t'aider. »

« Non, Martin. Va-t'en. Laisse-moi tranquille. » Elle recommença à pleurer. Elle le repoussa et commença à se relever. Il l'attrapa par le bras.

« Jeanne, tu ne peux pas t'en aller comme ça au milieu de la nuit. Reste avec moi, on va parler. On n'a pas besoin de parler de Dieu. »

« Non? Et pourquoi pas? Où est-ce qu'il est mon dieu, le Bon Dieu, quand on a besoin de lui? Pourquoi est-ce qu'Il a laissé les Acadiens se bâtir un pays pour ensuite nous l'enlever? Pourquoi est-ce qu'Il ne nous laisse pas garder juste un petit coin de cette grande terre pour qu'on puisse vivre en paix chez nous? Pourquoi est-ce qu'Il nous a envoyé des missionnaires qui sont bien plus intéressés par la France que par l'Acadie? Pourquoi est-ce que les missionnaires nous parlent juste des récompenses qu'on aura une fois morts? Pourquoi est-ce qu'ils ne veulent pas qu'on ait un brin de bonheur pendant qu'on est en vie? Et pourquoi, pourquoi est-ce que les Mi'kmaq ont accepté un pareil dieu? »

Elle s'arrêta, horrifiée par ce que la rage lui avait fait dire. « Je m'excuse, Martin, je m'excuse », dit-elle en reprenant son souffle. Elle regarda la forêt qui s'assombrissait autour d'elle, comme pour vérifier si quelqu'un l'avait entendu.

« Je vais te raconter comment mon peuple a fini par accepter ton dieu. C'est ce que nos aînés m'ont expliqué ». Jeanne hésita, puis se laissa rassurer par les bras de Martin.

Il commença : « Il y a plusieurs lune de cela quand ton peuple est venu s'installer ici, notre grand chef Membertou a fait une entente avec ton dieu et les Français. Cette entente-là disait que notre nation était chrétienne, ce qui voulait dire qu'on pouvait vendre nos fourrures aux Français. Mais on n'a jamais vendu notre âme à ton dieu. On a essayé de garder ce qu'il y avait de meilleur dans nos traditions et dans ta religion. Par exemple, sainte Anne est notre patronne ; c'est la grand-mère de Jésus. C'est une aînée, et les aînés sont importants pour nous. Notre peuple croit au pouvoir du Grand Esprit, qui nous relie à tout ce qui existe sur la terre. Dieu est dans tout ce qui vit : les plantes, les animaux, les humains et même notre Terre-Mère. C'est pour ça qu'il faut les respecter. »

Martin s'arrêta un moment, puis il murmura « Il ne faut pas qu'on perde notre terre ».

« À quoi tu penses, Jeanne ? »

« À sainte Anne. À la jolie petite statue que tu m'as donnée. C'est un de mes trésors. »

« Dans ce cas-là, c'est à elle que tu dois offrir tes prières, Jeanne, quand ton âme est faible ou malade. »

« Oui, Martin... » Puis elle s'exclama : « Mon baluchon ! J'avais apporté mon baluchon et voilà que je l'ai perdu. Mon Dieu, je l'ai pris sans réfléchir. Je suis tellement égoïste. J'ai abandonné mes enfants, mais j'ai apporté mon baluchon ».

« Ton âme était malade. Ce n'est pas de ta faute. »

Les larmes lui montèrent aux yeux encore une fois. « Je pense... je pense que ce qu'il y a dans mon baluchon me rappelle qui je suis. » Elle renifla. « Bon, j'imagine que ça veut dire que je ne suis plus rien, maintenant. » Elle essaya de rire et étouffa un sanglot.

« Jeanne, j'ai retrouvé ton baluchon. C'est comme ça que je t'ai trouvée. »

« Tu l'as trouvé, Martin? »

« Oui. » Il étira le bras jusqu'au bout de la paillasse, attrapa le baluchon et le lui tendit.

Assise sur les talons, le baluchon sur les genoux, elle se couvrit le visage avec les mains pendant un moment. Ensuite, comme pour montrer qu'elle gardait malgré tout son cœur d'enfant, elle sortit un à un les objets qui s'y trouvaient : le châle, le portrait, les livres et la statuette de sainte Anne.

« Jeanne, me ferais-tu un cadeau? »

Elle hésita, puis lui offrit timidement le portrait qu'on avait fait d'elle lorsqu'elle était jeune, vêtue de sa robe de soie bleue.

« Merci », dit-il en souriant. « On retournera au campement demain matin. Maintenant, il faut que tu dormes. »

Il allait ajouter autre chose, mais elle posa un doigt sur ses lèvres. « Chut », dit-elle, puis elle s'étendit à côté de lui et s'endormit dans ses bras.

* * * * *

C'est seulement le lendemain matin, en retournant au campement, que Jeanne pensa à demander à Martin pourquoi c'était lui qui l'avait cherché.

« Un ami mi'kmaq a croisé ta route il y a deux jours. Il m'a dit où tu étais. Quand je suis arrivé au campement, hier, Anne m'a dit que tu avais disparu. Elle était très inquiète et ne savait pas quoi faire. Elle ne voulait pas que tes enfants aient peur, mais la petite Marie s'est rendu compte que ton baluchon n'était plus là et elle se posait des questions.

« Ah, mon Dieu... »

« Jeanne, ne t'en fais pas, tu retournes avec tes enfants. C'est ce qui compte. Je suis vraiment content de t'avoir trouvée. Je m'en venais justement vous dire que tes frères et ton mari n'avaient pas été capturés durant la bataille. Ce n'est pas moi qui les ai vus, c'est quelqu'un d'autre qui m'a donné de leurs nouvelles. Je ne sais pas où ils sont dans le moment, mais Anne pense qu'ils vont venir vous trouver dès qu'ils le pourront. »

« Dieu merci! Je... »

« Jeanne, ne t'excuse surtout pas, tu n'as pas d'excuses à faire à qui que ce soit. »

* * * * *

Ils arrivèrent au campement vers midi. En sortant de la forêt, Jeanne vit qu'un groupe la cherchait. Elle les salua de la main et courut vers ses enfants, qui se précipitèrent tous vers elle, à part Marie.

« Maman, tu étais où? » demanda Pierrot. Nono répéta : « Maman, tu étais où? » Angélique s'agrippa à elle. Marie la regardait en silence.

« Eh bien, maman avait été dans le bois chercher des fraises et elle s'est perdue. Heureusement, oncle Martin m'a retrouvée. Je n'ai pas trouvé de fraises », ajouta Jeanne, essayant de sourire.

« Eh bien », dit Anne, « tout ce qui compte, c'est que tu sois revenue saine et sauve. Viens, tu dois être affamée. »

Marie alla trouver Martin. « Oncle Martin, est-ce que maman va bien? »

« Oui, bien sûr qu'elle va bien. Mais tu sais, des fois, ta maman a besoin qu'on l'aide elle aussi, et toi, Marie, je crois que tu es assez grande pour l'aider. Est-ce que j'ai raison ? »

« Oui. Merci d'avoir retrouvé maman. »

Anne invita Martin à manger avec eux, mais il ne pouvait pas rester. « Je dirai que les familles Dugas et Bois sont ici », dit-il, « ainsi que les autres qui m'ont donné leur nom. »

Jeanne le regarda disparaître tout doucement dans le bois. Elle se tourna vers sa belle-sœur Anne, qui posa un bras solide sur son épaule : « Viens, Jeanne, on n'a pas besoin de parler de ça pour le moment, ni jamais si ça ne te tente pas. On a toutes traversé des épreuves terribles, mais il faut qu'on continue coûte que coûte. Les femmes qui se laissent aller au désespoir sont des femmes qui ne se sont plus bonnes à rien. Toi, tes enfants ont besoin de toi, et nous aussi. »

« Mais, Anne », insista Jeanne, « c'est si épouvantable... As-tu pensé à ton amie Amalie... à ce qui lui est arrivé ? »

L'espace de quelques secondes, le visage d'Anne se transforma sous l'effet de la douleur et du chagrin, mais elle reprit aussitôt courage. « Je sais, Jeanne, mais je ne peux pas m'attarder là-dessus pour le moment, ce n'est pas le temps. Il faut que je continue d'avancer. Il faut toutes qu'on continue d'avancer. Plus tard, peut-être qu'on trouvera le temps de vivre notre deuil, mais là, ce n'est pas le temps. »

Embarrassée et contente qu'on ne lui pose pas de questions, Jeanne retourna au campement avec Anne, les enfants agrippés à sa jupe.

CHAPITRE 34

On était presque à la fin d'avril lorsque les hommes arrivèrent. Ils avaient créé une vraie armada de réfugiés acadiens, petite mais audacieuse. Le *Marie-Josèphe*, le *Saint-Charles* et le *Angélique* en faisaient partie. Ti-Jos les aperçut alors qu'ils n'étaient encore que de petits points à peine perceptibles à l'horizon. Il attendit un peu avant de courir alerter les autres, le temps de s'assurer qu'il ne s'agissait pas de navires de guerre anglais. « Je sais, je suis sûr que le bateau de papa, le *Marie-Josephe* s'en vient avec les autres », dit-il à sa tante Jeanne.

La nouvelle créa toute une frénésie. Les femmes et les enfants se rassemblèrent par petits groupes, murmurant entre eux comme si on risquait de les entendre au loin. Personne n'osait se rendre trop près de la plage, ni de l'endroit où les hommes allaient débarquer, au cas où Ti-Jos se serait trompé. Après tout, il pouvait bien y avoir des navires de guerre anglais dans les alentours, ou encore des corsaires ou des voleurs. En plus, Anne leur avait dit qu'elle pensait que les hommes devaient avoir perdu leurs bateaux et qu'ils arriveraient probablement à pied.

Jeanne avait l'impression que son cœur se briserait en mille miettes si les bateaux devaient changer de direction et s'éloigner. Mais non, ils s'en venaient directement vers eux, vers l'endroit où ils allaient débarquer. Tout à coup, Tis-Jos s'écria en courant vers eux : « C'est eux ! C'est eux ! »

Jeanne cria à Ti-Jos d'attendre, mais il était déjà rendu à mi-chemin de l'endroit où les hommes se dirigeaient. Pierrot, Nono et les autres enfants le suivaient avec leurs mères.

Les hommes mirent du temps à accoster, car le passage était juste assez large pour permettre à un seul navire à la fois d'entrer dans l'anse. Le *Marie-Josèphe* arriva le premier. Joseph faillit monter sur les pieds de Ti-Jos, qui n'arrêtait pas de sautiller autour de lui tellement il était excité de voir son père. Joseph le serra vite dans ses bras : « Ti-Jos, mon homme, irais-tu voir s'il n'y aurait pas d'autres bateaux qui s'en viennent par ici, comme je t'ai montré? »

Ti-Jos partit comme une flèche vers l'endroit d'où il devait surveiller la mer.

Jeanne sentait que Joseph était tendu. Il regarda les familles assemblées tout autour de lui.

« Mesdames, je sais que vous avez hâte de savoir qui est revenu avec nous, mais il faut que je vous demande de patienter encore un peu. Il faut qu'on décharge les provisions au plus vite, puis qu'on aille cacher les bateaux. » Pendant qu'il parlait, un groupe d'hommes avait déjà commencé à décharger le *Marie-Josèphe*. Il remarqua que deux jeunes garçons essayaient de tirer un petit canot vers la plage pour aider les hommes. « Oui, les gars », dit Joseph, qui demanda à un de ses hommes de les aider. « On pourra utiliser ce canot-là aussi. »

Dès que son navire fut déchargé, Joseph repartit et le deuxième bateau vint accoster. Entre-temps, les canots faisaient des allers-retours pour transporter les hommes et les marchandises sur la rive. À mesure qu'un navire était déchargé, il suivait celui de Joseph, qui remonta la rivière Nipisiguit afin de trouver un endroit isolé où se cacher.

Anne et Marie-Cécile Landry s'occupaient des provisions déchargées. Elles décidèrent de demander aux femmes et aux enfants plus âgés de porter tout ce qu'ils pouvaient au campement le plus près. Enfin, tous les bateaux furent vidés et ancrés là où il fallait. Une fois sur la rive, les hommes transportèrent les provisions les plus lourdes jusqu'au campement. Tout le monde avait travaillé vite et bien, pratiquement sans rien dire.

Les retrouvailles furent à la fois tristes et joyeuses. Abraham avait perdu son navire. Sa femme Marguerite était désolée de constater que le navire ne faisait pas partie de la flotte. Heureusement, Abraham avait la vie sauve et son frère Charles aussi. Plusieurs hommes avaient perdu leur bateau. Marie-Cécile Landry, qui avait entendu dire que son mari et son fils étaient morts, pleura de joie lorsqu'elle aperçut son fils. L'espoir chez plusieurs s'envolait. La jeune Anne-Marie Gautier, qui attendait son premier enfant, apprit de son beau-frère que son mari était mort dans la bataille. Presque tous les hommes retrouvaient leur famille, plusieurs femmes avaient perdu leur mari et les enfants, leur père. Les chefs de la résistance les plus expérimentés étaient de ceux qui étaient revenus. C'était le cas de Le Maigre, des frères Pierre et Jean Gautier, de Paul Landry, de Joseph Richard et d'Abraham Boudreau.

Pierre Bois était blessé. Il débarqua de l'*Angélique* en boîtant et essaya de courir vers sa famille. « Reste là, Pierre », lui lança Jeanne. « On s'en vient! » Il attrapa ses enfants dans ses bras et Jeanne le prit dans ses bras. Il voulait aider à décharger le bateau. Jeanne l'en empêcha. Elle voulait prendre soin de lui. Ensuite, Joseph demanda un peu de silence. Il demanda à son frère Charles de prendre la parole.

Charles riait. « Mon frère est un homme d'action. Moi, je peux juste parler quand tout est calme. Vous, les femmes, vous avez fait du beau travail. Vous savez, femmes d'Acadie, que pour nous, les hommes, chez nous, c'est chez vous; là où vous êtes, c'est là qu'est notre foyer, c'est notre terre. On a apporté toutes les provisions qu'on a pu », poursuivit-il. « On a même trouvé une couple de barils de rhum. J'espère que vous nous pardonnerez si on prend un petit coup pour célébrer. Demain, on parlera de choses plus sérieuses. »

* * * * *

Les jours suivants, les hommes examinèrent les lieux et l'état des campements pendant que les femmes s'affairaient autour des nouvelles provisions dont elles disposaient.

Après s'être assurés que l'endroit était approprié, les hommes se mirent à réparer les maisons qui étaient récupérables et à en construire de nouvelles. Ils coupaient de grands pins, les équarrissaient, les posaient les uns au-dessus des autres, puis les attachaient à l'aide de chevilles de bois. Ils remplissaient les crevasses avec de la mousse et mettaient de la glaise à l'intérieur des cheminées pour les protéger contre le feu. Ces maisons étaient assez bien isolées pour permettre de traverser à travers les rudes hivers. Pendant ce temps, les femmes étaient occupées à ranger les barils de farine et à saler et faire sécher la morue pour mieux la conserver. Il y avait aussi des couvertures, des chaussures et des vêtements. Il fallait tout trier. Le plus précieux, c'était la farine. Il faudrait la faire durer le plus longtemps possible en ne faisant du pain qu'une fois par semaine, peut-être même aux deux semaines. L'hiver serait long et elles ne pourraient plus compter sur les corsaires pour les ravitailler.

* * * * *

Pour la première fois de sa vie, Pierre Bois retenait l'attention de sa femme. Il avait reçu un projectil à la jambe durant la bataille de la Ristigouche. La plaie, qui n'avait pas été bien soignée, était infectée. Jeanne insista pour qu'il ne bouge pas et elle mit un cataplasme de plantes médicinales sur la plaie.

Marie lui servait d'assistante. Pierrot et Nono couraient autour de leur père tandis qu'Angélique s'assoyait sur ses genoux.

« Eh bien, Jeanne », dit-il un jour avec son sens de l'humour typiquement acadien, « si j'avais su que tu me traiterais aussi bien que ça, je me serais tiré dans la jambe depuis belle lurette. » Jeanne ne répondit pas. Elle n'arrivait pas à comprendre pourquoi elle éprouvait tout à coup autant d'affection pour son mari.

Pierre se remit sur pied à temps pour construire leur maison avant l'arrivée de l'hiver. Sa charge de travail ayant diminué, Jeanne fut témoin encore une fois des discussions de ses frères. Charles avait presque réussi à convaincre Joseph que s'ils restaient cachés un bout de temps sans faire quoi que ce soit pour provoquer la colère des Anglais, ils pourraient peut-être rester dans les alentours. C'était un endroit intéressant. Ils pourraient pêcher et chasser, même cultiver la terre à condition d'y rester assez longtemps. Il y avait d'autres Acadiens dans la région de Nipisiguit, à Caraquet, au Ristigouche et à Chipagan, et les Mi'kmaq vivaient dans le coin.

« Penses-y, Joseph », dit Charles à son frère. « Laisse donc le reste du monde vivre ce qu'ils ont à vivre. On peut s'installer ici sans essayer de jouer au plus fin. »

« Charles, tu es trop bon pour voir le mal autour de toi », répliqua Joseph. « Penses-tu vraiment que les Anglais, eux, vont nous oublier ? »

« Si on les laisse tranquilles, peut-être. On n'aura pas besoin de piller leurs bateaux si on arrive à cultiver la terre. On pourrait au moins essayer, non ? »

« Et les autres chefs de la résistance ? »

« Ils sont à bout de ressources eux aussi, tu ne crois pas ? »

« Écoute, Charles, on va rester ici tout l'hiver et on verra bien ce que le printemps nous réserve. »

Mon Dieu, pensa Jeanne, nous voilà encore une fois en train d'attendre que l'hiver passe pour voir quelles nouvelles le printemps nous réserve.

* * * * *

À la fin septembre, ils apprenaient que Montréal avait capitulé. Le 8 septembre, un an après la défaite des troupes françaises sur les plaines d'Abraham et la chute de Québec, Montréal avait déposé les armes sans qu'un seul coup de fusil ne soit tiré. Québec, Montréal, La Petite Rochelle, les Anglais occupaient tout le territoire. Les réfugiés acadiens étaient complètement laissés à eux-mêmes sur ce vaste continent.

* * * * *

Il faisait beau jusqu'à la fin octobre, puis de gros orages et des vents violents avaient secoué toute la région pendant des jours interminables. À un moment donné, tout était tellement mouillé, aussi bien à l'intérieur qu'à l'extérieur des maisons, qu'il n'y avait plus moyen d'allumer de feu. Un jour, Joseph était chez Jeanne, lui et Pierre essayant de trouver quelque chose qui serait assez sec pour obtenir à une étincelle. Jeanne sortit ses livres de la Bibliothèque bleue et les leur donna. « Tenez », dit-elle, et elle s'éloigna. Les pages prirent feu et allumèrent le bois. Joseph et Pierre partirent chez les voisins leur porter des tisons ardents.

Jeanne savait très bien que pour ses proches, ces quelques livres n'avaient aucune importance comparativement à se chauffer à un bon feu, mais elle fut malgré tout attristée.

« Martin », pensa-t-elle, « j'ai mal à l'âme. Bonne sainte Anne, aidez-nous, je vous en prie. »

Quelques jours plus tard, elle fut appelée au chevet de la jeune Anne-Marie Gautier. C'était la première fois que la jeune femme donnait naissance et elle était terrifiée. Jeanne lui sourit. « J'ai mis beaucoup de bébés au monde, tu sais. Ne t'inquiète pas, ça va bien aller. Sainte Anne est avec moi. C'est la patronne des femmes qui accouchent, elle va te protéger, tu vas voir. » L'accouchement d'Anne-Marie fut long et elle donna courageusement naissance à un petit garçon en pleine santé, que Jeanne baptisa aussitôt.

Jeanne allait partir lorsque le beau-frère d'Anne-Marie arriva avec sa mère. Ils se mirent à s'agiter autour de la nouvelle maman et de son bébé. Jeanne se dit que le jeune homme avait l'air d'un papa particulièrement heureux. « Merci, bonne sainte Anne », pensa-t-elle.

* * * * *

Au début de l'automne, les hommes avaient entendu des rumeurs selon lesquelles les Anglais étaient en train de détruire Louisbourg. Au début, ils ne le croyaient pas. C'était ridicule. Pourquoi détruiraient-ils une forteresse aussi imposante, un centre commercial aussi important, alors qu'ils s'étaient battus si vigoureusement pour conquérir cette ville fortifiée ?

Charles ne voyait pas la situation du même œil. « Non », dit-il, « je comprends pourquoi ils font ça. Ils occupent tout le territoire français maintenant, et ils ont un fort à Halifax, ils n'ont plus besoin de Louisbourg. »

« Mais pourquoi le détruire ? » demanda Jeanne.

« Bof », dit Joseph, « pour s'assurer que les Français n'en reprennent plus jamais possession. » Charles approuva à contrecoeur.

À la mi-novembre, Le Maigre, les frères Gautier et plusieurs Mi'kmaq partis explorer le Cap-Breton revinrent de leur mission en confirmant que Louisbourg était complètement détruite. Trois navires anglais étaient arrivés au printemps avec une compagnie de mineurs chargée de faire sauter la forteresse. Ils avaient creusé des galeries entre les murs et les avaient remplies de poudre explosive. Pendant des semaines, au large du port de Louisbourg, on pouvait voir des pierres s'élever dans les airs au son des explosions. Certaines pièces particulièrement précieuses avaient été préservées et envoyées ailleurs. Ainsi, ce qui avait jadis été une forteresse majestueuse n'était plus qu'un amas de ruines. La forteresse n'existait plus que dans la mémoire de ceux qui y avaient vécu.

Le groupe de réfugiés qui s'était rassemblé pour accueillir les Gautier et les Mi'kmaq et pour avoir des nouvelles fraîches n'avait pas tellement envie de discuter, compte tenu des circonstances. L'heure était au silence et à l'angoisse. Charles remarqua que René Thérriaux avait apporté son violon. Il lui demanda s'il voulait bien en jouer et demanda à Pierre Gautier de l'accompagner en chantant. Ils commencèrent par la chanson « C'était toi, noble empereur qui m'avais mis gouverneur de Louisbourg », une complainte qui décrivait la chute de la forteresse. Le violon de René accompagnait Pierre. Ils entamèrent ensuite « La prise de Louisbourg ». Lorsque Pierre se mit à entonner « Cruelle partance », une chanson qui parlait des beaux jours de la forteresse et de la tristesse de devoir quitter ses amis, Jeanne n'en pouvait plus. Elle sentait son cœur éclater en morceaux. Elle essaya de partir en douce, mais son mari s'en aperçut et il la suivit dehors.

« Attends, Jeanne. Je sais que c'est dur pour toi. Pleure si le cœur t'en dit, mais ne te sauve pas comme ça. On a besoin de toi. On ne peut pas vivre sans toi. Je ne peux pas vivre sans toi. La seule chose qui me donne la force de continuer, c'est l'amour que j'ai pour toi et les enfants. Et l'espoir qu'un jour, on aura notre maison et notre place au soleil, nous aussi. Reviens, Jeanne. Tu n'es pas habillée pour rester dehors au froid. » Ces quelques mots encourageants et affectueux avaient beaucoup de valeur chez un homme aussi peu bavard. Jeanne en fut touchée. Elle se retourna, le laissa passer un bras autour de sa taille et la ramener à la maison. « Ça va, Pierre », dit-elle, le cœur gros. En entrant, Anne la regardait d'un air inquiet. Elle la salua de la main pour la rassurer et lui dire qu'elle allait bien.

* * * * *

L'arrivée de l'hiver allait permettre aux familles de respirer un peu. C'était rassurant pour Jeanne d'entendre les discussions et les arguments qu'échangeaient ses frères, son mari, Le Maigre et les autres chefs de la résistance.

Il y avait quelque chose à clarifier sur le plan politique. La région de la baie des Chaleurs relevait-elle des autorités de Halifax ou de Québec? Si elle relevait de Québec, cela voulait dire qu'ils auraient droit à une certaine protection selon l'entente conclue par la Nouvelle-France à Montréal l'automne précédent, lorsque la ville avait rendu les armes. Si la région relevait de Halifax, il n'y avait rien pour les protéger. Ils ne savaient même pas si cette distinction avait été vraiment faite.

Les Acadiens de cette région étaient à vrai dire sur un territoire neutre, une sorte de *no man's land*. Comme d'habitude, il fallai attendre pour voir ce que le printemps réserverait.

CAPTURE ET EMPRISONNEMENT

———

CHAPITRE 35

Le printemps 1761 arriva tout doucement, comme s'il ne voulait pas attirer l'attention sur lui ni sur les réfugiés. Charles, Anne et leurs enfants retournèrent chez eux, à Caraquet. Abraham et Marguerite restèrent à Nipisiguit pour donner un coup de main à la famille de Joseph, qui devait partir dans la même goélette qu'eux. Les femmes essayaient de mener une vie normale. Jeanne, comme les autres, fouillait pour trouver des graines et des boutures pour faire un jardin potager. Jeanne n'était au courant d'aucune activité de corsaire et aucune nouvelle marchandise ne semblait avoir été débarquée. L'hiver avait été très difficile, mais au moins, personne n'était mort de faim. Ils avaient survécu de peine et de misère.

* * * * *

Alexander Murray, le gouverneur anglais de Québec, était en colère : certains corsaires acadiens de la baie des Chaleurs avaient poursuivi leurs activités même après la défaite du poste de Ristigouche et la destruction de La Petite Rochelle. Il était déterminé à mettre fin à ces attaques. En avril, il écrivait au colonel Amherst : « Il est temps d'éliminer de ce pays tous les *French neutrals* et de soumettre les Indiens à notre autorité. » Au début juillet, il demanda à Pierre du Calvet, l'ancien garde-magasin de Ristigouche, de recenser tous les réfugiés acadiens qui restaient le long de la côte nord et de déterminer combien de navires il faudrait pour les transporter à Québec. Ce mois-là, Pierre du Calvet arriva dans la région à bord du *Sainte-Anne*, instructions en main. Même si l'homme les avait déjà trahis, les réfugiés l'accueillirent chez eux. Ils ne se sentaient pas tellement menacés par ce recensement, qui avait au moins l'avantage de reconnaître leur existence et qui semblait les placer sous l'autorité de Québec.

Cela provoqua évidemment beaucoup de discussions et de débats. Certains se méfiaient de du Calvet, surtout Joseph Dugas, mais ils n'avaient pas le choix de toute façon. Rares étaient les réfugiés qui voulaient aller à Québec et l'expérience leur avait appris qu'en faisant traîner les choses assez longtemps, ils pourraient peut-être rester là où ils étaient. L'ancien garde-magasin mit deux mois à faire le tour des établissements acadiens et repartit avec une liste complète des réfugiés, de l'endroit où ils se trouvaient et des embarcations dont ils disposaient.

Après le départ de du Calvet, le climat devint moins tendu. Jeanne constata qu'ils vivaient comme s'ils n'étaient plus en état de siège. Les gens se promenaient le long de la rive comme si de rien n'était; les bateaux allaient et venaient librement d'un village à l'autre. Les voix fortes des Acadiens, leurs disputes, leurs rires et leurs chansons se faisaient entendre au loin. Les enfants, rassurés par l'insouciance de leurs aînés, couraient et jouaient comme bon leur semblait. Jeanne n'avait qu'un seul tracas : son frère Charles, que Joseph venait de visiter à Caraquet, était malade. Elle avait d'abord pensé demander à Pierre de l'accompagner chez Charles, puis elle changea d'idée, se disant qu'Anne pourrait s'occuper de lui sans problème.

L'automne était doux et répandait sa beauté aux alentours. Jeanne se demandait quel paysage elle préférait : les couleurs vives de l'automne ou le vert tendre du printemps. Les deux lui faisaient du bien. Elle était remplie de gratitude. Ils avaient un toit au-dessus la tête et s'apprêtaient à traverser le prochain hiver plus facilement grâce à tous les efforts qu'ils avaient faits durant l'été.

* * * * *

Le malheur frappa en novembre. Trois navires de guerre anglais sous le commandement du capitaine Roderick MacKenzie et une compagnie d'environ cinquante *Highlanders* se pointèrent à l'horizon. Ils étaient guidés par Étienne Echbock, chef des Mi'kmaq de Pokemouche, un village mi'kmaq qui avait conclu une entente avec les Anglais. C'est le gouverneur de Québec qui avait ordonné le recensement fait par Pierre du Calvet, mais les ordres que MacKenzie avait reçus - capturer tous les Acadiens de la baie des Chaleurs et de la Miramichi - venaient du colonel Forster, commandant des troupes de la Nouvelle-Écosse.

Jeanne, plongée dans sa rêverie, admirait les beautés de l'automne, lorsque le capitaine MacKenzie fit son entrée à Nipisiguit. En levant les yeux vers la mer, elle aperçut un groupe de soldats anglais marchant sur la rive, armés de mousquets. Ils vinrent directement vers elle. Les voisins regardaient la scène. Les plus braves se joignirent à elle pendant que la milice s'approchait pour les encercler. Un des soldats leur adressa la parole en français.

« Mesdames et Messieurs, je vous parle au nom du capitaine Roderick MacKenzie. Par la présente, le commandant des troupes du roi d'Angleterre en Nouvelle-Écosse vous ordonne de nous suivre. Vous avez le droit d'apporter un petit baluchon d'effets personnels. »

« Mais Monsieur », dit René Gaudet, un des hommes qui se trouvaient sur place, « expliquez-nous pourquoi vous faites ça. On a participé au recensement demandé par le gouverneur de Québec, on est sous l'autorité de Québec, pas de la Nouvelle-Écosse. »

Le jeune soldat renifla. « Ça ne fait pas de différence! Venez-vous-en! Avancez! Si vous résistez, on va vous tuer! Et n'allez pas croire que vous allez pouvoir vous sauver dans le bois! »

« Ah mon Dieu! Comment une chose aussi terrible peut arriver aujourd'hui? Il fait si beau », pensa Jeanne. Elle courut chercher ses enfants et avertir les autres, tout en essayant de reprendre ses esprits. Elle dit aux autres femmes que c'était probablement une erreur et qu'aussitôt que les hommes expliqueraient aux soldats qu'ils avaient participé au recensement de Québec, on leur rendrait leur liberté. Elle fit vite plusieurs baluchons : des vêtements de rechange, des mocassins, un peu de nourriture, une couverture. Elle ajouta la statuette de sainte Anne et son beau châle à son baluchon personnel.

« Dis-moi quoi faire, maman, je veux t'aider », supplia Marie.

« Surveille tes deux frères et ta sœur, Marie, veux-tu? »

« Oui, maman ».

De petits groupes de femmes et d'enfants commençaient à se rassembler sur la plage. Jeanne cherchait du regard Marguerite et ses enfants, et les enfants de Joseph.

MacKenzie et le soldat français revinrent vers Jeanne.

« Où sont les bateaux, Madame? »

« Les hommes les ont pris. »

« Tous les bateaux? »

« Je ne suis pas sûre, Monsieur. »

« Où sont-ils? »

« Là-bas, en haut de la rivière Nipisiguit. »

Jeanne s'aperçut que René Gaudet essayait d'attirer son attention, mais elle évitait son regard, essayant de l'avertir de ne pas faire empirer la situation.

MacKenzie se tourna vers son aide de camp : « Il va falloir qu'on mette ces gens-là dans la cale de notre bateau », dit-il hésitant. « Allez, obéissez ! »

« Nos hommes ont trouvé deux familles », dit le militaire. « Il y a un vieil homme parmi l'une et une femme à la veille d'accoucher dans l'autre. Qu'est-ce qu'on fait avec eux ? »

« Damnation ! Laissez-les là. Qu'une autre femme reste sur place pour les aider, mais pas quelqu'un qui va alerter les autres. »

« Monsieur ! »

« Femmes, savez-vous où sont vos maris ? Nous savons qu'il y a ici un groupe de résistants acadiens qui attaquent les navires anglais. Où sont ces hommes ? »

« Ils peuvent être n'importe où », répondit Jeanne. « On ne sait pas. » C'était la vérité.

Les soldats poussèrent brutalement les femmes et les enfants jusqu'au rivage, les transportèrent en chaloupe jusqu'aux navires anglais et les entassèrent comme des sardines dans des cales sombres, sales et puantes.

CHAPITRE 36

Le capitaine Roderick MacKenzie et ses *Highlanders* partirent capturer les réfugiés acadiens de Caraquet, de Shipagan, de Ristigouche et des endroits indiqués dans le recensement de du Calvet. Quelques Acadiens réussirent à être prévenus juste à temps : leurs familles eurent le temps de prendre la fuite dans la forêt. Arrivé à Néguac, MacKenzie trouva le village abandonné. Il avait tout de même réussi à capturer presque huit cents prisonniers – hommes, femmes et enfants – et treize bateaux.

Au bout du compte, MacKenzie n'avait pas assez de place dans ses navires pour emmener tous les captifs acadiens, mais il s'assura que les principaux agitateurs soient à bord, y compris Joseph Leblanc dit Le Maigre, Joseph et Abraham Dugas dont les bateaux étaient armés et équipés pour se livrer à des raids. Charles Dugas, étant malade, ne fut pas emmené. Il resta à Caraquet avec sa femme Anne et leurs enfants.

MacKenzie repartit avec plus de trois cents hommes, femmes et enfants regroupés dans trois navires de guerre et dans à peu près la moitié des embarcations des Acadiens. Les réfugiés qui avaient le droit de gouverner leur propre bateau étaient surveillés de près par un ou deux *Highlanders* et ils savaient que leurs familles étaient prises en otage dans les cales des navires anglais. Les bateaux des Acadiens qui restèrent sur place furent détruits et brûlés, tout comme les maisons et l'équipement. Les provisions furent confisquées, de même que les stocks de poisson séché et les meubles et autres objets de valeur. Les réfugiés acadiens qu'on n'emmenait pas n'avaient aucun moyen de transport et pas grand-chose pour survivre pendant l'hiver.

CHAPITRE 37

Dans la cale où se trouvaient Jeanne et Marguerite, les prisonniers devinrent silencieux lorsqu'ils se rendirent compte que le navire prenait le large. Même les enfants ne posaient plus de questions auxquelles leur mère n'aurait pas su répondre. Les ravisseurs ne leur avaient pas dit où ils allaient ni à quoi ils pouvaient s'attendre une fois rendus à destination. Allaient-ils se retrouver quelque part en Nouvelle-Écosse? Seraient-ils déportés? Les maris avaient-ils été capturés, eux aussi? Après avoir passé plusieurs heures en mer, un membre d'équipage leur apporta de l'eau, mais rien à manger. Il refusa de répondre aux questions.

Jeanne avait perdu tout espoir concernant le recensement ordonné par Québec. Elle n'avait aucune preuve qu'une erreur avait été commise. Qu'allait-il leur arriver maintenant? Les femmes retrouveraient-elles leurs maris? Jeanne et Marguerite n'avaient pas besoin qu'on leur rappelle que des familles avaient ainsi été séparées durant les déportations de 1755 et de 1758. Jeanne palpa la statuette de sainte Anne dans son baluchon. La main sur la statuette, elle supplia sainte Anne de lui venir en aide. Il commençait à faire noir lorsqu'ils touchèrent terre et ils ne savaient pas où ils étaient. Affamés, fatigués et méfiants, ils se sentaient tout de même soulagés de pouvoir au moins sortir de la cale pour respirer l'air pur. Quelques enfants qui avaient réussi à s'endormir étaient de mauvaise humeur et agités. Des hommes portant des flambeaux les attendaient pour les guider. René Gaudet demanda à l'un d'eux où ils étaient.

« Fort Cumberland », répondit l'homme sèchement.

« Est-ce qu'il y a d'autres prisonniers ici qui viennent de la baie des Chaleurs? »

« Oui. Avancez, grouillez-vous! »

René Gaudet marchait à côté de Jeanne. « C'est l'ancien fort Beauséjour », dit-il. Voyant qu'elle avait le visage pâle et affligé, il ajouta : « Je suis sûr qu'ils ont dû emmener les autres ici. »

Ils furent rapidement poussés dans des casemates et des entrepôts souterrains; le sol était en terre battue. De toute évidence, les bâtiments n'avaient pas été conçus pour y enfermer des prisonniers. On remit un morceau de pain noir à chaque prisonnier et une cruche d'eau par famille. Les femmes n'avaient aucun moyen de savoir si d'autres familles ou leurs maris étaient là.

Le lendemain matin, elles furent conduites dehors dans un espace ouvert où se trouvaient les autres prisonniers de la baie des Chaleurs et de la Miramichi. Le capitaine MacKenzie était là, assisté d'un imposant groupe de militaires. Lorsque les membres d'une même famille se retrouvaient, ils pleuraient de joie. Pierre était là, ses quatre enfants agrippés à lui. Nono voulait lui donner le bout de pain qui lui restait. « Non, Nono, il faut que tu manges si tu veux devenir assez gros et fort pour aider papa », répliqua Pierre. Le jeune garçon n'avait pas besoin qu'on l'encourage davantage. Affamé, il avala aussitôt le morceau.

Un des assistants du capitaine MacKenzie annonça qu'ils seraient emmenés à Halifax en attendant d'être déportés. Ils allaient être embarqués par groupes sur des navires anglais. Leurs propres bateaux étaient confisqués. Les membres d'une même famille ne seraient pas séparés, ils pourraient partir ensemble. Ensuite, il lut la liste des hommes qui seraient les premiers à partir. Parmi eux se trouvaient Joseph Dugas, Abraham Dugas et Joseph Leblanc dit Le Maigre. Vous partez aujourd'hui », lança-t-il.

Ces hommes étaient tous connus pour être des leaders de la résistance et des corsaires. Le nom de Pierre Bois ne faisait pas partie de la liste. Jeanne ne savait pas si c'était une bonne chose ou pas. Marguerite, ses enfants et ceux de Joseph partiraient en même temps qu'Abraham. Joseph se mit à marcher vers Jeanne. Un garde l'arrêta. « Je veux juste parler à ma sœur une minute », dit Joseph. Le capitaine MacKenzie fit un signe de tête, indiquant qu'il acceptait. Une colère sourde se lisait sur le visage de Joseph. Jeanne pouvait à peine imaginer ce qu'il ressentait. Il la prit par le bras et ils s'éloignèrent légèrement. Les enfants restèrent avec leur père.

« Qu'est-ce qui se passe, Joseph ? »

« Qu'est-ce qui se passe ? On a été trahi encore une fois, Jeanne. Encore une fois par Pierre du Calvet, un homme qui était censé être de notre bord. » Il tremblait en ravalant sa rage.

« Jeanne, on n'a pas beaucoup de temps, il faut que je te dise quelque chose. »

« Quoi ? »

« C'est au sujet de Martin. Ton ami Martin. » Il hésitait.

« Tu l'as vu ? » Elle essayait de comprendre pourquoi Joseph avait de la difficulté à lui donner des nouvelles de Martin. « Est-ce que son groupe a signé un traité de paix avec les Anglais ? » demanda-t-elle.

« Non, il était encore en train de se battre contre les Anglais. » Joseph s'arrêta un moment.

« Jeanne », dit-il d'une voix douce, « Martin s'est fait tuer au combat. Ça me fait beaucoup de peine de t'annoncer ça. » Il mit une main dans la poche de son manteau et en sortit un petit sac en herbe tissée. « Martin portait ça sur lui. Je pense que tu aimerais le ravoir. »

Ah, mon Dieu! Jeanne debout face à Joseph avait le visage blême. Martin, mort? Ses lèvres tremblaient, elle n'arrivait pas à pleurer. Joseph lui tendit le souvenir. « Prends-le, Jeanne, c'est ton portrait dans ta robe de soie bleue. » Elle chancela. Il l'attrapa par les bras pour l'empêcher de tomber.

« Jeanne, Martin était un homme extraordinaire. Je l'aimais comme un frère. Mais il n'est plus là et il va falloir qu'on continue sans lui. Jeanne, m'entends-tu? » Il s'arrêta un moment. « Il avait une femme et des enfants. Savais-tu ça? »

Elle ferma les yeux pour empêcher Joseph de lire dans son âme. À vrai dire, elle n'était pas au courant, mais cela n'aurait rien changé aux sentiments qu'elle éprouvait pour Martin. Elle rouvrit les yeux et regarda Joseph. « Moi aussi, j'ai une famille », dit-elle d'une voix faible.

Joseph la prit dans ses bras. « Je regrette tellement, Jeanne. On se reverra à Halifax. Je ne vois pas comment ils pourraient nous déporter avant le printemps. Prends soin de Pierre. Lui aussi, c'est un homme bon. » Elle n'avait pas la force de répondre.

Jeanne, Pierre et leurs enfants furent parmi les derniers à partir du fort, deux jours plus tard. Ils arrivèrent à la prison de l'Île Georges, dans le port de Halifax, par un jour froid et humide d'automne. Les hangars de la prison réservés aux Acadiens étaient déjà remplis à craquer. Pendant quelques jours, ils furent réduits à dormir dehors, sur la terre mouillée, vaseuse et froide. Le peu de nourriture qu'on leur donna n'apaisa pas leur faim et les couvertures sales qu'on leur remit étaient trop usées pour les protéger contre le froid.

CHAPITRE 38

Au cours des premières déportations, en 1755, les Anglais avaient installé des camps de prisonniers dans différentes régions de la Nouvelle-Écosse. Les camps les plus importants se trouvaient au fort Cumberland, au fort Anne d'Annapolis, au fort Edward de Pisiquit et sur l'Île Georges, dans le port de Halifax. Des centaines d'Acadiens ont été emprisonnés sur l'Île Georges avant et pendant les déportations.

L'Île Georges ne servait pas uniquement de prison militaire. Toutes sortes de criminels partageaient le même espace de vie que les Acadiens. Il n'était pas rare pour les Acadiens de voir des hommes se faire fouetter à coup de lanières de cuir ou se faire accrocher au mât d'un navire anglais avant qu'on les pende sous leurs yeux. Les entrepôts étaient bondés de monde et la vermine rôdait partout, si bien que la maladie ne mit pas de temps à se répandre. Il faisait noir, l'eau coulait le long des murs et le sol de terre battue était froid et humide. Le seul meuble dans les cellules était un banc en bois. Quand il ne restait plus de place dans les entrepôts, les prisonniers acadiens étaient forcés de dormir dehors, sans la moindre protection contre le vent, la pluie ou la neige, et pratiquement sans nourriture. De nombreuses personnes âgées et de jeunes enfants moururent.

Plusieurs centaines de résistants et de corsaires acadiens faisaient partie des prisonniers emmenés sur l'Île Georges en 1760 et 1761. Certains avaient été capturés par les forces anglaises, d'autres avaient été obligés de se rendre pour éviter de mourir de faim. Les mesures de sécurité avaient augmenté sur l'île et par conséquent, on avait emprisonné les chefs de la résistance acadienne et leurs familles dans une section particulière de la prison.

CHAPITRE 39

La cellule où Jeanne, Pierre et leurs enfants avaient été jetés était à peine plus confortable que s'ils étaient restés dehors. Au moins, ils avaient un toit au-dessus de la tête, un abri.

Jeanne était en état de choc. Elle essayait de ne rien laisser paraître. Pierre avait le visage gris d'inquiétude et de fatigue. Les enfants étaient désorientés et effrayés, troublés de voir les comportements brutaux des gardiens. Ils étaient tous bouleversés d'apprendre que la famille de Joseph et celle de Charles étaient gardées sous étroite surveillance dans une autre section de la prison à cause des activités partisanes auxquelles Joseph et Charles avaient participé. En plus de tout cela, Jeanne se sentait abandonnée, surtout depuis qu'elle avait appris le décès de Martin. Elle se demandait ce que l'épouse de Charles ferait à sa place. Elle commençait à comprendre pourquoi Anne refusait de se laisser emporter par les émotions. « Continue à mettre un pied devant l'autre », lui dirait-elle.

La routine de la vie en prison devint vite familière. Jeanne et Pierre éprouvaient de l'empathie pour la détresse des autres, dont certains ne leur étaient pas inconnus. Ils les avaient rencontrés durant leur séjour dans la région de la baie des Chaleurs. Tous ces Acadiens semblaient réduits à un étrange silence. Ils n'hésitaient pas à s'entraider, mais c'était comme si personne ne savait quoi dire, comme si les mots qui expriment le réconfort et l'espoir ne faisaient plus partie de leur vocabulaire.

Jeanne entendit parler d'une jeune femme qui était sur le point d'accoucher. Elle fit savoir qu'elle était sage-femme, au cas où on lui permettrait d'aller aider la future mère. Le moment venu, au milieu de la nuit, un garde vint la chercher. Jeanne emporta sa statuette de sainte Anne et laissa la femme serrer la statuette très fort pendant qu'elle donnait naissance. Quelques prisonniers dont la cellule était tout près s'étaient plaints des cris de la jeune femme, qui faisait de son mieux pour se retenir malgré la douleur. Jeanne avait le cœur écorché de voir la maigreur de la jeune mère et l'incroyable petitesse du bébé. Quelques jours plus tard, elle apprit que le bébé était mort.

* * * * *

Le premier hiver sur l'Île Georges fut atroce. Le froid et l'humidité affligeaient tout le monde. Jeanne et Pierre mangeaient le moins possible pour donner plus de nourriture à leurs enfants. Jeanne était inquiète pour Angélique, la plus fragile de ses enfants. Elle réussit à passer l'hiver. Ils n'avaient aucune nouvelle ni de Joseph ni de Charles et de leurs familles. Jeanne n'avait jamais ressenti un sentiment d'impuissance et de désespoir aussi intense. Ici, personne ne pouvait les rassurer, il n'y avait que souffrance autour d'eux. Sa plus grande crainte, c'était qu'elle, Pierre et ses enfants soient déportés sans savoir ce qui adviendrait de ses frères et de leurs familles.

Au printemps, on permit à des prisonniers acadiens considérés moins dangereux d'effectuer quelques menus travaux sur l'île, moyennant un peu d'argent ou un peu plus de nourriture. Avec le temps, on les laissa même aller travailler en dehors de l'île, ironiquement sur des fermes qui avaient été volées aux Acadiens et que les Anglais avaient de la difficulté à entretenir. Certains prisonniers travaillaient à Halifax. L'argent qu'on leur remettait servait surtout à acheter de la nourriture.

Ce fut le cas de Pierre, qui après avoir travaillé dans une ferme, rapportait son repas pour le partager avec sa famille. Lorsque le fermier s'en rendit compte, il lui en donna un peu plus. « Tu vois, Jeanne », dit-il, « il reste encore du bon monde dans les alentours ». Pierre réussit par ailleurs à avoir des nouvelles des frères Dugas. Un des prisonniers avec qui il travaillait avait pu parler aux partisans. Selon lui, ils allaient tous bien et leurs familles avaient survécu aux rudesses de l'hiver. Pierre lui donna un message semblable à transmettre aux frères de Jeanne.

La vie des familles acadiennes continuait tant bien que mal dans les cellules. Jeanne aida près d'une douzaine d'enfants à venir au monde, elle en vit encore plus mourir. La famille de Joseph Broussard dit Beausoleil, probablement le chef de résistance le plus connu parmi les prisonniers acadiens et celui que les Anglais craignaient le plus, était dans la même section de prison que les Acadiens ordinaires. Sa petite-fille, Élizabeth Isabelle, est née dans le camp, et son neveu, Joseph Grigoire, y est décédé, laissant derrière lui une veuve et trois enfants en bas âge.

Il y eut même des mariages durant cette période. Étant donné qu'aucun curé catholique n'était sur place, c'est un pasteur protestant qui venait célébrer les mariages et les baptêmes. Les Acadiens appelaient cela des « rituels blancs », qui devaient ensuite être approuvés par un prêtre catholique dès que possible. Plusieurs de ces « rituels blancs » furent réhabilités après de longues années et dans des endroits bien loin de l'Acadie, comme Saint-Malo ou la Louisiane.

* * * * *

Le lieutenant-gouverneur de la Nouvelle-Écosse, Jonathan Belcher, tenait à tout prix à déporter les Acadiens qui restaient sur son territoire, même si son commandant en chef, le général Amherst et les *Lords of Trade* de Londres lui recommandaient fermement de les laisser vivre en Nouvelle-Écosse. À l'été de 1762, Belcher se servit de quelques incidents mineurs de désobéissance pour justifier son projet et se débarrasser une fois pour toutes du « problème acadien ».

À la mi-août, plus de mille deux cent prisonniers acadiens montaient à bord de cinq navires à destination de Boston. Jeanne, Pierre et leurs enfants étaient dans le même navire; les résistants considérés dangereux comme les frères Dugas restèrent sur l'île Georges. Le pire cauchemar de Jeanne était devenu réalité. La déportation! Elle avait tout fait pour l'éviter. Où s'en allaient-ils? Personne ne le leur avait dit. Comment allaient-ils faire pour survivre? Elle s'inquiétait en vain. Le conseil du Massachusetts refusa catégoriquement d'accepter un seul autre Acadien. Après avoir passé près de trois semaines dans le port de Boston, les bateaux n'eurent d'autre choix que de revenir à Halifax, à l'Île Georges.

Cette expérience fut éprouvante pour Jeanne, même si les rations de nourriture qu'on leur donnait étaient meilleures qu'en prison et qu'ils pouvaient respirer un peu d'air pur. Dès qu'ils furent au large, on leur donna la permission de monter sur le pont quelques heures par jour. Tout cela était loin d'être facile pour ces passagers qui, après avoir vécu le stress et l'inquiétude de se voir arrachés de leur territoire pour être déportés, devaient retourner dans la prison d'où qu'ils avaient quittée quelques semaines plus tôt.

En retournant dans sa cellule avec les siens, pendant un bref moment, Jeanne se dit qu'elle n'avait plus la force de continuer. Elle pensa à sa belle-sœur Anne et à sainte Anne. « Pas de place pour les émotions. Sois forte. Avance. »

* * * * *

Un jour d'octobre, lorsque Pierre revint du travail, il annonça qu'il avait entendu dire que Joseph et Abraham et leurs familles s'étaient échappés de l'Île Georges avec d'autres partisans. Celui qui l'en avait informé n'avait aucune idée de comment ils avaient réussi ce tour de force. Ils avaient dû recevoir l'aide de quelqu'un de l'extérieur.

Jeanne se mit à sangloter doucement. Elle n'était pas surprise que Joseph ait réussi à s'échapper. Mais comment avait-il pu partir sans elle? Elle savait que ce n'était pas raisonnable de penser cela, mais elle se sentait malgré tout trahie. Elle ne pouvait pas s'attendre à ce qu'il tienne la promesse qu'il lui avait faite quand elle n'avait que dix ans – leur famille resterait toujours unie – mais elle se sentait blessée. Elle souhaitait sincèrement qu'il ne se fasse pas capturer de nouveau et qu'on le ramène à l'Île Georges. Elle connaissait le sort qu'avaient subi les prisonniers qui avaient essayé de s'enfuir : ils s'étaient fait fouetter sans pitié, certains avaient même été pendus.

* * * * *

L'hiver 1763 aussi fut cruel pour les prisonniers acadiens. Les gardes semblaient de moins en moins intéressés à s'occuper d'eux et certains prisonniers abusaient des autres. Jeanne n'en revenait pas de voir à quel point certains Acadiens étaient devenus insensibles à la souffrance des autres. Après tout, se disait-elle, chacun ne faisait-il pas tout simplement de son mieux pour survivre?

Elle savait que le vol et la prostitution faisaient partie de la réalité. Un jour, une jeune veuve, pensant que Jeanne la critiquait, se retourna et lui dit : « Jeanne, j'essaie juste de donner à manger à mes petits. C'est pour eux que je fais ça. Peux-tu comprendre ça? »

« Oui, je comprends », répondit Jeanne. « Je ne te juge pas, j'aurais voulu t'aider au lieu. » À partir de ce jour-là, Jeanne lui donna un peu de nourriture quand elle le pouvait, mais c'était loin d'être suffisant.

CHAPITRE 40

En février 1763, au bout de sept longues années, le traité de Paris mettait fin à la guerre entre la France et l'Angleterre. Toutefois, lorsque les premiers navires arrivèrent en Nouvelle-Écosse ce printemps-là et que la nouvelle se répandit, aucun changement immédiat n'affecta la vie des prisonniers acadiens qui vivaient sur l'Île Georges.

* * * * *

La guerre était finie. Le printemps était particulièrement froid et humide et la fièvre fit son apparition. Jeanne faisait son possible pour soigner les malades, mais elle n'avait pas de plantes médicinales ni de bonne nourriture à leur offrir. Elle supplia les gardes de l'aider. Un militaire de haut rang vint la voir, un mouchoir sur le nez.

« Monsieur », dit-elle, « beaucoup de prisonniers ont la fièvre. Je pourrais les aider si j'avais des plantes médicinales et peut-être un peu de poisson frais. Sans cela, beaucoup d'enfants risquent de mourir. »

« Dommage, Madame », répondit-il froidement, « sachez qu'ils ne nous manqueront pas. Ça nous en fera moins à notre charge, hein? » Il se retourna et sortit aussitôt.

Pierre, debout à côté de Jeanne, lui cria, « Monsieur ! »

L'homme continua de marcher sans se retourner. Voyant le visage bouleversé de sa femme, Pierre dit : « Jeanne, tu ne peux rien faire. Viens. » Il lui passa un bras autour de la taille et la ramena dans la cellule. « Reste dans notre cellule », supplia-t-il, « sinon, tu vas attraper la fièvre, toi aussi. Et la donner aux enfants. »

« Ah, je pense que je l'ai déjà. » Elle posa une main sur son front chaud et fiévreux.

« Jeanne… » Pierre prit la relève. Il insista pour qu'elle reste couchée et qu'elle se repose. Il demanda aux enfants de s'en éloigner le plus possible. Il donna à Jeanne les rations de nourriture qui étaient destinées à lui et prenait dans celles des enfants, essayant de ne pas trop se sentir coupable. Jeanne était terrifiée par ce qui se passait. Elle était trop faible pour agir. Elle n'avait même pas la force de prier. « Qu'est-ce que ça changerait ? » demanda-t-elle à Pierre. « Je ne sais pas », répondit-il, « mais moi, en tout cas, je prie aussi fort que je peux. Tu ne peux pas nous abandonner, Jeanne. Bats-toi ! Tu te battrais pour nous sauver, moi et les enfants. Et bien, bats-toi pour te sauver toi ! »

Le Bon Dieu travaille d'une manière étrange, pensa-t-elle plus tard. Elle survécut, mais inévitablement, les enfants attrapèrent la fièvre à leur tour. Pierrot, Angélique et Nono, les trois enfants moururent. Marie l'attrapa elle aussi, mais étant plus grande et plus forte, elle s'en réchappa. Jeanne commençait à peine à se rétablir lorsque ses enfants moururent. Elle était encore très faible. Pierrot et Nono, amis inséparables, restèrent liés jusqu'à la fin. Ils moururent le même jour. Angélique mourut le lendemain.

À un moment donné, Pierre vit que Jeanne essayait de se lever.

« Non, non, Jeanne, tu n'es pas encore assez forte. » Il enveloppa les trois petits corps dans une vieille couverture et quelques linges et les apporta à Jeanne pour qu'elle les touche une dernière fois.

« Je vais voir si quelqu'un peut m'aider à les enterrer », dit-il. « Marie, reste avec maman et ne la laisse pas se lever. » Marie vint s'asseoir auprès de sa mère désespérée. « Maman », dit-elle, « J'ai tellement de peine. Est-ce que tu aurais mieux aimé que ce soit moi qui meure? À la place d'Angélique, Pierrot ou Nono? » Ah, mon Dieu! Elle prit Marie dans ses bras en pleurant.

* * * * *

Le sort des prisonniers acadiens restés sur l'île Georges demeura incertain durant de longs mois encore. Le lieutenant-gouverneur Jonathan Belcher fut remplacé par Montague Wilmot. Malgré les instructions officielles que ce dernier avait reçues d'utiliser tous les moyens légaux en son pouvoir pour persuader les Acadiens de s'établir en Nouvelle-Écosse, il n'avait aucune intention de les relâcher. Lorsque Wilmot se rendit compte qu'il était incapable de convaincre les *Lords of Trade* de déporter les Acadiens, il présenta aux prisonniers un plan visant à les décourager de s'établir en Nouvelle-Écosse. Il leur fit accroire que le seul moyen pour eux de retrouver la liberté était d'accepter d'être déportés. Ainsi, à l'automne 1763, Joseph Broussard dit Beausoleil prenait la tête de plus de six cents Acadiens divisés en deux groupes et quittait Halifax en direction des Antilles.

D'autres, comme le chef de la résistance Pierre Surette II, refusa de quitter le territoire de ses ancêtres. Lui et sa famille, de même que d'autres Acadiens qui l'appuyaient, restèrent sur l'île Georges jusqu'à ce que Wilmot soit finalement forcé de les relâcher. Jeanne, Pierre et Marie faisaient partie des derniers prisonniers à être libérés au printemps 1764, après avoir enduré trois longues années de froid, de faim et de misère.

CHAPITRE 41

À la fin du printemps 1764, le dernier groupe de réfugiés quittait la prison de l'Île Georges, déprimé et en guenilles. Épuisés, affamés, mal vêtus, ils embarquaient en silence dans les chaloupes qui les emmèneraient sur la terre ferme. Même les gardes ne disaient rien. C'était une fin humiliante autant pour les prisonniers que pour leurs ravisseurs.

Les chaloupes se dirigèrent vers Chezzetcook, un petit village d'Acadiens et de Mi'kmaq pas très loin de Halifax. Les Acadiens de ce village avaient eu la permission d'accompagner l'abbé Maillard dans la région de Halifax en 1760. Ils faisaient un peu de pêche et d'agriculture et fournissaient du foin et du bois aux gens de Halifax. Ils étaient heureux d'accueillir ce nouveau groupe d'Acadiens. « C'est par pitié », se disait Jeanne, « pourtant, on le mérite, il me semble. »

Jeanne se sentait étourdie en arrivant à Chezzetcook. Était-ce parce qu'elle était physiquement faible ou parce qu'elle avait perdu l'habitude de se sentir libre? Pierre et Marie la regardaient, inquiets de la voir si pâle. Elle entendit Pierre dire : « Madame, ma femme a été malade et elle n'a pas encore repris ses forces. » La femme laissa échapper un petit cri et s'avança vers Jeanne. « Venez avec moi », dit-elle. Ils avaient tous besoin de nourriture, de repos et d'espoir. Petit à petit, ils reprirent vie. La plupart d'entre eux eurent le temps de s'intégrer à la vie communautaire avant que l'hiver ne vienne frapper à la porte. Certains avaient décidé de partir se réfugier ailleurs et étaient revenus pour donner des nouvelles de ceux qui avaient quitté l'Île avant eux.

C'est ainsi que Jeanne apprit qu'après s'être enfui de l'Île Georges en 1762, son frère Joseph s'était réfugié à Chedabouctou, près de Canceau. Peu après, il avait contracté un mariage blanc avec une certaine Louise Arseneau. Deux ans plus tard, ils avaient déménagé à l'Île de Miquelon. Joseph Leblanc dit Le Maigre les avait suivis.

* * * * *

Jeanne, Pierre et Marie passèrent près de deux ans à Chezzetcook. Vivre dans une communauté acadienne leur faisait du bien. Ils reprenaient des forces. Les hommes donnaient un coup de main là où ils le pouvaient et en tiraient un peu d'argent. Après un certain temps, Pierre se mit à construire une petite goélette avec l'aide de deux autres hommes. Jeanne recommença à aider les femmes à accoucher et à soigner les malades avec des plantes médicinales. Les rires et les chansons aidaient à faire passer les mois d'hiver. Mais il n'était pas facile de changer les vieilles manières de penser et les vieilles habitudes. Les gens continuaient à discuter, à la manière des Acadiens, du pour et du contre de rester à Chezzetcook. Ceux qui disaient qu'il était préférable de partir se demandaient quel était le meilleur endroit où aller.

Durant l'hiver 1766, ils apprirent que la *Charles Robin Company* avait établi un poste de pêche à Neireishak, à l'Île Madame. Pierre pensait qu'il pourrait peut-être gagner plus là-bas. De plus, cela les éloignerait un peu des autorités anglaises de Halifax. Quant à Jeanne, elle ne demandait pas mieux que de s'installer le plus loin possible de la prison de l'Île Georges.

Au printemps, ils partirent à bord de leur nouvelle goélette s'installer à Petit-de-Grat, à l'Île Madame. Joseph

Richard dit Matinal et sa femme, Marie Marguerite Thibodeau, les accompagnaient. Joseph Richard était le deuxième cousin de Jeanne du côté de sa mère, Marguerite Richard. Joseph Richard, qui s'inquiétait de ce qui était arrivé à ses sœurs, Rosalie et Anne, se demandait si elles ne pourraient pas se trouver quelque part au Cap-Breton ou à Chedabouctou. Il avait hâte d'avoir de leurs nouvelles.

* * * * *

Le sol de Petit-de-Grat était rocailleux et aride, peu propice à l'agriculture. Une brume arrivait de la mer au printemps et semblait envahir la région pendant des jours, mais le port restait ouvert toute l'année et la pêche était abondante. Ils dénichèrent une couple de cabanes de pêcheurs rudimentaires qui leur semblaient presque luxueuses à comparer aux cellules de prison qui continuaient de hanter Jeanne.

Pierre Bois et Joseph Richard durent apprendre comment pêcher la morue commercialement. Ils réussirent à se faire engager par les propriétaires d'un gros bateau de pêche qui travaillaient à partir de Petit-de-Grat pour la compagnie *Robin*. C'était un travail épuisant. Pierre se disait que s'il avait fallu qu'il travaille aussi dur en sortant de prison, il n'aurait pas survécu. Jeanne se sentait plus proche de lui qu'avant, sachant qu'il traversait une période difficile. Maintenant que son frère Joseph ne faisait plus partie de sa vie, elle se donnait plus entièrement à son rôle d'épouse et elle était de nouveau enceinte.

À l'été, elle mit au monde un petit garçon qu'ils appelèrent Régis. Elle fut touchée de voir le bonheur qui se lisait sur le visage de Pierre la première fois qu'il vit son fils. Elle se rendit compte avec un pincement au cœur qu'elle avait été tellement absorbée par son propre chagrin suite à la mort des trois enfants qu'elle n'avait pas vraiment porté attention à celui de Pierre. Ils n'avaient pas été capables de parler de Pierrot, d'Angélique et de Nono depuis leur décès.

Un jour, lorsque Régis avait quatre ou cinq mois, Pierre s'amusait à le faire rire et dit : « Te rappelles-tu, Jeanne, comme Pierrot et Nono avaient le don de nous faire rire ? »

« Oui », dit-elle, se rappelant ces bons moments. Ce fut l'occasion de parler ensemble des deux garçons et des drôleries qu'ils faisaient. Jeanne se mit prudemment à espérer que la vie leur sourirait de nouveau.

* * * * *

Après avoir passé deux saisons à Petit-de-Grat, Pierre décida de déménager à Neireichak, où se trouvait le siège de la compagnie *Robin*. Le climat et les conditions de vie y seraient moins rudes et il pourrait travailler comme constructeur de navires durant l'hiver. Les Acadiens n'avaient pas le droit de posséder de terre, mais certains s'installaient tout simplement sur des terres inutilisées. Joseph Richard, dit Matinal les suivit à Neireishak. Ils constatèrent que de plus en plus d'Acadiens venaient habiter dans l'Île Madame depuis la fin de la guerre de Sept Ans. Ils arrivaient de la baie des Chaleurs, de Port Toulouse, des prisons, de leurs cachettes dans le bois et des endroits où ils avaient été déportés. Ils avaient tous traversé de grandes épreuves et certains en parlaient en détail comme pour se soulager, alors que d'autres préféraient souffrir en silence.

Pierre et Joseph Richard ne mirent pas longtemps à trouver une terre où ils pourraient se construire deux maisons simples l'une à côté de l'autre. Ils décidèrent de pêcher avec leur goélette cet été-là et de vendre leur poisson aux *Robin*, de manière à en tirer plus de profits à condition que les prises soient bonnes. L'hiver venu, tel que prévu, Pierre se trouva du travail dans la construction de navires.

Les Acadiens n'avaient aucune chance de devenir des commerçants à l'Île Madame, car des lois anti-catholiques leur interdisaient de faire du commerce, d'occuper un poste public, de voter, d'enseigner, d'aller à l'école et de posséder une terre. Les Anglais avaient encouragé les frères *John* et *Charles Robin* à immigrer des îles Jersey à la Nouvelle-Écosse. Étant huguenots, ils parlaient français et pouvaient faire des affaires avec les Acadiens. Ils furent des hommes d'affaires et des commerçants très réputés dans la région, profitant de privilèges auxquels les Acadiens n'avaient pas droit. Ils savaient exploiter la situation à leur avantage. Lorsqu'on les nomma à des postes importants au sein du gouvernement et de l'armée, ils en profitèrent encore plus.

* * * * *

Pour Pierre, Jeanne et leurs enfants, la vie était malgré tout plus facile à Neireishak. Leur maison était simple mais bien isolée, ce qui représentait une nette amélioration par rapport aux cabanes de pêcheurs où ils habitaient à Petit-de-Grat. Le sol était non seulement moins aride, mais aussi plus facile à labourer. Les légumes poussaient bien et ils ne tardèrent pas à avoir les moyens de se procurer une vache et des poules.

Régis avait trois ans lorsque Jeanne donna naissance à une petite fille, Geneviève. La grossesse fut difficile, car Jeanne avait presque quarante ans, mais elle était heureuse d'avoir un autre enfant. Marie avait alors seize ans et Jeanne était émerveillée de voir avec quelle douceur sa grande fille prenait soin des petits, elle dont l'enfance n'avait pas été de tout repos.

En 1770, lorsqu'elle avait à peine dix-huit ans, Marie rencontra Pierre Raymond Poirier, un homme qui avait presque dix ans de plus qu'elle. Jeanne et Pierre ne savaient rien de lui, sauf qu'il était acadien. Jeanne était méfiante. Elle demanda à

Pierre si d'après lui, ce serait une bonne idée de leur demander d'attendre au moins qu'un prêtre vienne célébrer leur mariage en bonne et due forme.

« Jeanne, tu protèges trop ta fille », répondit-il. « Raymond a l'air d'avoir de l'allure, voyons! Et puis, on n'a aucune idée de quand un prêtre veindra dans les parages. »

Jeanne, elle, trouvait que la vie était encore remplie de complications et d'incertitudes. Marie pourrait décider de suivre Raymond ailleurs, Dieu sait où, et sans même que ses parents ne le sachent, ne pas se sentir bien à ses côtés. Elle décida de poser la question directement à sa fille : « L'aimes-tu, Marie? Est-ce que tu veux juste le marier parce que ça t'arrangerait, parce que ce serait la chose à faire? Honnêtement, dis-moi, Marie, pourquoi veux-tu le marier? » Jeanne supplia sa fille de répondre, car elle ne voulait pas que comme elle, elle épouse un homme un peu à contrecœur.

« Maman, je suis sûre que Raymond est l'homme de ma vie. Vraiment. Tu n'as pas besoin de t'inquiéter, je ne vais pas vous abandonner pour aller vivre ailleurs. Raymond veut rester ici. Je l'aime vraiment, maman. Et je sais que je ne pourrais pas aimer quelqu'un d'autre. »

Marie ne voulait pas manquer de délicatesse envers sa mère et Jeanne fut tout de même un peu prise de court. L'intelligence et l'instinct de sa fille ne cessaient de l'émerveiller. Parfois, elle avait même l'impression que Marie était plus mature qu'elle.

« Très bien, Marie » dit Jeanne avec réticence en embrassant sa fille. « Mais j'espère que tu comprends que pour le moment, il faudra que ce soit un mariage blanc. »

« Oui, maman, bien sûr que je comprends ça. » Le visage de Marie était illuminé de bonheur. Elle partit en courant comme une petite fille parler de tout cela à Raymond.

Jeanne pria en silence : « Ah, mon Dieu, si vous avez encore la patience d'entendre mes prières, je vous en supplie, protégez-la ».

Marie et Raymond prononcèrent leurs vœux d'amour devant un aîné de la communauté acadienne par un beau jour d'été, en même temps qu'un autre couple, Augustin Deveau et Rosalie Richard. Joseph Richard dit Matinal avait en effet retrouvé ses sœurs Rosalie et Anne à l'Île Madame. Anne avait conclu un mariage blanc depuis quelques années et avait déjà cinq enfants. Rosalie s'était réfugiée avec sa sœur et elle avait épousé Augustin Deveau. Selon la tradition, il n'y avait pas de célébrations après un mariage blanc. Voyant sa fille rayonnante de bonheur ce jour-là, Jeanne se dit que de toute façon, ce n'était pas nécessaire.

* * * * *

Un an après ces mariages blancs, un missionnaire du nom de Charles François Bailly vint faire une visite pastorale à l'Île Madame. Il en profita pour bénir les deux mariages blancs et pour baptiser les enfants nés depuis la dernière visite d'un curé dans la région. L'été était à la célébration.

Raymond Poirier et Marie Bois, Augustin Deveau et Rosalie Richard, Joseph Gaudet et Anne Richard, tous ces couples firent bénir et officialiser leurs mariages. Deux jours après la cérémonie, Marie donnait naissance à un petit garçon, Laurent. L'abbé Bailly le baptisa le jour même. Le baptême des enfants de Jeanne, Régis et Geneviève, fut aussi officialisé. Régis avait déjà cinq ans et Geneviève, deux ans.

L'abbé Bailly dit à tous ceux qu'il avait bénis qu'ils vivaient maintenant « dans la paix du Saint-Esprit ». Jeanne se demanda quelle différence cela pouvait bien faire. Elle reconnaissait que ces rituels avaient au moins l'avantage de donner une certaine structure à leur vie, même si Dieu semblait souvent indifférent à leurs besoins.

* * * * *

Les cinq années suivantes furent plutôt paisibles. La vie de Jeanne était centrée sur sa famille. Marie et Raymond habitaient tout près, de même que Joseph Richard dit Matinal. Ils aménagèrent leur petite maison, agrandirent le jardin et achetèrent d'autres animaux.

Jeanne tint la promesse qu'elle s'était faite : dès que Régis fut assez grand, elle se mit à lui enseigner l'alphabet, puis la lecture et l'écriture. Elle était heureuse de constater à quel point il apprenait vite. Elle n'avait pas eu la chance d'enseigner tout cela à Marie lorsqu'elle était petite : ils étaient alors continuellement en train de déménager, luttant pour survivre. Maintenant que Marie était adulte et qu'elle avait ses propres enfants à élever, apprendre à lire et à écrire ne l'intéressait plus. Jeanne était déçue, mais elle comprenait.

Jeanne poursuivait aussi son travail de sage-femme. Elle emportait toujours sa statuette de sainte Anne et elle utilisait maintenant son beau châle brodé pour emmailloter les bébés avant de les baptiser. Lorsqu'elle était en prison, les pauvres mères n'avaient souvent qu'un bout de guenille avec lequel couvrir leur nouveau-né. Le châle lui permettait de pratiquer le rituel avec un peu plus de dignité. Elle se demandait parfois combien de ces bébés étaient encore en vie, même si l'Île Georges occupait de moins en moins ses pensées. La perte de Pierrot, Nono et Angélique était une blessure qui resterait ouverte à jamais dans son cœur et elle continuait de prier pour eux, mais petit à petit, elle apprenait à vivre malgré sa peine.

Elle se rappela ce que sa mère lui avait dit un jour : « J'espère que tu ne perdras jamais un seul enfant, ma petite Jeanne, mais si jamais ça arrive, souviens-toi que tout ça est dans les mains du Bon Dieu. Et qu'il faut que tu continues d'avancer coûte que coûte. » Oui, maman, pensa-t-elle, mais toi, tu ne t'es jamais demandé pourquoi Dieu permettait ça?

Jeanne Dugas commençait aussi à accepter d'avoir perdu sa chère Acadie. Elle espérait pouvoir continuer à vivre en paix, qu'il n'y ait plus jamais de guerre et que sa vie d'errance soit terminée une fois pour toutes.

CHAPITRE 42

Personne n'aurait pu prévoir l'impact de la guerre de l'Indépendance américaine sur la petite enclave acadienne de l'Île Madame. En septembre 1776, un premier lieutenant occupant temporairement le rang de capitaine, John Paul Jones, arriva au large de la Nouvelle-Écosse à bord du *Providence,* en quête de provisions et de matelots. Après avoir attaqué Canceau, il s'en prit aux bateaux de pêche et aux navires marchands de Neireishak et de Petit-de-Grat. Prenant tout le monde par surprise, il réussit à capturer neuf navires jersiais, quelques navires acadiens et plusieurs membres d'équipage appartenant à ces navires. Il pilla aussi les entrepôts des *Robin,* s'emparant d'une importante quantité de morue séchée et d'autres provisions, puis détruisit l'établissement au complet. Ce raid fut désastreux non seulement pour les *Robin,* mais aussi pour tous ceux qui tiraient leur gagne-pain de cette entreprise.

C'était absurde. Pourquoi un navire des colonies anglaises s'attaquait-il à la Nouvelle-Écosse, devenue elle aussi une colonie anglaise? Selon les Acadiens, il s'agissait d'un pirate ou d'un corsaire, et non pas d'un navire militaire, car il n'y avait aucune justification politique à cela.

Craignant de nouvelles attaques, *John Robin* partit rejoindre son frère *Charles,* qui avait établi un poste de pêche à Paspébiac, dans la Péninsule gaspésienne au cours des années 1760.

* * * * *

Après toutes les épreuves qu'elle avait traversées, avoir à faire face à cette situation juste au moment où elle pensait avoir enfin trouvé un havre de paix fut une expérience dévastatrice pour Jeanne. Elle replongea dans les mêmes angoisses qu'elle avait connues depuis la première chute de Louisbourg.

Pierre était atterré lui aussi. « Je regrette, Jeanne », dit-il, comme si c'était de sa faute.

Elle secoua la tête, en pleurs.

Avant de partir, *John Robin* avait encouragé les Acadiens de l'Île Madame à le suivre à Paspébiac afin de continuer à pêcher pour la compagnie *Robin*. Environ un mois plus tard, un groupe d'Acadiens mettait le cap sur Paspébiac. Jeanne, Pierre et leurs enfants, ainsi que Marie et Raymond Poirier faisaient partie du groupe. Ils furent suivis des familles de Joseph Richard dit Matinal, d'Augustin Deveau et de Joseph Gaudet.

* * * * *

Le barachois de Paspébiac n'était alors qu'un poste de pêche; ce n'était même pas un village. Il s'agissait d'un coin isolé de la Gaspésie situé entre les montagnes et la mer. Avec son banc de sable en forme de triangle entouré d'une lagune, le barachois permettait aux chaloupes utilisées pour la pêche côtière de naviguer en toute sécurité. C'était aussi un excellent endroit où saler et faire sécher le poisson. *Charles Robin* y avait établi un commerce payant et possédait plusieurs bâtiments et entrepôts. Toutefois, les habitations réservées aux pêcheurs et à leurs familles n'étaient pas plus confortables que celles de l'Île Madame.

Deux ans plus tôt, *John* et *Charles Robin* invitèrent des Acadiens exilés en France à revenir en Amérique du Nord et à traverser l'Atlantique à bord de leurs propres navires. Environ quatre-vingts Acadiens acceptèrent. *Charles* en emmena un groupe à Bonaventure et à Tracadigache, où certains avaient de la parenté, et *John* emmena les autres au Cap-Breton. *Charles* faisait aussi du commerce avec la communauté mi'kmaq installée à l'embouchure de la rivière Ristigouche.

Jeanne se disait que si les hommes de l'Île Madame maîtrisaient maintenant très bien les techniques de pêche, les femmes et les enfants, eux, avaient perfectionné l'art de s'enfuir rapidement en cas de menaces pour aller se réfugier Dieu sait où. Elle et les siens se sentaient en sécurité à Paspébiac. Elle s'efforçait de rester forte, tout en souhaitant secrètement ne pas avoir à y passer le reste de ses jours. Au moins, elle se sentait encore utile. Sa famille avait besoin d'elle. Elle aidait encore à mettre des enfants au monde et prenait soin des malades. Ils avaient rarement de la visite, sauf parfois des familles mi'kmaq. Elle ne pouvait s'empêcher de penser à Martin et se sentait coupable à chaque fois. Si seulement elle pouvait être certaine qu'il n'avait pas essayé de la contacter avant de se faire tuer. Joseph ne lui avait pas dit grand-chose et Jeanne n'avait pas osé l'implorer de lui en dire plus, peut-être parce qu'elle avait peur que sa réponse ne lui fasse encore plus de peine.

Ils s'arrangeaient. Ils amélioraient tranquillement le confort de leurs cabanes de pêcheurs; Régis et Geneviève grandissaient. Maintenant que Marie était mariée et qu'elle avait sa propre famille, Jeanne était contente d'avoir ses deux plus jeunes avec elle. Marie ne mit pas de temps à mettre au monde une petite fille qu'elle appela Eulalie. La mère de Jeanne aurait dit : « Apprécie ce que tu as. » C'était ce qu'elle faisait.

* * * * *

À la fin juin 1778, à peine deux ans après leur arrivée à Paspébiac, deux navires-corsaires lourdement armés apparurent tout à coup à l'horizon. Ils saisirent le navire *Hope* de *Charles Robin*, qui contenait presque 2 000 quintaux de morue séchée, puis dirigèrent le navire vers les colonies anglaises. Un autre navire chargé de morue séchée fut capturé quelques semaines plus tard. *Charles Robin*, pris en otage, réussit à s'enfuir dans la forêt durant la nuit. Il décida de s'en retourner vers sa terre natale, l'île de Jersey. Les corsaires américains continuèrent leur ravage le long de la côte nord de la baie des Chaleurs, pillant les magasins et les postes de pêche avant de brûler les bâtiments qu'ils venaient de vider.

La famille de Jeanne et Pierre dut à nouveau s'enfuir avec d'autres. D'une manière ou d'une autre, il y avait toujours un nouvel endroit où se réfugier. Jeanne ne pouvait s'empêcher de se demander si le Bon Dieu ne manquait pas un peu de générosité quant à la destination où il les envoyait. Chaque fois, ils peinaient à survivre et à refaire leur force avant de devoir reprendre la fuite. Cette fois-ci, ils se rendirent aux Îles-de-la-Madeleine.

« Je regrette, Jeanne. Je suis sûr que ce ne sera pas pour longtemps », dit Pierre. « La guerre dans les colonies anglaises ne durera pas éternellement. Quand ce sera fini, on retournera chez nous, je te le promets. »

* * * * *

Les Îles-de-la-Madeleine étaient une chaîne de douze petites îles situées dans le fleuve Saint-Laurent, à environ soixante miles de l'Île Royale et à quatre-vingts miles de l'Île-Saint-Jean. La plupart des îles étaient reliées entre elles par des bancs de sable.

Les Acadiens de Paspébiac mirent le cap sur Havre-Hébert, l'île la plus au sud. Richard Gridley, un officier et ingénieur de l'armée anglaise y avait établi un poste de pêche en 1763, à la fin de la guerre de Sept Ans. Les îles avaient été utilisées comme postes de pêche saisonniers auparavant et Gridley avait réussi à y installer un premier établissement permanent. Il avait persuadé, entre autres, plusieurs familles acadiennes à venir travailler pour lui à Havre-Hébert. On y pêchait la morue durant l'été et l'hiver venu, on pratiquait la chasse aux phoques et aux morses afin d'en obtenir la fourrure et l'huile.

Tous les Acadiens de Paspébiac ne partirent pas pour les Îles-de-la-Madeleine. Jeanne et Pierre faisaient partie du groupe qui vint s'y installer. Marie et Raymond avaient voyagé avec leurs parents et d'autres les avaient suivis dans leurs chaloupes.

Les conditions de vie étaient semblables à celles des autres postes de pêche et ils étaient habitués à vivre ainsi. Le climat était même un peu plus tempéré à Havre-Hébert qu'à Paspébiac, les hivers étant un peu plus doux et les étés, plus frais. Il ventait à longueur d'année et le vent était encore plus fort durant l'hiver. Lorsque la glace se formait autour de l'île, ils étaient complètement isolés et ne voyaient que du blanc partout autour d'eux. Les hommes étaient habitués à pêcher la morue, mais la chasse au morse et au phoque était encore plus dure. Ils se gelaient les mains et les pieds sur la banquise durant l'hiver et au début du printemps. Apprêter les morses et les phoques n'était pas facile non plus. Pierre était le plus vieux du groupe et Jeanne craignait que ce travail ne soit trop difficile pour lui. Évidemment, il ne l'aurait jamais avoué.

Au printemps 1781, l'équipage du premier bateau à accoster dans la région leur apprit que la guerre entre l'Angleterre et ses treize colonies tirait à sa fin et que les colonies avaient obtenu leur indépendance.

Jeanne voulait à tout prix retourner à l'Île Madame ou au moins quelque part au Cap-Breton. Elle achalait sans arrêt Marie et Raymond pour qu'ils acceptent de partir avec eux. Quand ils discutèrent ensemble des avantages et des inconvénients de retourner chez eux, Pierre ne semblait pas du tout convaincu qu'ils devraient quitter Havre-Hébert. Jeanne se demanda si c'était parce qu'il pensait qu'ils étaient plus en sécurité là où ils étaient, ou si c'était parce que Pierre se sentait incapable de faire face à un autre déménagement. À la fois inquiète et frustrée, Jeanne lui dit : « Je ne vais tout de même pas me taire en attendant de voir ce que vous, les hommes, vous allez décider. » Pierre répliqua en plaisantant à moitié : « De toute façon, c'est toujours toi qui finis par décider. » Elle le fixa du regard. « Pendant la moitié de notre vie, on a suivi ton frère Joseph », ajouta-t-il. Ce que Pierre disait était vrai et troublant. « Pierre, je m'excuse. Je regrette vraiment. Mais de grâce, écoute-moi juste une dernière fois. Tu m'avais promis qu'on retournerait chez nous un jour ». Ils décidèrent de partir.

LE RETOUR

———

CHAPITRE 43

Au début de l'été 1781, Jeanne et Pierre, Marie et Raymond Poirier et leurs familles élargies retournaient à l'Île Madame. Ils y trouvèrent un plus grand nombre d'Acadiens que lorsqu'ils avaient quitté l'île cinq ans auparavant. C'étaient des gens qui, comme eux, avaient hâte de retourner vivre dans leur coin de pays. Une fois sur place, Jeanne et Pierre découvrirent que des Acadiens occupaient leurs petites maisons. Comme ils n'en avaient jamais été légalement propriétaires, il ne servait à rien de leur demander de les ravoir. Ils devaient donc encore une fois repartir à zéro.

Les liens qu'ils avaient tissés avec la compagnie *Robin* n'existaient plus non plus : *John* et *Charles Robin* étaient tous deux repartis aux Îles Jersey durant la guerre de l'Indépendance américaine. La compagnie *Robin* avait encore des activités commerciales à Neireishak, mais à beaucoup plus petite échelle. D'autres Jersiais étaient venus faire du commerce, comme les Janvrin, les Bournot et les Malzard. Même si la compagnie *Robin* n'avait plus le monopole du commerce, les pêcheurs ne semblaient pas avoir plus de pouvoir pour autant.

Joseph Gaudet, Raymond Poirier et Augustin Deveau déménagèrent avec leurs familles à Petit-de-Grat. Pierre Bois et Joseph Richard dit Matinal restèrent à Arichat. Jeanne remerciait le Bon Dieu qu'ils aient pris cette décision, car elle ne pouvait pas s'imaginer avoir à faire face à la brume qui, pendant des mois, envahissait le village de Petit-de-Grat. La première saison de pêche à Neireishak ne fut pas fameuse et leurs conditions de vie, non plus.

* * * * *

Ils savaient que les *Robin* avaient établi un poste de pêche sur la côte nord du Cap-Breton à la fin des années 1760. L'endroit s'appelait Chétican. C'était un campement saisonnier pour les Mi'kmaq et personne n'y vivait en permanence. Des pêcheurs de différentes nationalités l'avaient utilisé bien des années avant l'arrivée des *Robin*. À la fin des années 1770, le poste de pêche des *Robin* comprenait de nombreux quais et entrepôts situés autour d'une anse appelée La Pointe. Après avoir effectué une brève visite dans la région à la fin de la saison de pêche de 1781, Pierre et Joseph Richard signèrent un contrat de pêche avec le poste des *Robin* de Chétican pour l'été suivant.

Les deux familles passèrent trois étés à pêcher pour la compagnie *Robin* à La Pointe. Elles habitaient dans des cabanes qui longeaient le banc de sable appelé Le Banc, en face du quai des *Robin*. Ce logis était acceptable durant l'été et la morue était abondante. À la fin de la saison, parce qu'ils avaient pêché avec leurs propres bateau, ils tiraient des profits raisonnables de la vente de leur poisson, même après avoir déduit ce qu'ils devaient au magasin des *Robin*. Jeanne et Marguerite, l'épouse de Joseph Richard, travaillaient au traitement de la morue sur la plage, où on faisait sécher le poisson. Le premier été, le gérant des *Robin* avait offert d'embaucher Régis à temps plein durant toute la saison. Jeanne refusa et Pierre était d'accord car Régis n'avait alors que seize ans. À Paspébiac, Jeanne avait vu des garçons d'à peine quatorze ans passer leurs journées à travailler pour les *Robin*, à rembourser des dettes interminables.

La compagnie *Robin* était en plein essor à Chétican, c'était évident. Elle y engrangeait plus d'argent qu'à Neireichak et elle manquait continuellement de pêcheurs et d'ouvriers pour travailler aux quais, dans les entrepôts et sur la plage. Le gérant de la compagnie proposa à Pierre et à Joseph Richard dit Matinal de s'installer à Chétican pour de bon et de recruter d'autres personnes qui seraient prêtes à en faire autant. En retour, la compagnie ferait fonctionner son entreprise durant toute l'année. Les habitants pourraient vendre leur poisson à la compagnie et acheter ce dont ils avaient besoin au magasin des *Robin*. C'était tout un défi. Ils seraient des pionniers, car l'endroit n'avait encore jamais été habité en permanence. Les deux familles discutèrent entre elles pendant des heures durant les longues soirées d'été, puis à l'automne avec les autres Acadiens de Neireishak.

Marie et Raymond étaient complètement d'accord. Jeanne se disait : « Ils sont si jeunes. Ils ne savent pas à quel point ce genre de vie peut être difficile. » Mais la vie n'aurait pas été plus facile à Neireishak ou à Petit-de-Grat. Pour une fois, tout le monde finit par s'entendre pour dire qu'ils devraient accepter la perche qui leur était tendue. Chétican était isolé, ce qui signifiait qu'ils risqueraient moins de se faire attaquer par des pirates ou des corsaires. De plus, ils étaient certains de pouvoir vendre leur poisson, et la présence des Mi'kmaq durant la belle saison allégerait leur isolement sans pour autant qu'ils se sentent menacés, au contraire. Le groupe désigna Pierre et Joseph Richard dit Matinal pour qu'ils en arrivent à une entente finale avec la compagnie *Robin* au cours de l'été 1784.

Ils passèrent l'été de 1785 à préparer leur déménagement de Neireishak et de Petit-de-Grat à Chétican. Au début de l'automne, les familles de Jeanne et Pierre Bois, de Marie et Raymond Poirier, de Joseph Richard dit Matinal, d'Augustin Deveau et de Joseph Gaudet levaient l'ancre en direction de Chétican. Un mois plus tard, trois autres familles acadiennes venaient s'installer à Chétican.

CHAPITRE 44

Le port de Chétican était formé au nord d'une péninsule qui longeait la terre ferme. Le port était presque complètement ensablé, de sorte que seuls les petits bateaux peu profonds pouvaient y circuler. La péninsule, que tout le monde appelait l'île, était rattachée à la terre ferme par une bande de terre appelée Le Banc. La compagnie *Robin* avait construit un quai et des bâtiments à l'extrême sud de l'île où l'eau était profonde.

La côte était rocheuse. Elle était recouverte de sapins, d'érables et de bouleaux, avec des montagnes en arrière-plan. En face du port de Chétican, une colline longeait la presqu'île et entre cette colline et les montagnes se trouvait une vallée. Il aurait été plus logique pour les Acadiens de s'installer près de Le Banc, mais ils choisirent plutôt la vallée qui, cachée de la mer, les protégeait contre tout pirate ou corsaire qui aurait pu rôder dans les alentours. La vallée finit par s'appeler Le Platin. Un petit groupe d'Acadiens s'installa au nord de Le Plantin, dans un endroit qui prit le nom de La Petite Étang. Il y avait amplement d'eau douce dans la vallée. Par contre, ces habitants étaient un peu loin de la compagnie *Robin* et du port où ils ancraient leurs bateaux.

* * * * *

Jeanne et Pierre Bois choisirent de construire leur maison dans un endroit où il n'y avait pas beaucoup d'arbres, près d'un petit ruisseau limpide. Marie et Raymond construisirent la leur de l'autre côté du ruisseau. Avant même que Jeanne ait eu le temps de s'exprimer, Raymond, qui semblait lire dans ses pensées, la rassura : « Ne vous inquiétez pas, chère belle-mère, je vais construire un pont ! » Ils se retroussèrent les manches pour que les maisons soient prêtes avant l'hiver. Ils étaient rendus habiles dans le domaine et il ne manquait pas de bois autour d'eux. Les premières habitations étaient en bois rond. Les rondins étaient coupés grossièrement, les murs étaient étanches et assez bien isolés, ce qui les protégeait contre les intempéries. Lorsque le travail nécessitait plus de bras, tous venaient prêter main-forte. Ensuite, à mesure que des familles arrivaient, c'étaient à leur tour de recevoir un coup de main de ceux qui étaient déjà là.

Tel qu'entendu, le gérant de la compagnie *Robin* et deux de ses employés restèrent sur place tout l'hiver, fournissant aux Acadiens les provisions dont ils avaient besoin. Ils achetaient à crédit, promettant de rembourser leur dette dès la prochaine saison de pêche.

Pierre et Raymond avaient des projets plein la tête. Jeanne était contente de voir Pierre avoir le cœur à l'ouvrage. Elle se laissa gagner par l'enthousiasme qui régnait autour d'elle. Ils furent occupés tout l'hiver. Les hommes coupaient des arbres pour défricher le terrain et avoir du bois de chauffage. Ils faisaient des plans pour cultiver la terre et se procurer des animaux le printemps venu. Ils voulaient aussi planter du blé. Ils projetaient même de construire des bateaux.

* * * * *

À la fin de la première saison de pêche, Joseph Richard dit Matinal décida de quitter Chétican pour s'installer à Tracadie, en face de la baie Georges. La santé de sa femme Marguerite étant fragile, il craignait que le climat de Chétican soit trop rude pour elle. Jeanne était déçue de les voir partir : Joseph, son deuxième cousin, était le seul de sa parenté qui partageait encore sa vie quotidienne. Leur départ lui rappela qu'elle n'avait pas beaucoup pensé à ses frères depuis sa libération de l'Île Georges. Des Acadiens lui avaient raconté que Joseph avait été déporté de Saint-Pierre-et-Miquelon jusqu'en France, mais aucune nouvelle de Charles et Abraham. Cela lui faisait de la peine, bien que leur absence ne la fasse pas autant souffrir que par les années passées.

Jeanne avait d'autres personnes sur qui elle pouvait compter à présent, non seulement ses enfants et ses petits-enfants, mais aussi toute la nouvelle communauté d'Acadiens qui l'entourait. Elle savait qu'elle pourrait par ailleurs leur être utile en tant que sage-femme et guérisseuse. De temps à autre, des Mi'kmaq venaient lui rendre visite et elle les accueillait chaleureusement. Plusieurs connaissaient la famille Dugas, surtout Joseph, le frère de Jeanne. Cela rappelait bien des souvenirs à Jeanne, mais elle ne mentionnait jamais le nom de Martin Sauvage : il y avait une éternité que cette histoire s'était passée.

Pour elle, c'était la séparation des membres d'une même famille et l'absence de parenté autour d'eux qui avaient le plus fait souffrir les Acadiens. Elle se demandait si ces liens forts pourraient se renouer chez ceux qui avaient décidé de rester dans leur coin de pays.

* * * * *

La petite communauté de Chétican grandissait sans cesse. Un groupe d'Acadiens de l'Île-Saint-Jean vint s'y installer. Après la chute de Louisbourg, soit ils avaient été déportés, soit ils s'étaient enfuis à Miramichi. À leur retour à l'Île-Saint-Jean vers la fin des années 1760, ils avaient constaté que l'île avait été divisée en soixante-sept cantons dont les propriétaires étaient des Anglais qui n'avaient jamais mis les pieds sur l'île. Les Acadiens étaient donc traités comme des locataires et devaient payer un loyer pour la terre sur laquelle ils voulaient s'établir. De toute évidence, cela était impossible. Dans certains cas, ils n'étaient même pas au courant de la situation jusqu'à ce qu'au bout d'une dure saison de travail, on vienne leur demander de payer un prix exorbitant pour avoir le droit de rester chez eux.

De nouveaux arrivants avaient vécu une tout autre histoire. Un homme raconta qu'il avait été déporté et avait traversé l'océan Atlantique à bord du *Mary*, où 250 des 560 Acadiens avaient péri. La plupart d'entre eux étaient des enfants qu'on avait privés de tout.

Un autre navire, le *Ruby*, était parti à la dérive à cause du vent et s'était échoué sur les côtes. Seulement 120 des 310 Acadiens à bord avaient été secourus. Deux autres navires, le *Violet* et le *Duke William* avaient coulé et tous les passagers s'étaient noyés. Quant à ceux qui étaient à bord de navires ayant réussi à se rendre à destination, ils avaient eu à faire face à des conditions de vie épouvantables. Ainsi, presque 2 000 Acadiens étaient décédés durant leur déportation de l'Île-Saint-Jean.

Pierre Aucoin et son frère Joseph, nés en Acadie, avaient été déportés en Virginie en 1755. La colonie ayant refusé de les accepter, ils avaient été envoyés en Angleterre et emprisonnés dans les casernes du port de Londres. Lorsqu'on les avait relâchés pour les envoyer en France en 1763, il n'en restait plus qu'à peu près 350 sur les 1 500 qui étaient arrivés à Londres. Les autres n'avaient pas survécu. La majorité d'entre eux, dont de nombreux enfants, étaient morts de froid, de faim ou de maladie.

Grégoire Maillet s'était enfui de Grand-Pré juste avant la déportation de 1755, on l'avait capturé et déporté en France. Joseph Boudreau, lui, était né en France. Ses parents avaient été envoyés en Virginie où on leur avait refusé l'asile, puis en Angleterre, puis en France, où ils étaient arrivés en 1763. C'est là qu'il est né, deux ans plus tard. Il avait déjà vingt et un ans lorsqu'il est arrivé à Chétican.

Les familles Aucoin et Maillet, celle de Joseph Deveau et celle des Boudreau étaient toutes revenues de la France en 1773 à bord des navires des *Robin*. Chassés de la Gaspésie par des corsaires américains, tout comme la famille Bois et leur groupe, ils avaient tous été ballottés à la recherche d'un refuge permanent. Certains avaient passé des années à Saint-Pierre-et-Miquelon.

Même si Jeanne, Pierre Bois et le groupe qui les avait accompagnés dans leur errance n'avaient pas été déportés, ainsi que Paul, Basile et Jean Chiasson et Lazard Leblanc, l'histoire de leur périple, de leurs fuites, de leur emprisonnement et de leurs deuils n'était guère plus drôle.

Tous ces drames avaient comme toile de fond la mer. La mer leur avait servi de moyen de transport, elle leur avait permis de s'enfuir et de gagner leur vie lorsqu'il avait fallu passer du métier d'agriculteur à celui de pêcheur; elle avait inspiré leurs chansons et leur culture. Mais la mer avait aussi été une ennemie redoutable. Elle avait apporté la guerre jusqu'à eux et les avait forcés à se déplacer à tout bout de champ, elle les avait arrachés de leurs foyers, déportés en terre étrangère et elle avait trop souvent servi de cimetière. Jeanne comprenait pourquoi les Acadiens accordaient une si grande importance à la mer. Comme eux, elle y était très attachée. Elle le sentait au plus profond de son âme, comme si de l'eau salée lui coulait dans les veines.

Chaque année, de nouveaux Acadiens venaient se réfugier à Chétican, si bien qu'en 1790, on y comptait vingt-six familles acadiennes.

CHAPITRE 45

En 1784, l'Île du Cap-Breton formait une province distincte et séparée de la nouvelle colonie britannique. Les autorités provinciales acceptaient que les Acadiens revenus s'établir au Cap-Breton deviennent propriétaires des lots de terre qui leur avaient été accordés. Elles voulaient encourager les Acadiens à s'établir au Cap-Breton pour les empêcher d'accroître la présence français à Saint-Pierre-et-Miquelon et de faire concurrence aux activités commerciales des Anglais.

Pierre Bois était convaincu qu'ils avaient le droit d'obtenir le titre foncier de leur terre. Ainsi, au printemps 1788, il rassembla quatre des premiers habitants de Chétican et se rendit avec eux à Sydney afin d'y rencontrer le gouverneur et de lui remettre une lettre dans laquelle les habitants de Chétican demandaient de devenir officiellement propriétaires de leurs terres. Son fils Régis, qui avait écrit la lettre, les accompagnait. Régis était pendant plusieurs années le seul homme qui savait lire et écrire à Chétican. Sans avoir été nommé officiellement secrétaire de la communauté, c'était lui qui jouait ce rôle. Jeanne demanda au Bon Dieu de lui pardonner le péché de l'orgueil, car elle était très fière de son mari et de son fils.

Le 20 septembre 1790, William Maccormic, lieutenant et commandant en chef de la province du Cap-Breton signait une charte selon laquelle 7 000 arpents de terre étaient octroyés à quatorze habitants de Chétican. Les quatorze hommes qui apposèrent consciencieusement un « X » vis-à-vis leur nom étaient dans l'ordre : Pierre Bois, Pierre Aucoin, Joseph Boudreau, Joseph Gaudet, Paul Chiasson, Basile Chiasson, Joseph Deveau, Grégoire Maillet, Jean Chiasson, Lazare Leblanc, Raymond Poirier, Anselme Aucoin, Joseph Aucoin et Augustin Deveau. Le nom de Pierre Bois était en haut de la liste, de sorte que pendant de nombreuses années, cet octroi s'appelait « la grant à Pierre Bois », ce qui était tout à fait approprié puisque il en avait été le principal instigateur.

* * * * *

Jeanne savait que si ces hommes revenaient avec un octroi en mains, ce serait toute une victoire pour leur petit village acadien et une étape importante de son histoire. Les femmes de Chétican, convaincues qu'ils l'obtiendraient, avaient préparé une fête pour accueillir les hommes à leur retour. Au milieu de l'après-midi, tout était prêt. Jeanne retourna chez elle et profita d'un moment de solitude et de tranquillité pour réfléchir à sa vie et à sa communauté. Elle avait presque soixante ans et avait passé une bonne partie de sa vie à errer pareille à un matelot sans port d'attache. Heureusement, ses enfants n'auraient pas à subir le même sort. En cinq ans, ils avaient fondé un village acadien en partant de rien. Pierre et elle s'étaient bâti un vrai foyer, construisant d'abord une simple cabane de bois rond lorsqu'ils étaient arrivés et que le temps pressait, puis ils en avaient amélioré le confort petit à petit. Ils s'étaient procuré un bœuf et quelques animaux, la ferme s'était agrandie, ils y avaient ajouté une grange et un hangar. Ils avaient plein d'herbe et de foin pour les animaux, qui leur fournissaient lait, œufs et viande, et un jardin potager qu'ils agrandissaient d'année en année.

Ils avaient appris à vivre au rythme de la nature dans cette nouvelle communauté, à profiter du temps doux que la proximité de la mer offrait et à se protéger des tempêtes violentes qu'elle traînait dans son sillage. Ils savaient interpréter les signes annonçant l'arrivée d'un Suête, ces vents violents du sud-est qui forçaient les pêcheurs à rentrer chez eux au plus vite. Ils savaient quoi faire pour empêcher le vent de faire trop de dégâts dans la ferme, car le Suête pouvait être aussi terrifiant et destructeur que les pires orages.

Deux ans après leur arrivée à Chétican, Jeanne avait aidé à mettre au monde un premier bébé. Frédérick était le fils d'Augustin Deveau et de Rose Richard. Jeanne l'avait enveloppé dans son beau châle brodé, puis elle l'avait baptisé en demandant à la bonne sainte Anne de le protéger.

Pendant des années, il n'y eut aucun curé dans le village. Au cours d'un de ses voyages, Joseph Aucoin avait été autorisé par l'Église à célébrer des « cérémonies blanches » et il jouait le rôle d'aîné auprès des villageois. Les gens se rassemblaient chez lui au centre du village, chantaient des cantiques, parfois même des chansons de folklore et récitaient les prières qu'ils avaient apprises il y avait de cela bien longtemps. Joseph Aucoin célébrait des « mariages blancs » et il s'était entendu avec Jeanne pour que ce soit elle qui baptise les nouveau-nés.

Maintenant, Jeanne souhaitait ardemment que les Acadiens de Chétican puissent enfin posséder un titre de propriété, qu'ils puissent profiter en toute légalité des richesses que la terre et la mer avaient à offrir. Elle appréciait aussi les liens d'amitié qui s'étaient tissés entre les Acadiens et les Mi'kmaq. Ce peuple avait depuis toujours fait partie de sa vie et de celle de son frère Joseph. C'était rassurant de voir qu'ils habitaient tout près. C'était une manière pour elle de garder vivant le souvenir de Martin.

Se sentant un peu nostalgique, elle sortit la statuette de sainte Anne, le beau châle brodé portant les initiales de mère Saint-Joseph et son portrait d'elle dans sa robe de soie bleue, encore emballé dans le sac d'herbe tissée que Martin avait confectionné. Qui était donc cette jeune femme? Elle avait tellement changé.

* * * * *

Le village de Chétican explosa de joie lorsque les hommes arrivèrent, brandissant le précieux document. Ils avaient rapporté de petits tonneaux de rhum, qu'ils se passaient à tour de rôle. De toute évidence, ils avaient bu en chemin. Toute la communauté se rassembla, mangeant, buvant et jasant pendant des heures. Puis ils jouèrent de la musique, chantèrent et dansèrent. Ce fut une merveilleuse soirée acadienne! En rentrant à la maison, Pierre aperçut sur la table le portrait de Jeanne dans sa robe de soie bleue. « Ah, Jeanne », dit-il, « je me souviens de la première fois que j'ai vu ce portrait de toi, c'était avant qu'on se marie. C'est là que je suis tombé amoureux de toi. Depuis ce jour-là, quand je te regarde, c'est encore à cet âge-là que je te vois. » Jeanne souriait. C'est incroyable, pensa-elle, ce qu'un petit coup de rhum peut faire.

CHAPITRE 46

La vie intérieure de Jeanne, son tempérament semblèrent changer à partir du moment où ils devinrent légalement propriétaires de leur lot de terre. Elle s'en rendait compte mais ne comprenait pas trop d'où venait ce changement, le percevant plutôt comme une faiblesse. Était-ce parce qu'elle n'était plus constamment sur ses gardes, attendant la prochaine guerre, le prochain déménagement, le prochain désastre ? Était-ce une question d'âge ? Après tout, elle avait plus de soixante ans maintenant et il était normal qu'elle manque un peu d'énergie. Ou était-ce tout simplement qu'elle se demandait, en voyant ce portrait de jeunesse, à quoi sa vie aurait pu ressembler si les événements qui avaient marqué son existence s'étaient déroulés autrement ? Avait-elle vraiment fait tout ce qu'elle pouvait pour aider les autres et pour s'aider elle-même durant toutes ces années ?

Vivre dans la vallée de Le Platin provoquait aussi en elle une certaine mélancolie, car elle ne voyait pas la mer de chez elle. Elle avait passé tellement de temps en mer ou près d'elle qu'elle s'était habituée à vivre sur l'eau, en avait tiré une sensation de liberté et un esprit d'aventure. Même lorsqu'ils vivaient dans des endroits où ils ne voulaient pas être aperçus par les bateaux qui passaient, elle pouvait encore l'apercevoir au loin. Mais à Chétican, leur maison était entourée de terre. Lorsqu'il faisait gris, elle se sentait étouffée par les montagnes d'un côté, par la colline de l'autre et par les nuages.

Elle n'osait pas discuter de ses sentiments avec qui que ce soit. Pierre se rendait compte qu'elle avait changé. Il savait que la présence de la mer lui manquait et il lui demanda si elle aimerait partir en bateau un jour et si oui, où elle aimerait aller.

« Oh oui, Pierre », répondit-elle en souriant. « Tu sais, je pense que j'aimerais aller voir ce qu'il reste de Louisbourg. J'y pensais justement l'autre jour. »

Fidèle à ses promesses, par un beau jour d'automne, Pierre partit avec Jeanne et Régis pour la vieille ville. Lorsqu'ils arrivèrent, le soleil avait disparu, les nuages avaient envahi le ciel et l'air était froid et humide. C'était sinistre.

Jeanne savait que les anglais avaient détruit la ville, mais elle ne s'attendait pas à un anéantissement aussi total. Les quais étaient en ruines. Les jolies maisons de pierres où habitaient le gouverneur, la milice, l'élite, l'hôpital et le couvent, tout cela n'était plus qu'un amas de pierres. Un lourd silence régnait. On n'entendait que le vent, qui sifflait comme un fantôme là où il y avait jadis eu tout un brouhaha d'activités urbaines. La végétation s'était emparée des lieux. Toute trace des rues avait pratiquement disparu. Le seul être vivant était un homme solitaire vêtu de vieux vêtements noirs assis au loin sur un bloc de pierre. Il ne vint pas à leur rencontre. « Mon Dieu », pensa Jeanne, « qu'est-ce qui est arrivé à ce port grouillant d'activités, au gouverneur, à la milice, aux marchands, aux missionnaires, aux religieuses, aux enseignants de musique, aux danseurs professionnels, aux blanchisseuses, à l'artiste qui a peint mon portrait, aux ouvriers qui traitaient le poisson? » Elle se sentait perdue au milieu de cet étrange paysage. Son visage crispé exprimait la confusion. Pierre et Régis se regardèrent, inquiets. Elle était restée muette depuis qu'ils avaient débarqué du bateau et personne n'osait briser le silence. Elle se mit à marcher. Les hommes la suivirent. Finalement, elle s'arrêta devant un bâtiment partiellement détruit et se retourna : « Je voulais vous montrer la maison de mon père, là où je suis née, mais... Mais tout est chamboulé.

D'une voix défaillante, elle ajouta : « Je pense que ceci c'est tout ce qui reste de la maison de monsieur de la Tour. Il y avait un joli parloir, un clavecin et sur les murs, une belle tapisserie avec des bergères. Ma sœur Angélique adorait le clavecin et les bergères. Pauvre Angélique ! »

« Désolée, Jeanne. »

« Non, Pierre, ne t'en fais pas. » Elle secoua la tête. « Je voulais venir et je suis contente d'être venue. »

Jetant un dernier regard sur les ruines qui l'entourait, elle se dit : « Mais mon Dieu ! Ah, mon Dieu ! Il reste seulement des fantômes ici. Allons-nous-en, Pierre. »

« Viens-t'en, Jeanne. » Pierre lui passa un bras autour de la taille et elle fit de même. Ils s'en retournèrent lentement au port, bras dessus bras dessous. Régis les suivait, quelques pas derrière eux, essayant d'imaginer la vie qu'avait menée sa mère dans ce qui avait autrefois été une si magnifique forteresse et toutes les misères qu'elle avait endurées depuis.

Ils quittèrent Louisbourg et une fois passé le cap, le soleil réapparut.

* * * * *

La famille de Jeanne et Pierre continua de s'agrandir. En 1792, Régis épousa Apolline Arsenault et deux ans plus tard, ce fut au tour de Geneviève de se marier avec Maximilien Gaudet. Leurs deux plus jeunes enfants étant mariés et vivant dans leurs propres maisons non loin d'eux, Jeanne et Pierre se retrouvaient seuls. Jeanne avait convaincu Pierre de ne plus travailler aussi dur. À partir de ce jour-là, il ne partit plus aussi souvent pêcher avec son fils Régis. Jeanne laissa tomber certaines activités elle aussi. Marie remplaça sa mère comme sage-femme du village.

Avant d'être baptisés, les nouveau-nés de Chétican étaient emmaillotés dans le châle brodé de Jeanne. Ils naissaient tous sous la protection de la statuette de sainte Anne. Marie poursuivit la tradition. Jeanne tenait à Eulalie, sa petite-fille, comme à la prunelle de ses yeux. Cette dernière épousa un des fils d'Augustin Deveau et elle suivit les traces de sa mère et de sa grand-mère.

CHAPITRE 47

Au cours de l'été 1805, Jeanne remarqua que la santé de son mari déclinait. Il se déplaçait lentement et semblait parfois confus, mais il ne voulait pas arrêter de travailler. Jeanne demanda à Régis de garder un œil sur son père lorsqu'ils sortaient en mer. Elle éprouvait un amour sans borne pour Pierre ces dernières années. Ce petit homme qui marchait comme un matelot avait maintenant le dos courbé par l'âge. Toute sa vie, il n'avait cessé d'aimer sa femme et ses enfants. Il avait été un bon père et était aussi un bon grand-père. Jeanne ne pouvait imaginer sa vie sans lui.

Un jour d'automne, alors que les arbres étalaient leurs couleurs les plus vives, le Bon Dieu vint le chercher. Ils eurent au moins le temps de parler avant qu'il ne quitte le monde des vivants. Elle eut le temps de lui dire à quel point elle l'aimait, et lui, d'exprimer sa peur de la voir continuer son dernier bout de chemin toute seule. Pierre fut enterré dans le cimetière au flanc de la colline, le dos à la mer; il faisait face aux montagnes et au ciel. Jeanne savait au plus profond d'elle-même que ce n'était pas comme cela qu'il aurait voulu être enterré. Ses enfants n'aimaient pas la voir rester toute seule, mais elle refusait de quitter sa maison. Il fut donc décidé que sa petite-fille Eulalie et son mari Jean-Baptiste viendraient vivre sous son toit.

* * * * *

Par un beau matin, l'été suivant, Jeanne était en train de désherber son jardin lorsque Marie arriva en compagnie d'un homme. Jeanne ne voyait plus très bien et de loin, ne reconnut pas l'homme tout de suite; il avait la stature et la démarche d'un Mi'kmaq. C'est seulement lorsqu'il fut près d'elle qu'elle le reconnut.

« Martin? Mon Martin? Est-ce que je rêve? Est-ce que j'ai perdu la tête? » pensa-t-elle. Il était là, devant elle, le jeune et beau Martin...

« Martin? » demanda-t-elle, d'une voix douce et hésitante.

« Non, maman Jeanne », répondit-il. « Je m'appelle Joseph-Martin. Je suis son fils. »

« Ah, mon Dieu! Mon Dieu! Les larmes aux yeux, elle le prit dans ses bras et l'embrassa.

« Ne pleurez pas, maman Jeanne », dit-il. « Je suis si content de vous voir. »

« Ce sont des larmes de joie qui coulent, je suis tellement heureuse de te voir! » Elle souriait en pleurant. « Tu ressembles à ton père comme deux gouttes d'eau. Ah, mon Dieu. Comment est-ce que Marie a fait pour te trouver? Ou comment toi, as-tu fait pour me trouver? »

« J'avais entendu dire que la sœur de Joseph Dugas restait ici et j'ai pensé que ça devait être vous. C'est mon grand-oncle Jean Sauvage qui m'a parlé de vous et de votre famille. Il m'a dit que vous étiez une amie de mon père. J'étais très jeune quand mon père est mort, mon grand-oncle Jean me parlait de lui quand j'étais tout petit. »

« Marie, tu te rappelles de Martin, j'espère. »

« Bien sûr que je m'en rappelle, maman. Je l'ai connu quand j'étais toute petite. Je l'appelais oncle Martin. Une fois, il m'a dit qu'il avait été le premier à me voir quand je suis venue au monde. Il était très gentil. Et maman a raison, Joseph-Martin, vous lui ressemblez beaucoup. »

Jeanne l'emmena chez elle et jasa longuement avec lui de sa vie et de sa famille. Marie se contentait de les écouter. Elle était heureuse de voir sa mère aussi animée. Joseph-Martin resta pour le dîner. Joseph-Martin semblait tout aussi ravi que Jeanne. Ils discutèrent du sort des Acadiens et des Mi'kmaq. Joseph-Martin demanda à Jeanne si elle et les siens étaient contents de vivre à Chétican.

« Eh bien », répondit Jeanne, « on est enfin chez nous. On est légalement propriétaires de nos terres maintenant. Ça fait du bien de savoir qu'on ne risque plus d'être déracinés chaque printemps. On a passé tellement d'hivers à se demander ce que le printemps nous réservait et à avoir peur d'être obligés de lever l'ancre pour aller se cacher le Bon Dieu sait où! Tu sais, ça m'arrive encore des fois quand l'hiver arrive d'avoir les mêmes craintes et de faire des cauchemars même. »

« Vous ne m'avez jamais dit ça avant », dit Marie.

« Je sais, Marie, mais c'est vrai. »

Comme Joseph-Martin s'apprêtait à partir, Jeanne l'invita à revenir la visiter. Il lui promit qu'il reviendrait. Puis, elle se souvint de la statuette. « Oh, attends », dit-elle. « J'ai quelque chose à te montrer. » Elle sortit la statuette de sainte Anne.

« C'est ton père qui m'a donné ça », précisa-t-elle. « Elle est belle, hein? »

« Oui », répondit Joseph-Martin, regardant tour à tour la statuette et le visage de Jeanne. « Elle vous ressemble. » Voyant qu'elle semblait étonnée, il ajouta : « Vous n'aviez pas remarqué? »

« Mon Dieu! » les larmes lui montèrent aux yeux.

Joseph-Martin eut le même beau sourire que son père et il partit tout doucement.

CHAPITRE 48

Jeanne avait quatre-vingts ans en 1812 lorsque l'évêque de Québec, Joseph-Octave Plessis se rendit à Chétican dans le cadre de ses visites pastorales dans les missions catholiques du golfe du Saint-Laurent.

Puisqu'elle était une aînée respectée dans sa communauté, une sage-femme et une guérisseuse, l'évêque lui rendit visite. Elle lui offrit une tisane, lui raconta l'histoire de toutes ces années passées à fuir les Anglais, les endroits où elle et sa famille étaient allées et comment ils avaient réussi à éviter la déportation. Elle lui dit que pendant tout ce temps, ils ne s'étaient jamais couchés sans avoir mangé.

L'évêque était très impressionné. « Madame », dit-il, « quelle vie difficile vous avez eue. Je suis certain que le Bon Dieu vous réservera une place spéciale au Ciel. C'est extraordinaire de voir comment vous, les femmes acadiennes, vous avez réussi à survivre avec autant de noblesse. »

Jeanne fit un effort pour paraître soumise comme il se devait dans pareille circonstance. Elle s'agenouilla pour que l'évêque la bénisse avant de reprendre la route.

L'habit noir s'éloigna en direction de la prochaine maison. Elle laissa alors les pensées qu'elle avait réprimées remonter dans son esprit, laissant l'évêque repartir en paix.

« C'est bien beau, mon cher évêque, d'avoir une belle place au Ciel, mais comment croire ça quand le Bon Dieu ne nous a même pas laissés avoir un petit lopin de terre pour qu'on puisse vivre en paix ici sur terre? Encore une fois la guerre nous menace. La guerre de 1812 vient d'être déclarée. Vous croyez que les Acadiennes ont survécu parce qu'elles étaient fortes? Non, ce n'est pas comme ça que ça s'est passé. Celles qui ont survécu sont devenues fortes à force de se battre. Ce n'était pas autant une question de survie qu'une question d'endurance. Et ce n'était pas pour nous que nous nous battions, c'était pour nos enfants. C'est pour eux qu'on a survécu. Il n'y a rien de noble là-dedans. Et les braves femmes et les enfants qui n'ont pas survécu, eux, est-ce qu'ils ont moins de mérite, est-ce qu'ils sont moins nobles? Leurs souffrances ne comptent pas? Allez-vous simplement les oublier? Je vous ai conté une petite menterie, mon cher évêque. C'est vrai qu'on ne s'est jamais couchés sans avoir mangé, mais combien de nuits mes enfants et moi on n'a pas mangé à notre faim? On avait si peu à se mettre sous la dent. J'étais trop fière pour vous avouer la vérité. »

Jeanne se rendit compte que c'était la deuxième fois qu'elle se laissait envahir par la colère. La première fois, c'était dans un moment de désespoir; elle avait crié sa rage avec le soutien de Joseph-Martin durant la nuit qu'elle avait passée avec lui dans la forêt. Elle avait au moins pu exprimer sa colère en présence de Martin, mais elle n'avait pas osé le faire devant l'évêque.

« Ah, mon Dieu, j'aurais dû m'agenouiller devant lui et me confesser pour avoir ressenti tant de colère. Est-ce qu'il m'aurait enlevé ma place au Ciel pour m'envoyer brûler en enfer si je lui avais dit le fond de ma pensée? Et puis tant pis, d'une certaine façon, je pense bien que l'enfer, je l'ai déjà vécu. »

* * * * *

La guerre de 1812 dura trois ans. Même si les gens de Chétican ne furent pas directement affectés, Jeanne et sa génération en ressentirent la menace, et puisque cela inquiétait Jeanne, ses enfants s'inquiétaient pour elle.

De toute évidence, sa santé commençait à se détériorer, même si elle continuait à travailler le plus possible dans son jardin. Elle allait visiter ses enfants et ses petits-enfants régulièrement; Joseph-Martin et sa famille lui rendaient souvent visite. Elle appréciait autant la visite des enfants de Joseph Martin que celle de ses propres enfants.

À l'hiver 1817, Jeanne était clouée au lit. Elle ne semblait souffrir d'aucune maladie en particulier. Elle avait l'air de s'éteindre à petit feu. Marie passait le plus clair de son temps à son chevet. Jeanne savait instinctivement qu'elle était en train de passer le flambeau à sa fille et que Marie l'acceptait en silence. Jeanne resta en vie tout l'hiver, tout le printemps et une bonne partie de l'été. Lorsque la belle saison tirait à sa fin, elle demanda à Marie, Régis, Geneviève et Eulalie de venir la voir. Le visage rempli d'angoisse, ils se rassemblèrent autour de son lit.

« Je ne vais pas mourir tout de suite », dit Jeanne, « mais j'ai quelque chose d'important à vous demander. »

« Qu'est-ce qu'on peut faire pour vous, maman? » Marie parlait au nom de tous les autres.

« Écoutez, mes enfants. Quand je vais partir, je veux que mon corps soit jeté à la mer. »

Marie en eut le souffle coupé pendant un moment. Personne ne disait rien.

« Eh bien? »

Régis jeta un regard consterné vers Marie, qui resta silencieuse un moment. Jeanne observait les émotions contradictoires apparaître sur le visage de sa fille. Personne ne disait un mot. Enfin, Marie répondit en souriant : « Bien sûr, maman, si c'est vraiment ce que vous voulez. »

« Oui, c'est vraiment ce que je veux. Merci, Marie, ma grande fille. »

* * * * *

Quelques semaines plus tard, alors que les feuilles commençaient à changer de couleur, Jeanne Dugas s'éteignit. Elle avait quatre-vingt-sept ans. Sa famille organisa une veillée chez elle, comme c'était la tradition. Tous les gens du village et des communautés environnantes vinrent faire leurs adieux. Le deuxième soir, la veillée du corps fut réservée aux membres de la famille. Heureusement pour Jeanne, le prêtre était parti faire une visite pastorale. Dès le lever du soleil, le lendemain, Joseph-Martin arriva avec deux grands canots. Des guerriers mi'kmaq étaient chargés de ramer. La famille l'attendait. Marie était debout, tenant solennellement la pochette en herbe tissée dans laquelle se trouvait le portrait de jeunesse de sa mère. Joseph-Martin avait apporté un bouquet de foin d'odeur et d'autres herbes décorés d'un ruban. Il posa le bouquet sur le corps. Marie s'avança tout doucement pour y déposer la pochette. Elle avait le cœur déchiré à l'idée de la laisser aller, mais elle sentait que c'était important que sa mère l'emporte avec elle. C'était une manière de boucler la boucle.

Joseph-Martin aida la famille à envelopper le corps de Jeanne dans sa plus belle couverture, puis dans un linceul fait en peau d'animal qu'il avait apporté. Les guerriers mi'kmaq portèrent ensuite le corps jusqu'à la plage et le déposèrent dans un des canots. Joseph-Martin embarqua dans le canot. Marie, Régis, Geneviève, Eulalie et leurs conjoints montèrent dans le deuxième canot, accompagnés de la famille de Joseph-Martin. Ils parcoururent une bonne distance. Lorsqu'ils s'arrêtèrent, ils étaient trop loin pour qu'on puisse les apercevoir du village. La mer était calme comme un miroir. Il n'y avait pas la moindre brise sur l'eau. L'air était doux et humide. Marie pouvait sentir la force et le pouvoir de la mer sous les bateaux. Les deux canots se rapprochèrent. Le silence régnait tout autour.

Un aîné mi'kmaq se leva dans le premier canot pour prononcer une prière dans sa langue. Un doux son de tambour l'accompagnait. Les guerriers soulevèrent le corps de Jeanne et le déposèrent tout doucement dans la mer.

Genevière et Eulalie sanglotaient. Marie ne pleurait pas. Elle était incapable de parler. Elle transmit à sa mère un message silencieux. « Partez en paix, maman. Vous n'avez plus besoin de vous inquiéter de ce que le printemps réserve. »

QUE LEUR EST-IL ARRIVÉ ?

Charles Dugas ne fut pas capturé durant le raid de MacKenzie parce qu'il était malade. Il quitta Nipisiguit le mois suivant et déménagea avec sa femme et ses enfants à Tracadièche (aujourd'hui, Carleton-sur-mer, Québec). Un de ses fils, Joseph, épousa une des filles d'Alexis Landry et s'installa plus tard à Caraquet, au Nouveau-Brunswick. Joseph et son beau-père faisaient partie des Acadiens ayant obtenu une terre du gouvernement dans le cadre d'une entente semblable à celle qui avait été conclue avec les habitants de Chétican. Charles Dugas mourut à Tracadièche en 1801 à l'âge de quatre-vingt-onze ans. On trouve aujourd'hui plusieurs de ses descendants à Carleton-sur-mer et à Caraquet.

Joseph Dugas, après s'être enfui de l'Île Georges en 1762, se cacha à Chedabouctou pendant deux ans, puis émigra à Saint-Pierre-et-Miquelon. Son mariage avec Louise Arsenault y fut officialisé en 1766. En novembre 1767, il fut déporté en France à cause d'une politique instaurée par ce pays, puis forcé de retourner à Saint-Pierre-et-Miquelon le printemps suivant. En 1778, l'Angleterre ayant pris possession de Saint-Pierre-et-Miquelon, Joseph Dugas fut déporté de nouveau en France. Il vécut les dernières années de sa vie dans la misère et mourut à Saint-Servant en 1779 à l'âge de soixante-cinq ans. Sa femme mourut cinq mois plus tard.

Abraham Dugas, qui s'était enfui de l'Île Georges avec son frère Joseph, le suivit à Chedabouctou, à Saint-Pierre-et-Miquelon, en France et de nouveau à Saint-Pierre-et-Miquelon. Il ne quitta pas l'Amérique par la suite. On croit que lui et sa famille ont vécu un certain temps à Terre-Neuve avant de s'installer dans la région de Clare, en Nouvelle-Écosse vers 1772. On y trouve plusieurs de ses descendants aujourd'hui. C'est dans cette région que les premiers titres de propriété ont été accordés aux Acadiens après la guerre de Sept Ans. On appelle cette partie de la Nouvelle-Écosse la côte acadienne.

Joseph Leblanc dit Le Maigre partit de l'Île Georges en 1763. Il suivit Joseph Dugas à Saint-Pierre-et-Miquelon et fut lui aussi déporté en France en 1767. Il s'installa à Belle-Île-en-Mer, dans le village de Kerval avec d'autres réfugiés acadiens et y mourut en 1772.

Charles Deschamps de Boishébert participa aux dernières batailles de la Nouvelle-France en 1759 et 1760. Après la chute de Montréal, il se retira en France. Accusé d'avoir profité personnellement des provisions qu'il devait livrer aux Acadiens affamés, il fut emprisonné à la Bastille pendant quinze mois avant d'être acquitté. Il passa les dernières années de sa vie en France, à Raffetot, dans un domaine obtenu grâce à son mariage. C'est là qu'il mourut en 1797.

NOMS DE LIEUX QUI ONT CHANGÉ OU QUI N'EXISTENT PLUS

La baie Française : maintenant la baie de Fundy

Beaubassin : maintenant Amherst

Le camp d'Espérance : une île dans la baie de Miramichi

Canceau : maintenant Canso

Chédabouctou : près de Canso

Chétican : maintenant Chéticamp

Chezzetcook : un village près de Halifax

Chipagon : maintenant Shippagan

Havre Hébert : aux Îles-de-la-Madeleine

Magré : maintenant Margaree, au Cap-Breton

Miré : maintenant Mira, au Cap-Breton

Neireishak : maintenant Arichat, à l'Île Madame

Nipisiguit : maintenant Bathurst

La Petite Rochelle : maintenant Pointe-à-la-garde

Port-la-Joye : dans le sud de l'Île-du-Prince-Édouard

Port Toulouse / Potlotek : maintenant St. Peter's, au Cap-Breton

Remshic : maintenant Wallace

Richibucto : maintenant Richibouctou

Ristigouche : maintenant Restigouche

www.ingramcontent.com/pod-product-compliance
Lightning Source LLC
Chambersburg PA
CBHW051636050726
47502CB00011B/563